老师与学生的那些事

——夏京春老师的博客

夏京春◎著

Laoshi yu Xuesheng de
Naxie Shi
XiaJingChun Laoshi de Boke

首都经济贸易大学出版社
Capital University of Economics and Business Press
·北　京·

图书在版编目（CIP）数据

老师与学生的那些事：夏京春老师的博客/夏京春著. —北京：首都经济贸易大学出版社，2015. 1

ISBN 978 - 7 - 5638 - 2282 - 9

Ⅰ. ①老… Ⅱ. ①夏… Ⅲ. ①杂文集—中国—当代
Ⅳ. ①I267. 1

中国版本图书馆 CIP 数据核字（2014）第 239155 号

老师与学生的那些事——夏京春老师的博客
夏京春 著

出版发行 首都经济贸易大学出版社
地　　址 北京市朝阳区红庙（邮编 100026）
电　　话（010）65976483 65065761 65071505（传真）
网　　址 http://www. sjmcb. com
E - mail publish@cueb. edu. cn
经　　销 全国新华书店
照　　排 首都经济贸易大学出版社激光照排服务部
印　　刷 北京泰锐印刷有限责任公司
开　　本 880 毫米 × 1230 毫米 1/32
字　　数 278 千字
印　　张 10. 875
版　　次 2015 年 1 月第 1 版 2015 年 1 月第 1 次印刷
书　　号 ISBN 978 - 7 - 5638 - 2282 - 9/I · 28
定　　价 24. 00 元

前　言

有一首歌名字叫作《时间都去哪儿了》，感叹时间过得太快。最近，我在整理博客的时候也回头看了一下，不看不觉得什么，一看还真有点儿感慨。我是2006年9月16日开通新浪博客的，博客名字叫“夏京春老师的Blog”。“百度”搜索“夏京春老师”就能找到我的博客。为什么一开始就用实名呢？这与我开通博客的目的有关。2003年12月至2006年2月，我受国家汉办委派作为对外汉语教师到南非大学任教。在南非期间，写了一些日记，拍了一些照片，一直想与人分享。回国后，发现新浪博客是一个很好的平台。利用博客发表南非日记和照片是我开通博客的最初目的。开通博客的第二个目的就是与学生课后沟通。随着对博客的熟悉，我发现这也是与学生进行课后互动的一个很好的平台。我是北京工商大学的老师，出国前，曾在廊坊东方大学城上课。回国后，学校已在良乡大学城建了新校园。北京工商大学校本部在海淀区阜成路，老师坐班车到良乡上课，下课后坐班车回市区。所以下课后，学生就见不到任课老师了。网络却可以打破时空的界限，便于师生进行交流。算了一下，利用博客与学生进行课后互动，至今已经有8年了。8年，抗日战争都取得了胜利，我也应该对我写的博客做个总结。

应该说，我的博客内容是比较庞杂的，有日记，有照片，有论文，有随笔，有游记，有教案，有例文，有知识问答，有课堂作业，有答疑解惑，有教学心得，有工作，有生活，有硬笔书法作品，也有毛笔书法作品，有网聊记录，也有对网文的评论。8年来，共发表了1 700多篇博文。这本书取名《老师与学生的那些事》，顾名思义，选取的博文内容主要是与学生和教学有关的，从2006年至今，按照时间顺序编排，共100篇。这些文字对于学生了解老师的工作、学习和生活状况，学习如何学习、如何做人都有一定的启发意义。有些博文后面，还选取了一些有意思的评论。

需要说明的是，为忠于历史，所有博客的文字基本没有改动。有些评论文字不够规范，没有标点，或有错别字，略作修改。为节省篇幅，所有评论中内容涉及推荐加精，或打广告的，“学评教”评论中写“无”字的，都给予了删除。为节约成本，原博文中的图片也删除了。在“读图时代”，能够静下心来品味文字，思考问题，也不失为一种乐趣。

翻看以前写的这些博文，我最想说的就是感谢同学们。不论是夸我的，还是骂我的，与你们的互动，让我的精神生活得到了极大的丰富。教学相长，从学生那里，我学到了很多东西，看到了老师工作的意义，心态也更年轻了。很多评论，写的是网名。有学生，也有老师；有本校的，也有外校的；有认识的，也有不认识的。无论如何，没有你们，就没有我的这些博文。为表示我的真诚谢意，我愿意把这本书赠送给你们。

这本书的出版得到了首都经济贸易大学出版社的大力支持，责任编辑孟岩岭做了大量的工作，在此表示衷心的感谢。由于本人水平有限，书中难免有不足之处，欢迎提出宝贵意见。我的邮箱是：xiajingchun@126.com。

进入我的博客，会发现近几年来我写博客少了，因为自2010年4月开通了微博（@夏京春老师）以后，我写微博更多一些。4年来共发表了4 800多篇微博。待条件成熟，我也想将这些微博整理出版，奉献给大家。博客也好，微博、微信也好，都是沟通的平台，我愿意在这个打破时空界限的大课堂里，继续老师与学生的那些事。

夏京春

2014年9月16日

目　录

11月与学生在网上的交流

（2006－12－01　08：33：26）

10月31日，我在“北京工商大学呆呆论坛·大杂烩”上发了一个帖子，本来是想对我的博客做个广告，没想到这个帖子倒成了我与学生交流的平台。下面就是一个月来我与学生的部分对话：

欢迎进入我的博客，看《南非日记》和照片

同学们，你们好！离开你们已经两年多了。在南非任教期间，我写了一些日记，拍摄了一些照片，目前在新浪博客“夏京春老师的BLOG”http：//blog. sina. com. cn/m/xiajingchun连载，欢迎同学们提出宝贵意见。谢谢！Email：xiajingchun@126. com.

雪狼：老师您真强！

小白：支持老师，看着老师的照片就觉得特亲切，哈哈，笑的时候。

tgp_ 292：楼主是老师吗？我记得大一时候上的语文课教材是您编的，本来课表上也是安排您给我们上课，后来给换了……换了一个照着书念的老师……

回复 #4 tgp_ 292的帖子：不好意思，没能给你们上课。你现在应该大三、大四了吧？

回复 #3 小白的帖子：回国后，看到中国学生，我也感到特别亲切。

懒：我这学期选了老师的书法课，感觉很好啊！老师我顶您！

回复 #2 雪狼的帖子：雪狼，你好，虽然我记不得你的相貌，但从你的名字上看，应该是个棒小伙。

回复 #7 懒的帖子：懒同学，我想你应该是很勤奋的学生，起个反名，鞭策自己。下周硬笔书法课要二测，好好努力啊！

雪狼：可怜啊，硬笔书法没选上，后来上应用写作时发现原来选的两科都是您的课。

回复 #10 雪狼的帖子：上课时，跟我打个招呼，让我看看你的风采。

雪狼：我很低调……

月月╋呆呆ヾ：嘿嘿，过去踩踩看。

kingdark（毛毛）：啊，老师来“呆呆”还发帖，这得顶一个。

lein：感觉是个好老师哩！加入收藏夹了。

自封_ 深蓝：……不错呢。我开了博客，都没用过，显然忘了用户名和密码。

autumn：我也想选硬笔书法，可是名额太少了……

回复 #17 autumn 的帖子：欢迎下学期选，以后每个学期都开这门选修课。

Nakata0915：老师，您的 BLOG 做得很好，看了开阔眼界！老师出现在论坛突然觉得心里暖暖的。这是我的感觉，说不出为什么，您是个可爱的好老师。

游乐园：帮老师顶吧。

回复 #19 Nakata0915 的帖子：大学老师不像中学老师与同学关系那么密切，但这并不是说大学老师不关心学生。大学生已是成年人，要自立自强。老师的工作主要是授业解惑启发引导，能否成材还要靠自己努力。

tgp_ 292：我觉得现在大学老师中有人情味的太少了，整个大学也浮躁。现在的师生关系不像“五四”时期的那样学生尊敬老师、老师关爱学生。去年李敖回内地，在曾经的小学老师面前单腿跪下，让我很感动。

Nakata0915：心里是很想和老师亲近起来、温暖起来的。

玉兽：我上您的课唉……可惜……

tgp_ 292：不是挂了吧，哈哈，语文挂了太不应该。

鬼道众：顶！

回复 #23 Nakata0915 的帖子：现在大班课多，不可能让老师认识并关照到每个学生。学生应主动向老师推荐自己、询问问题，甚至课下和老师聊天，这样老师就对你有印象了。主动些，老师不会拒绝与学生亲近的。

后海的秋天：好怀念呀！廊坊大学城上过夏老师的大学语文啊……还上过硬笔书法选修……一转眼 4 年了啊！

sham69：夏老师，您好，我大一的时候在大学城就是您给我们法学 2002 级上的大学语文。呵呵，很有意思的一位老师，对您印象特别的深。那时大学语文是在一层上课，我们经常坐在最后一排，上到一半的时候就从窗户跳出去回宿舍玩了。现在想起来还真是挺有感触的，那个年纪的我是多么美好啊！简直就是无忧无虑的孩子，可惜永远也回不去了。现在我已经毕业了，干着一档子非常奇妙的活儿。呵呵，有人说我是道貌岸然的孙子，但我给自己的定位是人民的公仆，哈哈，祝您身体健康，希望您的南非日记继续连载下去。

肖不错：我说看到“夏京春”这个名字怎么那么熟悉呢，看了大家的回帖，才发现原来是夏老师。夏老师您好，我 2001 年在廊坊大学城上过您的硬笔书法课，虽然那时候不是特别爱上您的课，但这不妨碍您在我心里是一个好老师的形象。我 2005 年毕业了，转眼 5 年的时间，您去非洲教书了，真羡慕啊！我觉得一定是一段奇妙的体验，有机会我也想去，嘿嘿。好了，祝您一切都好，特别是身体！

回复 #28 后海的秋天的帖子：后海的秋天，我想你大概是北京学生吧。我也很喜欢后海那儿的环境，特有北京味儿。

回复 #29 sham69 的帖子：谢谢你的回帖，太有意思了，当时你们跳窗逃课我一点也不知道。告诉你个秘密，我上中学的时候，也经常逃课，跑到八大处的二处安静地看自己喜欢的书。那时八大处是开放的，不要门票。

回复 #31 肖不错的帖子：肖不错，真的很不错。现在字写得怎么样了？如果出国的话，写成什么样，老外都会说你写得好，哈哈。谢谢你的问候。有事的话，可以给我写 E-mail，地址在博客里。

sham69：夏老师，我逃课的毛病恐怕改不了了，现在已经开始演变成逃班了，我是不是个不积极要求进步的人?

回复 #36 sham69 的帖子：说自己不要求进步，正说明心里是挺想进步的。人总会长大的，总会进步的，我相信你。

tgp_ 292：好温馨的帖子，想必老师在国外也很想家吧。等老师回来，我们也毕业了。

回复 #38 tgp_ 292 的帖子：长期在国外工作或学习的人都会品尝孤独、想家的滋味。不要以为国外是天堂，什么都比国内好。准备出国的学子，一定要有吃苦的准备，特别是要有忍受孤独寂寞的心理准备。现在在国内要对父母好一些，一旦出国，想对父母好都鞭长莫及了!

tgp_ 292：老师的 BLOG 做得真不错，哎呀，现在越来越遗憾没有上过您的课了。

猫锵锵 601：夏老师，我对不起您……

Voyage（小 V)：印象最深的就是您把 2001 年国际大专辩论会决赛武汉大学和马来亚大学“金钱是万恶之源”辩题的辩论内容收到大学语文课本里了。高中那会儿看过这场辩论赛的现场直播，特别震撼，特别喜欢，辩手的表现给我留下很深印象呢，所以看到课本里有这篇内容觉得蛮惊喜的，哈哈!

我恨呼哈：夏老师真好啊……快毕业了，没有上过您的课，感觉是种遗憾……

回复 #41 猫锵锵 601 的帖子：从何说起?

回复 #42 Voyage 的帖子：英雄所见略同。现在大学语文课本当代的东西太少了，很多人不敢收当代的，一怕不是精品，经不起时间考验；二怕版权纠纷；三是偷懒，选用古典文学名篇省事。

lein：没有出国，但是对老师说的出国的心情，呵呵，有类似的心情。那是一种甜蜜的苦涩。独自异地求学的孤独先不说，单是离开父母后的思念就很折磨人，多么后悔以前没有好好孝顺我亲爱的爸爸妈妈，但是后悔莫及，我现在唯一能做到的就是学会坚强和独立，做一个善良的人，让远方的亲人们感到欣慰。以前以为首都最好，但是现在看到广东两个字都觉得温馨和有强烈的思念。北京的学生可以经常回家，请好好珍惜这样的机会吧，多陪陪父母，多一点贴心。

回复 #57 lein 的帖子：你真是一个懂事的好孩子，我想你的父母会为有你这样的孩子感到骄傲和自豪的。我祝福你。

tgp_ 292：老师，这帖子我不想它沉了。

回复 #59 tgp_ 292 的帖子：谢谢你的好意。在南非的时候，我与学生的沟通很多都是在网上。南非大学是远程教学，大部分学生我们都没有见过面，但这并不影响师生之间的交流。网络使世界变小了，距离不是问题。我们学校以面授为主，课下师生交流较少。其实，可以利用网络这个平台，加强师生之间的沟通，教学相长。

我就是 M - - Zone 人：我顶我刷我灌水！

夏京春：怎样上传照片？请问各位高手，在“呆呆”这里，如何上传照片？头像如何搞成个性化的照片？正文中如何上传照片？大小是否有要求？谢谢指教。

tgp_ 292：头像是在个人资料里面设置的。至于上传图片，每次发帖的时候下面有附加文件的地方。图片大小是有限制的，普通用户是不大于 250K 吧。

夏京春：谢谢指教。我已上传了一张照片。不过，上传自己的头像照片，在个人资料设置里面还是没有找到地方，里面只有准备好的卡通像。

凸一一凸：好好学习，天天摄影。

夏京春：还要天天学英语，天天听音乐，天天上课，天天上网，天天吃健康食品，天天睡大觉……

凸一一凸：收到。

暖暖的冬天：难得的师生交流帖，那么温馨……版主为什么不置顶呢？

夏京春：谢谢。我猜想你是个女生，网名起得很有诗意，冬天不再冷，真情暖人心。送你一张我在南非抓拍的南非少女图。

tgp_ 292：控制面板——编辑个人资料，下面有“头像”那栏，然后在论坛头像列表下面有个“浏览”，选中您的头像上传就是了。如果还不行，不知道是不是权限的问题。

回复 #72 tgp_ 292 的帖子：找不到“浏览”，无法上传。可能是权限问题，毕竟我还在幼儿园嘛。Anyway，you are so nice and I thank you for your offer. The very best to you.

lein：那个要到初中才能上传头像，深蓝就曾一度为了上传头像而在新人那里猛灌水。把头像的照片上传到帖子里，点击属性找到 URL 地址，粘在头像那栏里就行了。

回复 #74 lein 的帖子：还是不行，看来，“大人们”能干的事“小孩”还真不能干。

DUMA 管理员：回应一下群众要求，置顶了，本来夏老师的作品有希望和我们摄影协会的东西一起出来，但是由于一点问题要放到明年。老师别着急，明年摄影协会竭诚为您服务。

回复 #78 DUMA 管理员的帖子：谢谢管理员。我在南非拍了大量照片，希望能办个《南非风情摄影展》，丰富学生课余生活，开阔视野。本来想在中非论坛期间搞，现在看来只有等到明年的适当时候了。到时候，还请摄影协会的同学们多帮忙，多提宝贵意见。让我们共同为学生服务。

tgp_ 292：夏老师不要客气。希望有更多的老师通过“呆呆”跟同学们交流。还有，我觉得大杂烩要在大一或者大二发展一个版主。

lein：要用上传附件的形式才可以啊，就是点击引用回复，然后页面上会有一个“上传新附件”。或者是发帖前先预览一下，也会进入那个页面的。然后就还是点“属性”……

lovekaka：原来是位老师，真不简单啊！

回复 #86 lovekaka 的帖子：同学，谢谢你的夸奖。一切都是从“简单”开始的，日记要一天一天地写，事情要一件一件地做，单词要一个一个地记，课要一门一门地上，饭要一口一口地吃，日子要一天一天地过。按照既定目标，循序渐进，持之以恒，你就会从“简单”过渡到“不简单”。

shily_ cpa：呵呵，不错的同志。

夏京春：“同志”这个称呼，含义丰富。在党内，是志同道合者的称谓。在社会上，有时是对好人的称呼，有时则特指同性恋者。

tgp_ 292：哈哈，现在很少人称呼同志了。记得我刚来北京的时候，见着人就喊同志！后来学乖了，叫师傅……

夏京春：称呼里面有学问。有个学生向路边一个老人问路：“唉，××怎么走？”老人生气地说：“这儿没有叫‘唉’的。”学生讨个没趣，路当然也没问成。其实，叫声“老大爷”，自己也不是“孙子”。

tgp_ 292：我还是叫老师傅比较好。“大爷”被用来骂人骂多了。

夏京春：现在“老师”也有被叫烂的趋势。比如，到一家公司工作，对年长的人都叫“老师”，其实，他们一天也没上过课。叫人家“老师”是尊称，显得自己谦虚。

tgp_ 292：那是一种奉承的艺术吧，呵呵。

夏京春：本周一下午和今天上午，我分别在自动0612班和生物0612班组织了一次课堂活动——演讲会，我为发言的同学照了相。今天，特在我的博客上发了8张照片，记录这次有意义的活动。

tgp_ 292：是良乡的教室吧，令人怀念。

亚纪：“按照既定目标，循序渐进，持之以恒，你就会从‘简单’过渡到‘不简单’。”觉得这句话说得真对，但是每一小句要做到都很难。谢谢老师到这里来，我刚开始还很惊奇，老师也上这里的啊。夏老师的硬笔书法课没选上，今年就上了一个选修，保佑明年一定要选上啊。

夏京春：为了满足同学们的学习要求，下学期的硬笔书法选修课，我计划开两个班；如教务处同意，将会有更多的同学选报这门课。不过，要早报啊！

tgp_ 292：夏老师，我想自学繁体字，有什么好的意见吗？

夏京春：可以找本《繁简字对照表》或有繁体字的字帖，照着写即可。每个字总要写上十几遍，直到记住为止。别着急，一个字一个字地记。功到自然成。

tgp_ 292：好，有空了就开始。

lein：楼上这句话我从小学开始说到现在了……试过一段时间，挺有用的，但我就是没有那个耐心和毅力坚持，呵呵。

回复 #103 lein 的帖子：你说得很对，“耐心和毅力”太重要了，这就是“情商”。大学生应该有意识地培养和提高自己的“情商”。

学习书法，可以说是培养“情商”的一种手段。因为习字时没有耐心和毅力是根本练不好的，而当你的字体有进步的时候，你的耐心和定力也得到了相应的培养和提高。

做任何事情都一样，小的坚持小成绩，大的坚持大收获，长期坚持你就成为专家了。

【评论】

小鱼儿 2006-12-1 12：38 夏老师，看了这些帖子，发现您很爱学生，真有一种温暖的感觉。

想 2006-12-1 15：31 从聊天内容可看出您是位好老师，敬佩！

无戒徵观 2006-12-2 12：54 夏老师：您好，我回京办事。那天从你们大学前经过，很想前去拜访。我 12 月 12 日还有课上，过几天赶回恩施。

非洲人 2006-12-4 12：33 那个高个的中国男人，不久就能说英语的汉语老师，期待着您再次来非洲。

清影 2006-12-4 16：08 和学生们交流，会受益匪浅。能受到学生们爱戴，是老师的幸福和欣慰。

Lein 2006-12-5 10：46 老师很好呢，要知道很少老师会来“呆呆”的，不能不说这是一个遗憾吧。夏老师的到来让我们觉得很高兴啊！感觉现在的师生多缺乏沟通，希望以后多一些老师来“呆呆”转转。

dodolee 2006-12-5 19：51 夏老师，虽然没上过您的课，但是能看出来您是个好老师。

真是感动啊！咱们学校有个这么好的老师！老师是在南非工作吗？那儿一定很美，有很多野生动物。哈哈，我最喜欢长颈鹿，老师呢？

赵智强 2006-12-23 21：30 很感动，在师生关系普遍出现冷漠迹象的今天让我看到这些，会触发我许多的感悟。

谈谈古典诗词教学中的几个环节

（2006－12－10 14：34：55）

［摘　要］古典诗词教学是大学语文教学的重要组成部分。题解、解辞、串意、品味、吟诵、赏析、化用是古典诗词教学中的几个重要环节。抓住这些环节，由浅入深地进行教学，对于激活学生学习兴趣、加强素质教育、提高文学鉴赏和表达能力都具有十分重要的意义。

［关键词］古典文学　诗词　教学

古典诗词教学是大学语文教学的重要组成部分。题解、解辞、串意、品味、吟诵、赏析、化用是古典诗词教学中的几个重要环节。抓住这些环节，由浅入深地进行教学，对于激活学生学习兴趣、加强素质教育、提高文学鉴赏和表达能力都具有十分重要的意义。

一、题解

所谓题解，就是先要简单地介绍一下诗词的作者情况、该首诗词的创作年代、题目内涵以及有关的背景材料。诗歌区别于散文、小说的一个突出特点是其篇幅短小，手法多样，寓意含蓄。许多诗篇一般很难从中直接看出作者的情思与写作倾向。因此，诗词教学中的题解就显得十分必要和重要。否则，学生不但不能领会诗词原意，反而会得出“谬以千里”的结论。

二、解辞

古典诗词语言上的最小单位就是字词，因此，古典诗词教学的一个重要环节就是字词教学。要正音、正字、正词义，真正把每个字、每个词的意思都搞清楚，这是最基础的工作。比如，讲《诗经·卫风·氓》，首先就要把“氓”字讲清楚。“氓”字，读“méng”，不读“máng”，从“亡”从“民”，当流亡之民讲，是诗中女主人公对诗中男主人公的称呼，从这个称呼中，可以看出男主人公不是本地人。把这个字讲清楚了，也就不会闹出“氓”是“流氓”的笑话了。再如，讲李白的《将进酒》，也要先将“将”字讲明白，“将”，读“qiāng”，是“请”的意思，不然，学生就会读成“jiāng jìn jiǔ”，意思就不对了。除了正音、正字、解词外，对诗词中的用典，或化用古人诗句等情况也要解释清楚。辛弃疾善于用典，读辛词时就必须把他所用的典故的出处搞清楚。比如，辛弃疾的《水龙吟·登建康赏心亭》的下片就连续用了三个典故：晋人张翰辞官回乡、三国时许汜“求田问舍”、晋朝桓温“树犹如此”的感慨。第一个典故出自《世说新语·识鉴》。张翰在洛阳做官，见秋风起，联想到家乡美味的莼菜羹和鲈鱼脍，便说：“人生贵得适志，何能羁宦数千里以要名爵乎？”于是弃官归乡。辛弃疾用“休说”二字，彻底否定了“鲈鱼堪脍”，表达了自己不愿学习张翰只因思鲈鱼而弃官归乡、忘情世事，而希望有所作为的心愿。第二个典故出自《三国志·魏志·陈登传》。三国时许汜去看望陈登，陈登对他很冷淡，“无客主之意，久不相与语。自上大床卧，使客卧下床”。刘备对许汜说：“君有国士之名。今天下大乱，帝王失所，望君忧国忘家，有救世之意；而君求田问舍，言无可采，是元龙所讳也，何缘当与君语？如小人，欲卧百尺楼上，卧君于地，何但上下床之间耶？”这个典故是说，像许汜那样一心购置田舍而不关心国家大事的人是会被贤者所耻笑的。第三个典故出自《世说新语·言语》。晋朝桓温北征，见他早年栽种的柳树粗已十围，便叹息道：“木犹如此，人何以堪！”攀枝折条，泫然流泪。这个典故借树喻人，慨叹岁月空度，壮志难酬。辛弃疾对人生、对个人遭遇的种种感触，通过古人古事得到了深刻的表达。如果不把这三个典故的来龙去脉讲清楚，就不可能正确理解词人内心交织着的慷慨、悲愤的感情。

三、串意

所谓串意，就是将诗词中的字词串联起来，把作者的创作意图、诗词蕴涵的意境讲解清楚。例如，岑参的《走马川行奉送封大夫出师西征》是他为封常清出师西征播仙而写的送行诗。全诗共分四个部分。前六句为第一部分，围绕“风”字落笔，写出了封常清出征时的险恶的自然环境——风大、风猛和风的狂暴。七、八、九三句是第二部分，写封常清出征的原因。敌人利用草黄马肥的时机发动了进攻，封常清出师西征，是为了保卫国家、反抗侵略。诗由造境转而写人。十至十五句是第三部分，具体描写封常清出征行军的情况。诗人很善于抓住典型的环境和细节来描写唐军将士勇武无敌的飒爽英姿。前三句写半夜行军的情况，场面阔大；后三句抓住战马奔驰出汗又结成了白霜和军幕中起草檄文时砚水凝结这两个细节，笔酣墨畅地表现出将士们斗风傲雪的战斗豪情。最后三句是第四部分，写诗人预祝封常清出师告捷。全诗通过对封常清出征情况的描绘，热情歌颂了唐军将士在反击侵略、保卫国家的战斗中不畏艰险、挺身赴敌的英雄气概和爱国精神。这样将全诗的意思串联起来，不仅能够对全诗的结构有个整体的把握，而且对诗人的思想感情、诗作的主题有较全面的了解。值得注意的是，有些诗词，通过串意，对诗人传递的思想感情、对诗词的主题能够有所认识；而有些诗词写得比较含蓄晦涩，就不大容易对诗人传递的思想感情、对诗词的主题认识透彻。这类诗词的串意，就带有很大的揣摩成分、主观成分。但不论是表意显豁的，还是表意晦涩的，我们在串意这个环节里都应该尽量符合作者的思想实际，反映当时的创作现实。

四、品味

诗言志，诗传情。所谓“品味”，就是通过对诗词所提供的人、事、景、物等形象的把玩、鉴赏，去认真细致地体会作者在诗词里表现出的情操、情绪、情思和情调。“串意”这个环节强调的是意思的

"串联"与"整合"，使学生对诗词有个整体的把握；而"品味"这个环节强调的则是局部的"细节"与"分解"，使学生对该诗词的特色和绝妙之处有所感动，有所感悟。诗词是由各种各样的形象构成的，主观自我之象，客观他我之象，物象，意象，景象，均作为形象呈现于诗词之中。为让学生具体感受诗词形象，深入把握诗词形象，捕捉到诗词形象中所蕴含的情、理、意，老师在诗词教学中应运用联想、想象的方法，采用形象、生动、感性的语言细致描绘、尽情渲染诗词内容，再现诗词形象。"品味"这个环节是诗词教学由浅入深的关键一环。"品"出"味"来了，学生就会兴趣盎然，感到学有所获；"品"不出"味"，学生就会兴趣索然，学无所获。那么，究竟如何来"品味"诗词呢？具体地讲，可从以下几个方面入手：

1. 品味诗眼。文有文眼，诗有诗眼，词有词眼。在诗词中最灵动跳脱、贴切传神，使诗意清新隽永、耐人寻味的那些字眼，就是"诗眼""词眼"。抓住了这些字眼，就抓住了诗词的灵魂。因此，对这些字眼，一定要认真推敲，反复揣摩，咀嚼鉴赏，悟觉妙味。如李白的《望天门山》的第一句"天门中断楚江开"，既写出了两山横遏江流的山势，也写出了水为山阻而蓄积的力量。一个"开"字，让人想见那如狂如怒的巨澜洪涛冲破天门奔腾而去的壮阔气势。"开"字就是这一句的诗眼。在李白笔下，楚江仿佛成了有巨大生命力的事物，显示出冲决一切阻碍的神奇力量，而天门山也似乎默默地为它让出了一条通道。再如，孟浩然的《过故人庄》的三、四两句"绿树村边合，青山郭外斜"，写赴约途中所见的故人庄。这是一个风景优美的村庄。走进村里，顾盼之间竟是这样一种清新愉悦的感受。"绿树村边合"是它的近景。树木环绕，把个小小的村庄围在了绿树葱茏之中。"合"字写出了林木环抱的形势。"青山郭外斜"是它的远景。隐隐青山横在村郭之外，展示了一片开阔的远景。说树是村边"合"，说山是郭外"斜"，这两个动词就是"诗眼"，它把村落与远山的关系描绘得如在目前。又如，告别时不说重阳来赏菊而说"就"菊，"待到重阳日，还来就菊花"，一个"就"字表现了对故人的留恋，给人以亲切的感觉，令人回味无穷。

2. 品味名句。名诗必有名句，无名句不成名诗。名句实际上就是诗作的中心句、关键句或“点睛”句，内容上是全诗灵魂所在，结构上能承上启下、关联全篇，为情感落脚点、理趣升华处。如白居易的“在天愿为比翼鸟，在地愿为连理枝”（《长恨歌》），杜甫的“出师未捷身先死，长使英雄泪满襟”（《蜀相》），李白的“君不见黄河之水天上来，奔流到海不复回。君不见高堂明镜悲白发，朝如青丝暮成雪”（《将进酒》）等。当然，名句欣赏也可选择那些结构独特、手法新颖、表意作用突出的句子，如辛弃疾的“千古江山，英雄无觅孙仲谋处”（《永遇乐·京口北固亭怀古》），高适的“借问梅花何处落，风吹一夜满关山”（《塞上听吹笛》），柳永的“今宵酒醒何处？杨柳岸、晓风残月”（《雨霖铃》）等。仔细品味这些名句的妙处，对于正确把握全诗、全词的意境具有重要意义。

3. 品味技法。技法美与建筑美、图画美、音乐美一样，也是诗词重要的审美艺术特征。凡是成功的诗篇，其手法的运用、技巧的安排无不有其独到之处。李白诗之所以千古流传，历久弥新，备受欢迎，原因之一是其善用比喻夸张，具有浪漫主义的特色；杜甫的诗忧国忧民，沉郁顿挫，对仗工整，笔撼云霄；李商隐与辛弃疾的诗和词则善用典故，而映衬、比喻、夸张、倒装、对比、互文等手法在诗词中的运用可以说比比皆是，随处可见。这些技法在诗词中发挥了重要的传情表意作用、渲染烘托作用和锦上添花作用。因此，诗词教学中一定要认真体会品味这些手法（包括修辞手法、表现手法和写作手法），领略这些手法在诗中的特殊作用和独特魅力。

4. 品味情感。有的诗词，情操高尚，有的则庸俗鄙陋。学习古典诗词有一个重要的作用，就是陶冶人们的情操。作为老师，可以通过具体的诗词作品，引导学生正确对待各种感情问题，培养高尚的情操。如白居易的《长恨歌》，就表现人类某一情绪的作品来说，有着永恒的意义。它唱尽了人间感伤情，我们今天欣赏这首诗，一方面可随着诗人的情感起伏，把我们自己的感伤情绪表现出来，求得心灵的平静；

另一方面在美的享受中，净化我们的灵魂，继承《长恨歌》思想意义中健康、积极的因素，去追求爱情，追求幸福。白居易在这首长诗中没有受历史事实的束缚，没有把李隆基和杨玉环当作历史上真实的皇帝和后妃的典型来刻画，而是利用他们的爱情题材，把他们写成传说的人物，对他们的爱情赋予了一定程度的普遍意义，表现出了作者善良美好的愿望。作者对李、杨爱情的真诚、专一，对他们爱情的执着追求，抱着歌颂的态度，而对爱情的悲剧结局，又深表同情。因此，与其说作者赞颂的是李、杨，不如说作者赞颂的是真挚专一、生死不渝的理想化的爱情。“一篇长恨有风情”，品味《长恨歌》中的“风情”，对学生树立正确、健康的爱情观是有积极意义的。

五、吟诵

所谓吟诵，就是把诗词读出来，有声有调地读出来，有声有调地背出来。这是古人学诗的基本方法。所谓“熟读唐诗三百首，不会作诗也会吟”。只有“熟读”，才能入门。一首诗词，即使老师讲解了字词，串讲了大意，学生还可能不懂，这时候，多吟诵，常背诵，耳濡目染，就可能逐渐领悟了。这是因为从声调的抑扬顿挫里可以更容易地感受到作者的情感、诗词的气势和韵味。这是单纯地默读所领悟不到的。吟诵的时间可以掌握在学前吟、学中吟、学后吟；可以大声吟，也可以小声吟。不论大声还是小声，都应该读出韵味来，读出节奏来，读出语调来，读出情感来。吟诵前，要做些必要的准备：第一，初步了解作者，熟悉诗词字词；第二，把握诗词内涵，准确理解诗意、词意；第三，体味作者情感，进入到原诗词创作时所具有的那种精神状态中去，让原诗词创作时燃烧着的思想感情再一次在吟诵者心中燃烧起来；第四，充分发挥想象力，酝酿情绪进入诗境；第五，注意朗诵的技巧，如声调的高低、节奏的快慢、音量的大小、停顿的长短等都要处理得当。只有这样，诗词吟诵才会产生巨大的魔力，引人入胜，感人至深。

有的诗词多吟诵几遍就可以了，有的诗词则一定要能背诵。对小孩子来说，不要求能理解，但要求会背，只要会背，总有一天他会理解；对大学生来说，则要求在理解的基础上背诵，在背诵的过程中加深理解。吟诵是背诵的基础和准备。背诵古典诗词，对于陶冶情操、提高文化素养、加强记忆能力和表达能力都是很有益处的。现在学生学英语，要花大量时间背单词。一个学期，老师布置背诵七、八首诗词，有的学生就“嗷嗷叫”。这是不正常的。既然背诵对学生学习有好处，老师就应该严格要求，而且大学语文课考试的时候应该有古诗词背诵题，用考试的指挥棒引导学生步入中国古典诗词的殿堂。

六、赏析

如果说前几个环节是为了“跳进去”，尽可能地与作者保持一致，那么赏析这个环节就是“跳出来”，用读者自己的眼光来看作品，感受作品，分析作品。这个环节，完全可以是“仁者见仁，智者见智”的。赏析包括两个方面，一方面是内容赏析，另一方面是形式赏析。形式赏析不仅是结构、语言、修辞手法的分析，还包括格律声韵的分析。长期以来，古典诗词的赏析常常从社会学、历史学、政治学的角度入手进行分析，而不善于把诗词当作诗词，从它所具有的艺术特点、艺术魅力这个方面进行研究。因此，拨乱反正，对古典诗词多进行一些艺术分析是十分重要和必要的。那么，应该怎样进行诗词的艺术分析呢？北京大学袁行霈教授曾撰文指出：“诗词艺术不等于平常所谓的写作技巧，它的范围很广泛，制约因素也很多。就一个诗人来说，人格、气质、心理、阅历、教养、师承等等都起作用。就一个时代来说，政治、宗教、哲学、绘画、音乐、民俗等等都有影响。把诗人及其作品放到广阔的时代背景上，特别是放到当时的文化背景上，才有可能看到其艺术的奥妙。”（《中国诗歌艺术研究·跋》）可见，诗词的艺术赏析绝不能仅限于写作技巧，而应在更广泛的领域里、更深层的意义上展开。

七、化用

所谓化用，就是将古典诗词化为自己的学养，在需要引用的时候能引用，需要写诗的时候能写诗，需要填词的时候能填词。现在写古诗填词的，大部分都是老年人。年轻人写诗，也主要是写现代白话诗。古典诗词是我国宝贵的文化遗产的组成部分，很值得继承和发扬。在阅读与欣赏古典诗词的基础上，适当讲授一点写诗填词的方法，要求学生写一两首诗，填一两首词，应该说是可行的。写的好坏不是主要的，重要的是练练笔。学生交的作业，老师可以不打分。写得好的，给予鼓励；写得不好的，也不批评。重在参与，重在练习。由此，还能激起学生探究诗词的兴趣，将大学语文的学习推向更深的层面。

以上谈了诗词教学的七个环节。这七个环节，相对独立又相互联系。“题解”环节，是先有一个总的印象；“解辞”环节，是从微观、局部入手；“串意”环节，是从微观、局部走向宏观、整体；“品味”环节，是进一步体会微观、局部的妙处；“吟诵”环节，则是调动多种器官从感性上去体验、去感悟；“赏析”环节，则是从感性认识升华到理性的思考与把握；最后的“化用”环节，则是融会贯通，为我所用了。七个环节基本上是循序渐进的，但有些环节也是相互交叉的、螺旋上升的。如“吟诵”，在不同环节进行会有不同的效果。随着对作品理解的深入，吟诵的效果也就会越来越好。“解辞”与“串意”环节，“串意”与“品味”环节，有时也是交叉进行的，你中有我，我中有你，由此及彼，由表及里。我们不必追求程序的规范化，关键是要根据学生学习的认知规律，采用各种有效方法，激起学生学习古典诗词的兴趣，逐步使学生掌握欣赏古典诗词的方法，形成诗词学习与写作的一般能力，并在诗词学习与赏析中陶冶情操，提高人文素质和文学修养，做符合时代要求的全面发展的人。

【评论】

子敬 2006－12－10 21：19 不知夏京春老师是哪个大学的？古典诗词，学过几年，也不知现在的中文系学生是否如过去那样用功？望对他们因材施教，讲繁杂了他们可能不行，因为现在是读图时代。我虽不做教师，但有体会。

武梦凡间 2006－12－11 19：03 妙！妙！妙！好文章！好文章分好多种，本篇文章的实用性是第一要义。正因为本篇文章的重要性，所以更体现了它的价值。叹今之人，偶有闲情去吟读诗歌的已少，愿夏老师的用意能感染更多的人去读古诗。

落雨无声1969 2006－12－15 20：52 古诗词意境优美，或豪迈奔放，或细腻婉约，是现在的诗词所远不能及的。

莲心 2006－12－16 14：18 只是感觉现在学校很不重视语文这块，而且平时会谈这些的同学也越来越少了。

雨荷 2006－12－20 09：56 夏先生，阅过您的博客，感觉您不仅是一个帅哥老师，还是一位才子哦！希望能有机会向您请教，并拜您为师，学习读懂古诗。

夏京春老师 2006－12－20 10：47 雨荷，读懂古诗的唯一办法就是多读，当然也可借助一些注释和赏析，但不要完全相信。要“钻进去”，还要“跳出来”。要有自己的感受、感动和感慨，而不是“人云亦云”。

雨荷 2006－12－28 12：49 夏先生，您好！谢谢您的指教。如方便，请您推荐一两本有关书籍，谢谢！

现代诗歌朗诵会

（2006－12－13　11：06：16）

今天上午，在生物061班、062班“大学语文”课上，组织了一次“现代诗歌朗诵会”，共有38名同学走上讲台，朗诵诗作。

（图略）徐瑾同学制作了PPT，动情地朗诵“相信未来”。

（图略）配上音乐，声情并茂，红衣少女，神采飞扬。

（图略）飞飞和景静双双走上讲台：“轻轻地我走了，正如我轻轻地来；我轻轻地招手，作别西天的云彩……”

（图略）假如我是一片雪花，翩翩地在半空中潇洒，我一定认清我的方向——飞扬，飞扬，飞扬。

（图略）“夏老师，今天我梳头了，给我照一张。”

（图略）“守望幸福”，画面很美。遗憾的是字太小，后排的同学恐怕看不清。

（图略）“它的声音是低微的，但它的话却很长，很长，很长，很琐碎，而且永远不肯休……”

人类的情感是相通的。朗读别人的诗，你可以与诗人找到感情的共鸣点；自己写诗，可以为你内心的情感找到宣泄的出口。诗歌是属于青年人的，因为青年人最富有激情，最富于幻想，最有抱负和理想。“少年情怀总是诗”。最后，我祝同学们青春灿烂，学业有成，生活幸福！

朗诵会在热烈的掌声中结束，诗情仍弥漫在教室的各个角落……

【评论】

苏一竹 2006－12－13 15：53 我原先喜欢诗。在上大学的时候，由于我的存在，我们班级许多人都拥有了一本手抄本的诗集，有抒情诗、叙事诗、儿童诗、讽刺诗，等等。我们也经常集体朗诵，上台表演。诗歌可以放飞思维，产生联想；可以陶冶情操，排解烦恼；可以延长青春，留住理想……当然，诗歌也可以生产力量！给岁月以美好的记忆。

武梦凡间 2006-12-14 11：20 我也喜欢诗歌，但由于大学学习的专业等原因，没有全面地学习诗歌。为了满足兴趣，我买了很多古诗词读本，在有闲暇时间的时候捧在手里朗读。我宿舍的同学都习惯了，也就不反对我的这种行为了，呵呵。我对古诗词的自学就限于看诗句读诗句，看诗句的翻译，然后自己揣摩，不管自己揣摩得正确与否，总之有一些自己的看法与对古人似有似无的共鸣而已。偶尔也会写诗抒发一下自己的感情，但格式什么的对不对我都不知道。只是是在描摹自己的心境，抒发自己的情怀而已。不怕别人笑话，也就是胡乱写，表达一下自己的心情。若有机会，我真想系统地学习一下。

清影 2006-12-16 13：44 大学生的生活就是丰富多彩啊！欣赏他们的激情飞扬。我喜欢诗歌，更喜欢宋词。

小萱（网名）2006-12-16 22：31 没想到我们也上了您的博客了，呵呵！看见了自己的傻样子！《守望幸福》那首诗我非常喜欢，可是我弄得不太好，有点遗憾！不过还是很开心，能与老师同学们分享我的最爱。老师我最喜欢您的课了，希望您永远开心！

夏沫 2007-1-16 15：25 元旦快到了！公司商量让我和我们业务部的几位女同事准备诗歌。思来想去，也不知道朗诵什么，真的很郁闷！想想在学校的日子真的很好玩！还是去找题材吧！

UMYC 2008-7-4 23：41 Hai, when I was finding about poems, I looked in this web page. It's quite active that chat with your students with using computer. I hope my school will done it. I come from Malaysia, East Malaysia, 15 years old this year. Girl of course, want to greet you only. I study in Malaysia's independent school, I take part in poem's competition so I search the web. Just I have just found you, teacher! Nice to greet you!

留学生上课时的趣闻

（2006－12－26 21：05：12）

1. 一次口语课上，学说“买东西”。Johan 说：“我想买手套。”Jenny 说：“我想买条围巾。”Maija 说：“我想买个红毛衣。”Petri 说：“我想买个绿帽子。”

2. 还是演练“买东西”。Jenny 问：“你想买什么？”Adam 答：“我想买橘子。可以尝尝吗？”Jenny 说：“可以。”这时，Adam 做出尝的动作，突然他发出“呸”的声音，说：“不好吃！”大家哈哈大笑。

3. PT 在课上用汉语说：“我给北京的朋友打电话，他说汉语我不懂，我说汉语他也听不懂。”大家又是一阵会心的大笑。

4. 我想给留学生取个中国名字。Kalle 叫卡乐。Petri 叫白瑞。轮到 Nicolas，根据发音起了个“尼克拉”的名字，Jenny 说：“叫‘你可乐’吧，因为他爱喝可乐。”发音果然贴切，虽不成名字却很搞笑。

5. 问：“你是学什么的？”Petri 说：“我学习建筑和汉语。”Jenny 说：“我学习物流和汉语。”Fredrik 说：“我也学习物流和汉语。”Nicolas 断断续续、认认真真地说：“我是学留学生。”

【评论】

清影 2006－12－26 21：45 哈哈，果真很有趣。不禁想起“枫叶红了”说成“红叶疯了”的课堂笑话。与外国人在一起交流，一定会带来不少的趣事。向夏老师问好！

地狱天使 2006－12－27 18：33 跟他们一起一定很好玩，夏老师组织我们跟他们集体交流吧，嘻嘻。

wanwan 2007－2－17 15：29 老师好，本来以为来这里的人很多，看来我们的对外汉语还没引起足够的关注啊。我是学这个专业的，马上本科毕业，可是未来在哪里呢？很想从事对外汉语教学，都要求有经验的，很难找啊。做志愿者吧，也需要经验。难道我们这些刚毕业的没有出路吗？

wanwan 2007－3－4 23：15 留了言后，总是来看，可惜没有回复啊。

夏京春老师 2007－3－5 07：34 wanwan同学，出路在自己的脚下，有拼才能赢。请原谅，我不可能每个评论和留言都回复。除了博客，我还有许多更重要的事情要做。和你一样，我也要“打拼”。

wanwan 2007－3－8 13：54 夏老师，我一直在寻找从事对外汉语教学的机会。像我这样的后来者还有很多。我们热爱对外汉语事业，也不吝啬打拼，只是不知道从哪里开始。您作为前辈一定有许多经验，您是怎样走上对外汉语教学这条道路的？希望您可以跟我们分享。

夏京春老师 2007－3－8 16：48 wanwan同学，我工作的北京商学院从1990年开始有留学生，我作为中文老师，很自然地被选派给他们上汉语课，一直到现在。如果你有志于对外汉语教学工作，可以去有留学生的学校（公立的或私立的）当老师，或到国家汉办申请当“志愿者”去国外教汉语。可以找留学生做个别辅导，也可以到外国人多的地方毛遂自荐，当然，这都要碰运气。比较牢靠的还是依托某个对外汉语教学单位。现在找工作比较难，但是再难也要去找，你说是不是？

wanwan 2007－3－11 02：43 谢谢您细致的解答。我想，对外汉语事业任重而道远，需要大家团结起来，而不是散兵游勇，各自为战。到那个时候它作为一个专业才可能名副其实。虽然社会越来越重视，还有像您这样的老师们在不断拓展领域，不懈追求，但是我们似乎需要系统规范的组织体系，包括培养新人、输送新人，以助于这一行业的发展壮大。当然，作为学识浅薄，又对学科现状没有精确了解的我来说，是没有能力再进一步思考下去的。学生斗胆，说了这些大话。如果错了，希望老师原谅。

12月与学生在网上的交流

（2006-12-31　13：24：39）

夏京春（2006-12-6 01：35 PM）：祝贺“呆呆论坛”升级！果然比以前更漂亮了！人们来到这里不会发呆，而会提神养性的。

签名：我把学生当成我的朋友，我愿意在网络这个平台上，以文会友，以诚待友，取长补短，教学相长。

tgp_ 292（2006-12-7 11：42 AM）：夏老师的签名不错。

tgp_ 292（2006-12-12 11：49 AM）http：//news. phoenixtv. com/world/200612/1212_ 16_ 47311. shtml 夏老师看看这新闻，注意安全啊！

夏京春（2006-12-12 02：51 PM）：谢谢 tgp_ 292 推荐的文章。南非确实是个不够安全的国家。我现在已经回国，感到特别安全。不像在南非，外出时总是提心吊胆的，虽然我也有夜里 12 点独行的经历。

据说，同学们中开博客的也不少。在新浪博客上，我建了一个圈子，感兴趣的话，欢迎大家入圈，多个交流的平台。我的圈子的名字就叫“夏京春”，成为圈子的一员后，你的作品将自动登在圈子的博客上，让更多的人看到你的作品。谢谢对我的信任，欢迎常来常往。

××快跑（2006-12-19 05：11 PM）：tgp 兄，窃以为，读古书可以帮助理解许多繁体字。其实繁体字中有一些我们本来就很熟悉，而且也常用。遇到不会的查查字典就可以了。如果不是下决心要研究它，大多数字能认识就可以了。我本人认为古书大多乏味，但有些还是很值得读的。比如《史记》《搜神记》《资治通鉴》《太平广记》《玄怪录》《聊斋志异》……这些古书文学性、故事性、趣味性都是很强的。我不喜欢读经，原因是真的读不懂。注释各家也不尽相同。这也许就是所谓的微言大义。书推荐买中华书局的。繁体字，且加标点，看起来很轻松。

夏京春（2006－12－19 07：03 PM）：我同意“××快跑”的观点。我在南非编写汉语教材时，坚持的一个原则就是“识繁写简”。因为海外的很多中文报纸还是用繁体字，所以认识繁体字还是有一定必要的。但是如学习汉字，还是学写简体字比较容易。“识繁写简”对于一般中国学生来说，也该如此。但对于书法艺术爱好者，又当别论。学写繁体字，体味繁体汉字的结构之美，乃是学书的必经之路。

tgp_ 292（2006－12－20 11：50 AM）：“××快跑”读的书之多让我汗颜。

夏京春（2006－12－20 12：11 PM）：大学是读书的最好时期，千万不要有“来日方长”的想法。将来工作后，就将以工作为主。回家后，又有做不完的家务事，找出大块时间读大部头的书实属不易。

tgp_ 292（2006－12－20 12：14 PM）：大一的时候我还是经常泡在图书馆，当时总是感叹书太少，结果到了良乡后图书馆书多，可是宿舍上网了，便很少去看书了。现在确实很难静心读书了。

夏京春（2006－12－20 04：53 PM）：及时调整心态。课是要听的，书是要读的，网是要上的，球是要踢的，饭是要吃的，觉是要睡的。关键是科学、合理地安排时间，专时专用，要有自制力。

凸——凸（2006－12－20 06：16 PM）：有理，欧耶！

Nakata0915（2006－12－21 08：18 PM）：看了《上帝也疯狂》，就觉得非洲的动物特别单纯可爱！老师在那里要照顾好自己，大家会惦记您的！我们的好老师啊！

夏京春（2006－12－21 10：48 PM）：谢谢你的关心，我于今年2月28日已经回国。现在周一到周四都在阜成路和良乡两处上课，共有329名学生，其中留学生10人，中国学生319人。南非大学是远程教育，一般见不到学生。我还是觉得能与学生见面是很愉快的事情。

Nakata0915（2006－12－22 12：35 PM）：嗯。看你拍那乞讨的老人的照片很眼熟！一看那不是航天桥嘛！往东区走的路上有弹琴的老人，从我大一就在，从良乡回来也在。我们那天给他带着的小孩买糖葫芦吃了！那孩子很可爱，还和我们玩，呵呵。大家问老人是哪里人？他说山东，什么遭难逃来，觉得那是战争时候才有的逃难！不管怎么样，凭的是本事吃饭。拉琴不错的，大家买《新京报》送的水也给了他们，呵呵。那句经典的话一直记着：给要饭的钱要钱的饭！

tgp_ 292（2006－12－22 12：54 PM）：Nakata 是个善良的姑娘。

Nakata0915（2006－12－22 03：44 PM）：谢谢冷天里听到这么温暖的话，真好。待会儿要回去学习了！感冒好点了吧？呵呵。六级我不去考了，你好运吧。别忘记了 24 号晚上大家的聚会，一起过最后的在学校里的圣诞节，有点伤感啊！我们长大了，谢谢我所有的朋友！

夏京春（2006－12－22 05：46 PM）：祝各位同学圣诞节愉快！24 日下午，我将参加留学生的圣诞聚会。利用这个洋节日，大家聚聚，交流交流将是很愉快的事。

莲心（2006－12－22 07：26 PM）：老师圣诞节快乐！呵呵，我现在就在上你的课，很想知道我们阜成路的学生有没有办法选修硬笔书法。

夏京春（2006－12－22 08：57 PM）：莲心，你好！圣诞快乐！不知阜成路这边想上硬笔书法选修课的学生多不多。据我所知，教务处计划下学期在良乡开设两个大班的硬笔书法选修课，而阜成路这边没有安排。不过，学生的要求我可以向教务处反映一下。只要学生需要，我多开一个班没有问题。

莲心（2006－12－23 03：41 PM）：我没有去问过其他同学，但相信人数应该能到一个班吧。不过如果没办法在阜成路开那要怎样自学呢？

夏京春（2006－12－23 05：03 PM）：可以买本你喜欢的字帖临摹，每天摹半小时，坚持一个学期，应该有进步。

Nakata0915（2006－12－25 04：24 PM）：小时候爸爸老逼我练字，写了 N 本庞中华的钢笔字帖，现在我还记得特别清楚，还学毛笔字、手风琴，后来在我的哭声中都夭折了。什么都学过，什么也不会。

哎呀，还不如当初努力坚持，现在挺后悔、挺羡慕别人的，但是不嫉妒！羡慕是带有喜悦的感情色彩的，而嫉妒是阴暗的不好的词儿，在我的字典里。

夏京春（2006－12－25 07：00 PM）：在这个世界上，值得羡慕的事情和人太多了。你羡慕别人，别人也羡慕你。比如，我就特羡慕你们，因为你们年轻，你们有朝气，你们有大块儿的时间可以看书，你们可以谈恋爱。

Nakata0915（2006－12－26 11：42 AM）：记着一句话：别人是魔鬼！越和别人比自己就越失落、越远离快乐！所以自己就不和别人比了！这样也很快乐，这不是有人还羡慕着我们吗？哈哈……世界其实一点也不玄妙，一点也不复杂。每个阶段都有自己的美好！

夏京春（2006－12－26 01：04 PM）：谁不向往美好呢？羡慕其实就是对美好事物的一种向往。但向往归向往，现实归现实，自己还是要走自己的路。"人比人，气死人"。自己跟自己比，保持一种积极乐观的心态，做好自己应该做的事，努力了，进步了，问心无愧也就行了。

Nakata0915（2006－12－26 03：24 PM）：嗯嗯，老师回帖速度还是真快啊！很满意现在的生活状态，很幸福也很快乐。

夏京春（2006－12－28 03：02 PM）：我的博客使我与24年没有联系的大学同学联系上了。网络真是个好东西，前两天我收到了我大学同学给我发的E－mail。我们已经24年没有联系了。他说他从网上看到了我的博客，知道了我的情况和E－mail地址，于是和我联系。我很高兴，马上给他写了回信。我把这件事告诉大家，是想说大学时的同学友谊地久天长。毕业后，哪怕很长时间没有联系，但同学情是永远也不会忘记的。

UdX（2006－12－28 03：06 PM）：请问如果您监考时看到学生作弊，您是什么心态呢？

夏京春（2006－12－29 10：59 AM）：哀其不幸，怒其不争，人而无信，不知其可也。

Nakata0915（2006－12－29 11：22 AM）：哈哈，网络让世界变得小了很多！您和我们可爱的许详华老师一样可爱！那个老师也是，还上我们的校友录，特别有意思。长的也和您一样，慈祥、可爱、让人喜欢的老师！加油吧！

夏京春（2006－12－29 03：06 PM）：昨天我有点伤感。昨天我给留学生考试了，4 个芬兰学生，6 个瑞典学生。他们来中国之前，有的一句汉语也不会。在中国待了 4 个月，他们有的汉语已经说得很流利了。看到他们的进步，我真高兴。

It's time to say goodbye. 瑞典学生 Magnus 握着我的手说："你是我们的最好的老师。"他说的是汉语，不是英语。我听了后很欣慰。1 月 4 日，他们中有的同学就要回国了。我有点伤感，他们是我回国后教的第一批留学生。他们要走了，不知道什么时候才能见面，也许以后再也见不到面了。课堂上那些愉快的情景，将永远留在我的记忆中。

Nakata0915（2006－12－29 06：25 PM）：嗯，看了您的 BLOG 了，呵呵，我喜欢北欧人的纯净。哈哈，IT'S TIME TO SAY GOODBYE，莎拉·不莱曼一首经典的歌曲听起来让人想哭。我们有多少个分别呀，来来往往没有不散的宴席。人生虽说是这样，但是人毕竟有感情，所以很害怕分别……有回忆是美好幸福的！拥有它们的人是幸福的！老师是很好的老师，这个事实大家都知道。很可惜没有去上过您的课，决定了，看看机会和时间，有可能的话一定去听一节您的课，在我大学最后的时间里不留什么遗憾。

夏京春（2006－12－31 12：07 PM）：祝同学们新年快乐！Happy new year！

今天，我上了这个学期的最后一次课。下课前，我对生物 0612 班的同学们说："Tomorrow is new year，so I would like to say happy new year to you."在这里，我也想祝所有网上与我交流的同学们新年快乐。

2006 年，对我来说是难忘的。我经历了回国后的身心调整；第一次向有关部门申诉维权并取得胜利；《新编应用写作教程》（修订本）已交出版社；9月16日开通个人实名博客，仅3个半月就有8 000多人次的访问量；还有在“呆呆论坛”上与许多同学进行交流，已有上千人次访问了这个帖子。在精神上，我还从来没有过如此的充实和快乐。我做了我喜欢做的事情，2006年，我问心无愧。明天就是新年了。我相信，2007年，一切会更好。再次祝同学们新年快乐！Happy new year!

【评论】

心灵与语 2006-12-31 16：25 夏老师新年快乐！

苦尽甘来 2006-12-31 22：09 夏老师，新年快乐！您的博客我来过多次了，今天是第一次留言，不好意思。看后获益匪浅，非常感谢！

有次课间我问您咱们学校的校花，您随口就说出了菊花而且说会拍点照片传上来，很高兴在您博客上看到了，再次感谢。

赵智强 2007-1-1 15：31 希望每位北工商的老师都开博客……

新浪网友 2007-6-27 12：10 夏老师，您好！请问《新编应用写作教程》的课后答案出版了吗？没有的话，在哪儿可以找到正确的课后答案？谢谢！

中文教研室老师的新年团聚

（2007－01－02　21：37：23）

北京工商大学传播与艺术学院中文教研室是一个团结友爱的集体，各位老师兢兢业业、努力工作，赢得了同学们的爱戴。

（图略）“京湘人家”位于北京海淀区田村，经营湘菜。

（图略）红色的椅套让人感到气氛热烈、喜庆。

（图略）女老师们餐后激情合唱卡拉OK。

（图略）蝴蝶兰花姿婀娜，花色高雅。

（图略）你我相识即有缘，一生相伴为情缘。面带笑容结人缘，宽厚待人事如愿。损我逆我消孽缘，布施欢喜积善缘。是非恩怨归根源，果报好坏皆因缘。忠贤德仁现心识，人生世尘多依存。心有真善得圣贤，慈悲为怀结佛缘。

【评论】

就是这样　2007－1－2　22：07　夏老师，有您的地方就有欢乐和笑声！

赵智强　2007－1－3　13：02　林刚老师是我大一时的语文老师，很不错的！和睦呀！

婉娩　2007－1－3　20：43　超可爱大夏同志：您这里感觉真不错啊！经过多日熏陶，我原本快要死去的心也复活过来了呢……（有点夸张？嘿嘿，说的是实话喔！）

有个学生曾在心里咒骂我一万遍

（2007－01－15　07：41：09）

上周五，我在网上偶然发现有个博客里提到我的名字，好奇心驱使我进去看了看：

做梦考试　2006－11－10　22：12：09

做梦考试——一个重考三次大学语文的学生的心路历程

刚才看到张××的文章，赏析什么诗词，突然又触动了我的伤疤了，想起来了，我昨天夜里做梦，又梦到重考大学语文，还是跟以往的梦境一样：马上就要交卷了，可是我的卷子大半边还都空着呢，一着急给吓醒了。醒了以后心里才平静下来，只是个梦，继续睡。

每次考大学语文的作文都是诗歌赏析，就烦这个，不会写啊，我都读不懂那些伟大的诗人在发什么牢骚，让我赏析一千多字，我写什么？挠头，转笔，跺脚，100分钟，就100分钟，大学语文的考试时间，没多久就到时间了，考了四次，我就没有一次能写完1 000字的。

第一次，时间：大一（2003年1月）。地点：二食堂三层的一个大教室。得分：45，年级最低分。原因分析：回头扫了一眼段超的选择题，抄错行了，没听到老师报时间，作文还差200字，就被强迫交卷了（这么考能过才怪）。

第二次，时间：大二（应该是下学期）。地点：记不清了。考试之前做了充分的复习，复习了大约半个月的时间，比较胸有成竹就去考了。得分：58（就差两分，夏京春，你就不给我过！气疯了……）。原因分析：我背的怎么都没考啊？

第三次，时间：大三（上学期，我记得是考四级的第二天，为了准备大学语文，我四级都没去考，心想反正四级也考不过）。地点：西区教三楼。轻车熟路，语文书都翻得特别旧了。复习得也挺充分，可是产生心理阴影了，特别发怵。得分：56（崩溃了我都……无语）。原因分析：让我分析什么诗歌，就张××的那篇，根本就不会。心里咒骂夏京春一万遍……

第四次，时间：大三（下学期）。地点：西区教三楼二层。无了奈了我，硬着头皮上。得分：60（爽死我啦，哈哈，快乐疯了）。原因分析：其实还是好多不会写的，考试之前碰到一个大四的，他有答案，给了我一份，监考老师一直在剪指甲，要不就出去溜达。抄疯了……

我容易吗？大学语文，都成了我的心理阴影了，想起来就发怵，从小就最烦语文这东西。好在现在不用学了。哈哈……

比较怀念我的那本《大学语文》书，不知道它现在在哪个角落，我敢肯定，我那本书，是全年级翻的次数最多、最旧的一本语文书。

我大吃一惊，怎么会有这种事。除非学生卷面很差，我给过不及格，但58分的成绩我还从来没给过。近几年，我也没有参与过大学语文的补考和补考判卷工作。也许不是我们学校的，也许是另一个叫“夏京春”的老师。我想这里面一定有些“问题”。已经有两则评论了。于是，我也留下了评论。

文章评论

露朱也晶莹 2006-11-13 21：05：19 我也不用学英语了，可是现在一不被逼着学才发现英语也不是那么讨厌。

[匿名] 小爻 2006-11-15 12：51：27 我喜欢读书，但不喜欢考试。

夏京春老师 2007-01-12 09：05：58 是不是有同名同姓的老师啊，我怎么不记得有这种事。

昨天，我又进这个博客看了看，竟然有跟帖了，而且真相大白：

露朱也晶莹 2007-01-12 10：03：26 我的天！这都是咋了？

悟空 2007-01-12 12：22：16 行不更名，坐不改姓，我便是北京××大学02级化工学院环境工程021班×××是也。您是大人物，当然不记得这些琐事啦，再说像我这种无名小卒，当然不值得您注意了。语言上多有冒犯，请您见谅，我也就是发发牢骚，如果给您带来伤害，实属无心。

这些都是陈芝麻烂谷子的事了，突然想起了就发发牢骚，请您别往心里去。像我这种小市民心理，也不值得您动怒不是？

[匿名] 晴天小猪 2007－01－13 20：45：11 嗯……看来我以后的博文里提到谁的话还是不要写真名好了，一律用字母代替……现在的搜索引擎太强悍了。

真是一个好学生，我也马上给他写了留言：

夏京春老师 2007－01－14 09：07：00

××同学，你好。谢谢你这么真诚！今天，我搜索我的名字，又看到了你的文章，于是，再进来看看。大一给你判不及格，还真是我干的。给你带来的痛苦，我深感遗憾。至于补考和第三次考试判分的事，就与我无关了。我完全理解你的牢骚，所以我不会往心里去。你不是小市民，你有真性情。我愿意结交你这样的朋友。有空的话，回学校找我，我们聚聚。祝你工作顺利，生活幸福！

【评论】

ZHC测试 2007－1－15 10：32 这个博客非常好。语文本身没错，考试这种形式也没错，错的是考试的内容，错的是我们对待考试的心态。

清影 2007－1－15 18：59 呵，同情这位同学的遭遇，也佩服这位同学的记忆力，心有余悸该是这篇博文的感情线索，从博文表述看，该同学的语言表达能力也不差嘛。深有同感，也许这样的考生心态该是应考中的普遍现象。考试，让人欢喜让人忧。

兰心蕙质妹妹 2007－1－15 22：01 看来你是一位教师。

包融 2007－1－15 22：25 勇气可嘉，精神可嘉，老师中的豪杰才敢发这样的文章啊，一般人都躲之不及呢！呵呵，夏老师，我真佩服您！

杨柳丝丝弄碧 2007-1-18 17：59 向胸襟开阔、襟怀坦荡的夏老师致敬！学生的怨恨，也让我们反省“考试”。

夏老师粉丝团 2007-1-19 08：49 很有意思的一篇博文。语文教学应该以培养欣赏能力和写作能力为主。考试方法可以参照美国，给一至两周的时间，交一篇命题文章。抄袭不抄袭的，取决于教师的判断能力和水平。君不见，有那么多的学者也在凭着抄袭获取功名呢。

eco_ fly 2007-1-25 19：59 好好珍惜吧，毕竟还有大学语文可学，等到没有这个机会了想学都没处去！

敏敏 2008-4-9 14：44 夏老师最后一条回复太震撼了！

新浪网友 2008-10-25 22：11 嘿嘿，我也是一名老师啊！不过比较新啊，才工作一年啊。在网上找应用文写作资料时看到了您的博客，真是荣幸啊！我要向您学习，做一个知识渊博、胸怀宽广、受学生爱戴的好老师！不过真可惜，没听过您的课，相信一定不错啊！我是西安的。

60分是及格，还是不及格

（2007－01－28　10：10：38）

从星期一下午（1月22日）到星期六下午（1月27日），整整一个星期都在判大学语文的卷子。中文教研室的7位老师参加了判卷工作。试卷共有六道大题，有两位老师判作文题，其余5位老师各负责一题，流水判卷，劳动强度不次于高考判卷。一个星期都在和分数打交道。因此，对于学生的这个“命根”也有些想法。

考试有多种目的，有的是选拔性考试，如高考、研究生考试、公务员考试等；有的则是结课考试，如每学期每门课的考试。选拔性考试一分之差就可能改变命运，所以说“分是学生的命根”也不为过。结课性考试60分及格，一分之差是及格不及格之别。不及格的可以补考（必修课），或重修（选修课）。可是，有给59分的吗？在流水判完各题、最后合分的时候，还真有58分、59分的。卷面不及格，但卷面只占总评成绩的60%，平时成绩占40%。如果给他们平时成绩64分，那么总评成绩就是60分、61分。由此，我想到了这样一种情况：假设各科卷面成绩都是不及格，但总评成绩60分，那么，这样的学生照样可以拿到毕业证、学位证。难怪有的学生喊“60分万岁”“60分就是100分”。可是，这样的学生能是合格的大学生吗？用人单位敢要这样的学生吗？

另外，90分就一定比80分高多少？80分就一定比70分高多少？对这一类问题，我也有些质疑。文科考试有客观题，有主观题。客观题如选择题、填空题、默写题、翻译题，错了就是错了。我国第一部叙事详细的编年体史书是《左传》，如果说是《战国策》肯定是不对的。但主观题，如简答题、论述题、作文题，虽然有一定的参考答案和评分标准，但文科的丰富性和思维的多角度以及表现方式的多样性决定了主观题的答案只是相对的，而不是绝对的和唯一的。特别是作文题，同一篇作文，“仁者见仁，智者见智”，不同的老师判卷可能会有不同的判分，10 分上下都是可能的。因此，对于文科的分数，不必分分计较。85 分或 90 分以上是优，75 分以上是良，考了个优良成绩，就是值得高兴的。

说实话，真正的考场，不是在学校，而是在社会。少数人有“好爸爸”“好妈妈”“富爸爸”“富妈妈”，毕业后可以找到“好工作”“好位子”，但对绝大多数学生来说，今后要在竞争如此激烈的社会上站住脚，也就只有靠自己的真才实学、抓住机遇和勤奋工作了。

【评论】

烛之武 2007－1－28 11：00 考 100 分的不一定是好的，不及格的不一定是差的。

及格乎及格也 2007－1－28 11：22 对于你们学校来说是及格，但是对社会来说是不及格……

燕平 2007－1－28 12：55 社会需要合格的人才，严格要求，少出废品。

Anya 2007－1－30 13：46 辛苦老师们了！

碧绿芳草 2007－2－1 10：15 的确值得思考！考高分不见得优秀，考低分不见得就是差生！

风飞絮 2007－2－11 18：06 做最好的自己。如果尽了力，得了 60 分又能怎么样呢？不明白为什么要让许多不喜欢文学的人学习语文，也不明白又为什么让许多喜欢文学的人用一张卷子来评判他们水平的高下，这样教出来的两种人，老师的才华又怎么能得到体现呢？

龟 2007－3－8 13：55 谢谢老师的最后一句话，无论是 60 分或者是 100 分，在社会上找到我们的立足之地才是真正的意义所在……

1 月与学生在网上的交流

（2007 - 01 - 31　08：33：22）

自从去年 10 月 31 日在“北京工商大学呆呆论坛·呆呆大杂烩”发帖以来，与学生在网上就一直保持着交流。下面是今年 1 月与学生的交流记录：

莲心（2007 - 1 - 1 09：53 PM）：老师，您最后一课的那句话我还记得，希望您新一年也能开心顺利！

tgp_ 292（2007 - 1 - 2 10：40 AM）：中国驻约翰内斯堡总领事馆 1 日说，两名旅居南非的华人 2006 年 12 月 31 日下午在约翰内斯堡以东遭到武装抢劫，造成一死一伤。

徐德福领事对新华社记者说，这起抢劫事件发生在 31 日下午 2 时左右，四名非洲裔人在约翰内斯堡以东约六十公里的一家超市对受害人实施抢劫。1978 年出生、三年前来自上海的谢天乐被歹徒击中喉咙，当场死亡。他的同伴广东人陈景峰腹部中弹，现正在医院治疗，没有生命危险。

约翰内斯堡总领事馆获悉华人被害事件后立即派外交官前往医院看望受伤人员，对其表示慰问。同时，领事馆要求南非警察积极破案，将凶手绳之以法。

根据南非华人警民合作中心的不完全统计，2006 年共有 15 名华人在南非遭遇枪杀。中国驻南非使领馆多次提醒旅居南非华人和中国游客一定要提高警惕，注意生命和财产安全。

夏京春（2007 - 1 - 2 10：09 PM）：谢谢 tgp_ 292 转发这则消息。我虽然离开了南非，但毕竟在那里生活了两年多，所以对南非的消息一直还是很关注的。遗憾的是，南非的治安状况没有什么好转，我无语。

tgp_ 292（2007－1－3 10：29 AM）：其实吧，国内的治安也就那样，只是好多没有报道。北京当然是全国治安比较好的地方了。

弦断知音少（2007－1－3 03：25 PM）：老师也来论坛的？呵呵，支持下。

tgp_ 292（2007－1－5 06：19 PM）：夏老师，您去南非是当孔子学院的老师吗？

夏京春（2007－1－5 09：25 PM）：2003 年 12 月到 2006 年 2 月，作为对外汉语教师，我被国家汉办派往南非大学任教。关于在南非大学建孔子学院的事情，我听说有关方面有过谈判，但没有谈成。国家汉办有意在世界各地建立孔子学院，传授汉语，传播中华文化。

tgp_ 292（2007－1－5 09：37 PM）：对，我就是今天看了有关方面的报道，所以才问一下。

夏京春（2007－1－11 08：13 AM）：一个“奇怪”的网友和一个可爱的网友。

昨天，我在我的博客上贴了下面这篇文章：

一个“奇怪”的网友

这两天，有一个叫“大峰”的网友在我的博客上留言甚多，左边的十个“最新评论”都被他/她写满了，还从来没有人这样集中留言的。看得出，他/她是很认真地读《南非日记》，有感想就留下评论。虽然我不认识他/她，但从他/她的评论中，我感到我是在与一个真正的朋友交流。

昨天晚上，我收到了一封邮件，信中说：

夏老师：

您好！

这几天，我一直在读您的《南非日记》，一篇一篇，逐字逐句，因为我知道不能像读一本文学作品那样，一口气读完以获得叙事的脉络和整体的感受，这样的文字是需要散步时那样的心境去体味的。而日记中包含的丰富的信息、异国的情调、平淡的哲理和深重的情怀更是让这种阅读不仅充满喜悦，而且激发创造力。这种美好的阅读享受，我最早是在《傅雷家书》中体验到的。昨晚，我读完第192篇《陪客写信看舞蹈》后，沉思良久，决定今天给您写这封信，希望进一步交流。在读第132篇《我就是我》（如果我没记错）的时候，我突然想起可以通过您的博客向您请教，便陆续发了些只语片言的评论，您大概可以看到吧……

×××

很快，一个叫“婉娩”的网友提出“抗议” （2007-01-10 10：31：12）：这个大峰真是太可恨啦！俺们大夏同志的心一定被他/她给虏获啦！强烈抗议！抗议！俺看您的《南非日记》也很认真的呀！您也应该表扬表扬不是?

我听到了她的哭声，多么可爱的网友啊！我马上给她写了回复（2007-01-10 11：14：30）：婉娩，你好。我知道你是最早关注我的《南非日记》的网友之一，你还是我的圈友。我们的交流不是短暂的。在网络上，能结交你这样真诚的好朋友，我感到非常高兴。

Nakata0915（2007-1-11 06：26 PM）：老师太可爱了！博客点击率要创新高呀！成为新浪第一博呀！

tgp_ 292（2007-1-18 11：40 AM）：德国《每日新闻报》1月15日文章，原题：孔子学院遭遇危机　　2004年，中国第一所孔子学院在韩国首尔登场。短短两年，孔子学院已遍布德国、美国、埃及、澳大利亚、俄罗斯等多个国家。目前，至少有25个国家的40所大学与北京签订了合办协议，并仍有不少大学正在筹办，预计可达到100所。

西方人热衷学习中文，但担忧北京建孔子学院动机不单纯的人也不少。孔子学院只是北京为了让全世界关注其重新崛起的计划之一，计划还包括文化、国外援助、奥运等方面。这样，中国便可以借助这些“软力量”增加国际影响。但北京强调，孔子学院成立初衷在于满足中文学习需要。

一些西方大学其实并不希望北京介入中文教学。德国东亚研究所主任博思认为，孔子学院的计划是北京的公关宣传项目，北京借充满魅力的中文文化来创造一种中国的正面形象。所以，有些学校并没有接受中国的援助来开设语言学院。他们不希望让北京来指导校方如何教授中文。

在迅速扩张后，孔子学院面临的危机也随之增加。孔子学院目前还没有统一的语言教材和教学大纲。有的学校教授与中国做生意方面的专业知识，有的则提供青少年的中文课外教学，还有的为当地教师及企业提供课程。

德国孔子学院建立后，将中文列为主修的大学生增长了两三倍。但成立后不到一年，学生人数就大幅下降，有的学校如今只有十几个学生，从中国来的教师也迟迟未到。尽管有的学院中国教师配备齐全，但他们不了解东西方文化与地域的差异，使得教法无法符合学生的需求。博思说，孔子学院需要很长时间来思考如何继续成长。

夏京春（2007－1－18 08：49 PM）：德国在世界各地（包括北京）搞“歌德学院”，西班牙政府搞“塞万提斯学院”，美国和英国是搞“托福”和“雅思”，都大大推广了本国语言和文化。我国借鉴他们的经验搞“孔子学院”，也是想以我国的“世界级的文化名人”作为旗帜推广汉语，促进交流，扩大影响，传播文化。我们刚刚起步，缺乏经验，出现问题在所难免。随着中国的强大，“孔子学院”也会越来越成熟。

tgp_ 292（2007－1－18 10：32 PM）：让英语国家来搞个汉语四六级考试，那是我们的奋斗目标。

夏京春（2007－1－18 11：21 PM）：不叫四六级，叫HSK，即汉语水平考试，Hanyu Shuiping Kaoshi = HSK，参加考试的人数已呈现逐年增加的态势。当然，远没有中国人学英语那么crazy（疯狂）。

凸一一凸（2007－1－18 11：22 PM）：我想报硬笔书法课，哈哈！

夏京春（2007－1－19 08：53 AM）：最近，我在我的博客上搞了一个硬笔书法的专题，发了以下几篇帖子：

1. 硬笔书法试题

2. 硬笔书法试题评分标准

3. 学生畅谈硬笔书法课学习体会（上）（图略）

4. 学生畅谈硬笔书法课学习体会（中）（图略）

5. 学生畅谈硬笔书法课学习体会（下）（图略）

6. 满桌都是考试卷（图略）

7. 硬笔书法课学习效果问卷调查的统计与分析

凸一一凸（2007－1－19 08：00 PM）：试题？好变态！夏老师对古典文化很感兴趣吗？我最近在拍一套关于北京文化的片子，现在正在老北京阶段，夏老师有没有什么好的建议？

夏京春（2007－1－19 08：47 PM）：有策划书和提纲吗？

hidelq（2007－1－20 02：22 PM）：中国人应该写一手好字，可惜我小时候那几年练习书法的时间浪费了，现在写字自己都自卑。

夏京春（2007－1－20 06：15 PM）：现在练也不迟，有自信，活着才有意思。如果练字可以给你带来自信，何乐而不为呢？

凸一一凸（2007－1－24 10：06 PM）：硬笔书法课爆满！没签上！

夏京春（2007－1－25 09：43 PM）：得知“硬笔书法课爆满”，很高兴；可是你“没签上”，又感到遗憾。以后再报吧，或者自己练字帖也行。这两天，我一直在判大学语文的卷子，流水判卷，约有2 000多份。字写得好的不多。这更坚定了我把硬笔书法公选课开下去的决心。

tgp_ 292（2007－1－25 09：45 PM）：“字写得好的不多”……上大学以后写字的机会不多。

凸一一凸（2007－1－25 10：59 PM）：无奈了，我还以为我报得早呢？

夏京春（2007－1－26 08：47 AM）：当初，用电脑“换笔”，一

些作家是何等的兴奋，不用手写了，编辑更方便了，版面更整洁了，好啊！可是，凡事有一利就有一弊。以后，要想看到作家的手稿就不太容易了。

毛笔换成硬笔，硬笔换成电脑输入，都是社会的进步。毛笔书法已基本失去实用功能，成为艺术。硬笔书法还具有实用功能，但电脑输入已越来越广泛。在不久的将来，硬笔书法会不会也失去实用功能，而成为一种艺术呢？艺术具有修身养性的功能，从这种角度看，硬笔书法课既是功能课，也是艺术课。但目前，还是强调实用功能。

零下一度（2007-1-26 11：42 AM）：本来是打算选您的下学期的硬笔书法的，可是运气太背没中签，不过还是很支持您！

凸一一凸（2007-1-27 11：58 PM）：艺术服务社会。

夏京春（2007-1-28 10：06 PM）：放假了，真高兴！这学期够忙的，现在放假了，可以好好休整一下了。早上睡到自然醒，白天做些喜欢做的事，会些平时没时间会的朋友，看些平时没时间看的书，安排几次爬山，出出汗，这就是假期我想干的。最后，祝同学们假期愉快，春节愉快，猪年全年都愉快！

tgp_ 292（2007-1-28 11：10 PM）：当老师真好，当老师假期多。

夏京春（2007-1-30 09：04 PM）：当学生真好，学生的假期和老师一样多。学生在假期中可以好好玩，老师在假期中要备备课。部分学生假期去实习，部分老师假期要搞科研。现在竞争压力这么大，假期似乎也就有点名存实亡了。什么时候，假期真的不用去做与工作有关的事情，现代化的生活也就真正实现了。

【评论】

大婶 2007-1-31 21：24 也快，60 岁就能实现。

佐佐 2008-10-1 09：09 加油！

送　站

（2007－03－01　07：50：20）

好久没送站了。昨天晚上，我发自内心地想去送站。送的不是别人，是我亲爱的儿子。记得他上小学的时候，别人的家长都接送孩子。我为了锻炼他，让他自己走回家。尽管要走半个多小时，他也没有怨言。现在他已经是大学生了，可以自己走，但我却非常想去送他，不为别的，就是为了表达作为父亲的拳拳之爱。

车站是让人感伤的地方。年轻人比较坚强，到外地求学，或打工，或干一番事业，无牵无挂。牵挂的人是父母，是亲人。如果是情人离别，那种难舍难分的情感将是双方的。远处穿白衣服的一对儿男女何等缠绵，不避众人，相拥相吻。

儿子非常懂事，上车把行李放好后，就给爷爷、奶奶打电话报平安。儿子从小在爷爷、奶奶家长大，养育之恩必将永世难忘。2004年，儿子高考期间，我在南非任教，没有给他什么帮助，更不可能给他送行。所以，这次给他送行，也带有“补过”的意思。

站台是个繁忙之地。人来人往，车来车往。人在旅途，疲惫不堪。在家千日好，出门一时难。我想站台上的故事一定很多，站台上售卖商品的小推车承载着人生的甜酸苦辣咸。

记得有首歌就叫《站台》：长长的站台哦漫长的等待，长长的列车载着我短暂的爱。喧嚣的站台哦寂寞的等待，只有出发的爱，没有我归来的爱。孤独的站台哦寂寞的等待。我的心在等待，永远在等待。我的心在等待，永远在等待。我的心在等待，永远在等待。我的心在等待，在等待……

我独自走在北京西客站的出站通道上。这时还没有车到站，通道里显得很空旷、寂静。这是喧嚣前的寂静。用不了多久，当列车到站后，出站的人群就将把这里挤满，人挨人，向前走，人潮涌向出站口。

再见了，西客站！不知什么时候我还会来这里送站，送上我的心意，送出我的爱。

【评论】

泥巴非泥巴 2007－3－1 08：35 读出了你的心声，读出了你对儿子的爱，泥巴祝福你们！

一串心情 2007－3－1 13：06 心情来欣赏了，呵呵。

赵智强 2007－3－1 17：45 您的文章，让我想到了《背影》。同样的感受出自不同辈分人的口，留给读者的感受是不同的。

Mark 2007－3－2 11：59 我曾是您的学生，不知令郎高中哪所、大学何院系？愿他能在大学度过一生都能回味的四年（我觉得这是最重要的）。北京西客站，南来北往 20 年，我与它结下不解之缘，留下了许多的片断。老师的文章勾起了我从前的回忆，我现在在法国求学，还总是想起从前目送亲人、共别故友的场面，相信老师从前在南非时更是如此。北京不是我的故乡，我爱她，也恨她；我视她为我的故乡，因为一山一水一石一景都如此亲切。真不知何时归故里……

莲心 2007－3－2 21：01 我明天也要回北京了，父母的心情都是一样的。

后～ 2007－3－2 21：46 看了觉得很伤感……

清影 2007－3－4 09：14 送出期盼，守望平安。祝夏老师元宵节快乐！

2月与学生在网上的交流

（2007－03－06　07：52：24）

自从去年10月31日在“北京工商大学呆呆论坛·呆呆大杂烩”发帖以来，与学生在网上一直保持着交流。下面是今年2月与学生的交流记录：

lianyi1628（2007－2－7 05：12 PM）：硬笔书法好难选啊，我们一个宿舍都选了，结果只有一个中的，下次老师多开几个班吧。

夏京春（2007－2－8 11：35 AM）：回复 #171 lianyi1628 的帖子下学期在良乡开两个班，每班150人，共300人的名额。2007～2008年第一学期，拟在良乡仍开两个班，300人名额，在阜成路校区新开一个班，150人。以后，每学期都保持这个规模，每年将有900个同学参加硬笔书法课的学习，3年就是2 700人，应该说能够满足大多数想学这门课同学的需要。

hidelq（2007－2－9 07：41 PM）：老师，大四语文清考，能帮帮我们吗？

夏京春（2007－2－9 08：06 PM）：回复 #173 hidelq 的帖子“大四语文清考”？是不是补考？可能是从题库中抽取试题，因此，我也不知道考什么。但题型应该不外乎填空题、选择题、背诵题、古文翻译题、简答题和作品赏析题。把《大学语文》课本好好看一看，整理并记忆一下文学史知识；该背诵的古诗词应该能背诵；熟悉课文才能答好简答题；课文里的古文要通读一遍，正确理解；作品赏析可从思想内容和艺术特色两方面进行分析，要写够字数，一般要求不少于800字，可以先找篇古诗词，写篇赏析作文练练笔。祝你补考顺利！有什么问题，可以随时问我或任课老师。

hidelq（2007－2－9 08：08 PM）：您回答得真是精确概要。那还

是看书吧。谢谢您!

tgp_ 292（2007－2－9 10：25 PM）：我觉得lq看到这回答还是很郁闷，哈哈……

tgp_ 292（2007－2－16 11：24 AM）：本月9日伦敦下着雪，《泰晤士报》在当天头版报头下方，用醒目红色方框刊出“Will it 雪 or 雨 today?”，让英国读者猜到底哪个汉字才是“雪”，内页长篇文章则讲述汉字是如何从古老的象形图案演变成现代汉字的。

据《中国时报》报道，随着农历年到来，“中文猜谜”活动拉开序幕，《泰晤士报》连着几天向英国民众介绍汉字，在英国主流社会又掀起一轮学中文热潮。如今，中文已成英语新词最大来源，而“中式英语”也折射出时代的象征。

《泰晤士报》编辑希莉说，“中文猜谜”活动是该报“中国周”的一部分，将持续到本月17日农历除夕。之所以开展教中文活动，是因很多读者对中文有兴趣。在该报提供的一段音频中，另一主编汤姆森还用中文说了毛泽东的一句名言“好好学习，天天向上”，鼓励民众学习汉语。

汉语正在全球传播，部分因中国扩张的经济和在国际事务上越来越重要的地位，同时，中国政府也透过建立“孔子学院”并派遣教师出国，积极推广汉语。据中新社报道，中国国家汉语国际推广领导小组办公室（国家汉办）规划到2010年全球将建立500所孔子学院。

据统计，截至目前，全球已经开设的孔子学院有120多所，分布在50多个国家和地区。各地孔子学院充分利用自身优势，规划丰富多彩的教学和文化活动，逐步形成各具特色的办学模式，也成为各国学习汉语、了解当代中国的重要场所。

美国的“全球语言监督”机构日前发布报告说，在全球化大环境下，中国式英语正强烈冲击英语，大量中文词汇进入英语，成为英语新词汇的最主要来源。

报告说，像逐字翻译的中式英语“好久不见”（Long time no see），还有从广东话“饮茶”直译的“drink tea”等，现已成标准英文词组。更多中式英语还在产生，包括从前就已中英混合的如“苦力”（coolie）、“台风”（typhoon）等。这些单词的广泛流通，促使英文词汇库迅速增长。

透过这些中式英语词汇，往往能折射出中国不同时期的时代特征。例如，反映中国古代文化特色的有 Confucianism（儒家思想）、Four Books（四书）、Five Classics（五经），而 family contract responsibility system（家庭联产承包责任制）、knowledge economy（知识经济）、peaceful rising（和平崛起）等词汇，又记载着中国内地改革开放后的特殊形势。

前往中国留学的德国青年纪韶融，眼看中国内地不少中式英语很具诙谐逗趣效果，便将其贴在部落格“Chinglish.de”中，他说，“Chinglish 展现中式英语的美，是英文字典和中文文法结合的奇妙产物。这是热情的体现，不是嘲笑”。

black_ empire（2007－2－17 01：41 AM）：看来是个好老师啊，下学期我要补选硬笔书法。

夏京春（2007－2－17 01：54 PM）：回复 #178 tgp_ 292 的帖子 谢谢转贴这则消息。对外汉语的消息是我关注的。看来你知道我的新闻选项，谢谢。语言是交际和思维的工具。作为中国人，我们应该把自己的母语学好；作为中国大学生，应该把自己的母语用得准确、得体和熟练。在大年三十这天，我祝你新年快乐，大学生活快乐！

夏京春（2007－2－17 01：57 PM）：回复 #179 black_ empire 的帖子 祝你好运，能够选上。大年三十，祝你快乐！

tgp_ 292（2007－2－17 02：31 PM）：祝愿夏老师猪年大吉！工作顺心！

夏京春（2007－2－19 02：41 PM）：回复 #182 tgp_ 292 的帖子 谢谢你的祝词。这两天我逛了两个庙会，一洋一土，照了 200 多张照片，在我的博客上发了一些，也算是给关注我的博客的朋友们网上的礼物。

巴哈姆特幽灵龙（2007－2－24 11：52 AM）：回复 #183 “夏京

春”的帖子，一定去踩一踩。

【评论】

紫斓 2007－3－6 09：48 非常欣赏此举，希望有更多的老师能够如此。

新浪网友 2010－4－29 00：16 竟然有我的名字出现！夏老师您太看得起我了。

我写的两幅毛笔字，用以自勉

（2007－03－08　08：57：05）

（图略）这是陶渊明的一首杂诗：“盛年不重来，一日难再晨。及时当勉励，岁月不待人。”今年9月15日，我就该满50岁了。日子过得太快了。我真的不想“长大”，不想变老。可是，大自然的规律是不可违抗的，只有珍惜时间，把握当下，多做些有意义的事，也就等于延长了生命。

（图略）这是孔子说的话：“学然后知不足，教然后知困。知不足然后能自反也，知困然后能自强也。”通过学习，才发现自己不知道的东西很多；通过教学，才感到自己知识的贫乏。知道自己的缺点和不足，就能够自我反思；知道了自己知识贫乏，就能够奋发图强。大学毕业后，我选择了教师这个职业，原因之一就是这个职业可以教学相长。教学教学，就是又教又学，先学再教，教后又学，总是处于不断地学习之中。如今，知识更新的速度越来越快，知识倍增的周期越来越短。据有关资料介绍，20世纪60年代，知识倍增的周期是8年，70年代减少为6年，80年代缩短成3年，90年代以后，更是1年就增长1倍。我们处在一个知识爆炸的时代，不虚心学习，不更新知识，单靠以前的“老本”应付差事，是根本不行的。我觉得最好的人生状态就是毛泽东所说的“好好学习，天天向上”。活到老，学到老。虽身为老师，却永远葆有一颗学生的心。

【评论】

心灵与语　2007－3－8　10：55　先睹为快。秀丽婉转，赏心悦目，提神醒脑。

皓月　2007－3－8　11：56　好字，好词。共勉！望多交流。

燕平　2007－3－8　14：10　练习书法可以修身养性，对您很合适。

一个人的缠 2007－3－10 14：57 第一个字有统领全篇的作用，两幅字的第一个字的字形似乎都不好，其他字有的笔画感觉有点“软”。

地狱天使 2007－3－12 08：46 哇！这字写得好美呀！夏老师收我为徒吧！

行尸走肉 2007－3－22 11：19 我是您以前的学生，02级的，感觉我们这代年轻人变懒了，出生在知识爆炸的时代，却缺乏您那种时不我待的学习精神。以后应该常上您的BLOG，学习的同时也能勉励自己。非常感谢！

3 月与学生在网上的交流

（2007-03-31　19：24：02）

自从去年 10 月 31 日在“北京工商大学呆呆论坛·呆呆大杂烩”发帖以来，与学生在网上一直保持着交流。下面是今年 3 月与学生的交流记录：

北京夜未央：（2007-3-2 12：26 PM）给老师拜个晚年，好久没上论坛，才找到夏老师这里来。在大学城上过您的大学语文课，硬笔书法课我们当时很多人选修，我觉得这是要静下心来下功夫才能学好的课，当时净瞎忙别的了，没有报。和您一块儿打过篮球，但是真不知道您去南非走一圈都回来了。我如今在法国，真想念大学城那个和蔼可亲的夏京春（直呼您名了，因为其实我们同学都这么叫，觉得特亲切）。

夏京春：（2007-3-2 03：02 PM）回复 #185 北京夜未央的帖子谢谢你的留言。让我也想起了在大学城的情景。2003 年“非典”期间，我曾在大学城住了一段时间。当时北京城里很紧张，可在廊坊大学城里却一片安详。课余时候，我去游泳、滑旱冰、跳舞，过得很愉快。南非大学克鲁格教授把电话打到教务处办公室，对我进行了电话口试。很幸运，我被选中赴南非大学任教。在国外，有时心可以静下来，你可以做些你喜欢做的事。尽管我已经想不起来你是什么模样，但我知道你是个好学生。我相信你在法国一定会有很好的发展。祝你在国外身体健康，猪年诸事顺利！

tgp_ 292：（2007-3-2 11：31 PM）过年的时候碰到高中时候的一个体育老师，我热情地过去握手打招呼，他也很高兴地和我握手。从他的表情很明显看出他记不起我是谁了，但是老师的那份幸福感还是溢于言表的。

black_ empire：（2007－3－3 04：07 PM）夏老师，我真的想要补选您周五的那节硬笔书法课，可是已经没有名额了。是不是得先找您同意，然后再去教务处请他们批准呢？

夏京春：（2007－3－3 05：58 PM）回复 #188 black_ empire 的帖子 想报硬笔书法课的同学，我都同意。不过，教务处限报 300 人，名额已满，网上是报不了了，直接找教务处的有关人员说任课老师同意，文 2－402 教室还有座位，补报应该可行。祝你好运！

月月╋呆呆ヾ：（2007－3－6 02：10 PM）昨晚去旁听您的课了。

夏京春：（2007－3－6 04：52 PM）回复 #190 月月╋呆呆ヾ的帖子 月月博士，多提宝贵意见。昨晚我见到了一个网友兼圈友，是个男生。开始我还以为他是一般学生，当他说出他的网名时，我很吃惊，也很高兴，好像久别重逢的老朋友一样。什么时候也让我一睹月月的风采？

tgp_ 292：（2007－3－6 06：19 PM）新增硬笔书法选修课一门，良乡校区周五下午 5，6 节，限选人数 150 人。

月月╋呆呆ヾ：（2007－3－6 07：02 PM）嘿嘿，夏老师您太可爱了。

夏京春：（2007－3－7 08：41 AM）回复 #192 tgp_ 292 的帖子 谢谢你告诉我这个好消息。星期一晚上，许多同学跟我说没有报上硬笔书法选修课，要求增加名额。下课后，我给教务处的有关人员写了一封信，希望能够满足学生的要求。昨天上午，教务处尚老师给我来电话，协商此事。我又与传播与艺术学院的教学秘书王老师、秦老师协商。秦老师与教务处协调，最后确定了教室和限额。昨天中午，教务处公布了硬笔书法公选课新增一个班的通知。希望补报公选课的同学抓住机会，心想事成。

wbw3991：（2007－3－8 10：24 PM）老师好！我去您博客啦！我一般不看置顶的帖子，今天我没事翻《教学一览》的书，突然看见您的名字，一下就想到了“呆呆”。我是没想到有老师上“呆呆”，哈哈，也算有缘吧，上学期我同学上了您的课。希望下学期我也能上！

哈哈，我的博客地址是 http：//www. 5jia1. com/p/wangbowei 欢迎啊！

夏京春：（2007－3－9 09：54 PM）回复 #195 wbw3991 的帖子

看了你的博客，知道你喜欢滑板，你还有个姐姐，你是家里的活宝，你想让姐姐开心。从你的博文中，看得出你是一个很懂事、很要强的学生。欢迎上我的课，既然“有缘”，那我们就多交流吧。

wbw3991：（2007－3－9 10：35 PM）老师看了我的文章，真不好意思。

DUMA：（2007－3－12 09：22 PM）刚上完硬笔书法课，下课时候才发现，原来去的人好多啊……上课时候都没注意到，太专注了——和月月比谁写得好看……夏老师的字实在是很不错！

月月╋呆呆ゞ：（2007－3－12 10：02 PM）我写得比 duma 写得好看，夏老师的字太棒了啊！

夏京春：（2007－3－13 01：00 PM）请转告想选我的课的同学，选修课名额又增加了。

应同学们的请求，昨天晚上下课后，我给教务处的孙老师打了电话，反映了有些同学希望上我的课的要求。经协商，决定星期一下午 7，8 节应用写作公选课增加 20 个名额；星期一晚上 9，10 节硬笔书法公选课增加 20 个名额。请转告周洋、周子越、王丹、苏然、刘楠、田晶晶、骆伟光、姬秋亿、刘正辰、胡晓旭、麦丽斯、孟格格、张洋洋、姜东波、杨森等同学，尽快上网选报。

凸——凸：（2007－3－13 02：10 PM）我也得报！我也得报！

凸——凸：（2007－3－13 02：11 PM）但愿我手快。

后知后觉：（2007－3－13 10：44 PM）我选了又没中！我一共都选了 6 回了！

wbw3991：（2007－3－13 10：45 PM）都第六轮结束我还是没中……看来只能留一门到下学期了，赶紧修完都不给我机会。

DUMA：（2007－3－13 10：59 PM）夏老师干脆就在课上帮“呆呆”做做广告好了，呵呵。有必要也给您开一个版，多交流书法和学习的事。

夏京春：（2007－3－14 12：29 PM）回复 #203 DUMA 的帖子 谢谢你的好意。近来，工作较忙，每周 16 节课，700 多名学生，备课、上课，加科研，加侍弄自己的博客，就无暇干别的了。“呆呆”是我与北工商的学生沟通的一条渠道，我会在“呆呆”保持与学生的联系，祝“呆呆”越办越好，为大家喜闻乐见。

夏京春：（2007－3－14 04：31 PM）回复 #202 wbw3991 的帖子 看来还是供需矛盾，报的人多，名额少（其实相对别的选修课，硬笔书法课的 470 个名额已经是很多了）。反正每学期都开这门课，不一定非要这学期上，下学期、下下学期都可以上。一开通选课，马上就去报应该能报上。好学上进的同学们，我期待着和你们见面，加油！

*娏≈：（2007－3－14 05：11 PM）老师字很漂亮。

糖糖糖糖：（2007－3－14 06：53 PM）老师好人！不过我貌似超了 N 多分了已经……

tgp_ 292：（2007－3－14 09：44 PM）毕业了，听不到老师的课了。

夏京春：（2007－3－14 10：13 PM）回复 #206 tgp_ 292 的帖子 祝贺你毕业！学有所成，到社会上努力工作吧。愿意的话，还和学校保持联系。学校的大门永远都会向学生敞开的。老师也期望学生在社会上有所作为，为学校争光。

rex：（2007－3－14 11：47 PM）阜成路这边没有吧？

小果子：（2007－3－15 03：00 PM）轮不上本部的了。这边公选课什么都没有，尤其是对于艺术生。强烈抗议中……

月月╋呆呆ヾ：（2007－3－15 06：20 PM）QUOTE：“都第六轮结束我还是没中……看来只能留一门到下学期了。赶紧修完都不给我机会。”就算没中也可以去上啊，我就是去旁听的，选修分都修过了。

夏京春：（2007－3－15 08：18 AM）回复“阜成路这边没有吧？”对不起，这学期没有。下学期争取在阜成路这边开一个硬笔书法公选课班，以满足这边学生的学习要求。

wbw3991：（2007－3－16 06：18 PM）回复月月╋呆呆ヾ 好厉

害！我最需要上的就是机器人的那门课，不过是半天冲我两节课。下学期我非要上不可！要是学好了能参加全国比赛就好了，幻想中……

黑翼天使（毁灭之王）：（2007－3－16 07：14 PM）下学期一定要选上！一定要改观我的烂字！倒着看都特漂亮，全是一个风格，笔全往一边甩，正着看就一点好感都没有。

夏京春：（2007－3－17 10：51 AM）回复 #11 黑翼天使的帖子 小人头哭得好伤心啊！抱抱他，安慰安慰他！

snowlee：（2007－3－21 04：46 PM）呵呵，老师太逗了！还有上课放的那些歌……希望我字能有长进！

夏京春：（2007－3－21 05：31 PM）回复 #13 snowlee 的帖子 还记得上课时喊的口号吗？种瓜得瓜，种豆得豆。你每天都练字半小时，期末时就一定练有所成。

鬼道众：（2007－3－21 07：12 PM）我没选上。

夏京春：（2007－3－21 07：22 PM）回复 #15 鬼道众的帖子 下学期还可以选。这学期想学的话，课程又不冲突，也欢迎来旁听、旁练。上课时间、教室可以到我的博客里找到。或者到“偶然书屋”买本字帖，自己摹帖（描红）、临帖也可以。

鬼道众：（2007－3－21 07：24 PM）先生所言极是。

夏京春：（2007－3－21 07：27 PM）回复 #17 鬼道众的帖子 真巧，你在网上？

鬼道众：（2007－3－21 07：34 PM）嗯，在网上，呵呵。

夏京春：（2007－3－21 07：50 PM）春天来了，我想组织一次踏青活动。大地回春，天气变暖，草绿了，花开了，到大自然中去走走，呼吸春的气息，提提神，将是何等惬意！因此，我想在 4 月的一个周末，爬香山野山，不用买门票，自带点中午吃的和水，基本不用花钱。利用这个机会，也会会网友，增进友谊。有谁愿意去，直接给我 E-mail：xiajingchun@ 126. com。具体时间和出发地点，E-mail 通知。到达或者经过北京香山的公交车：318，331，634，737，360，630，714，733，854，运通 122，小公共 66。

wbw3991：（2007－3－21 02：25 PM）我想去。

夏京春：（2007－3－21 07：56 PM）回复 #19 鬼道众的帖子 刚发了个帖子，你想去爬香山野山吗？也许你在良乡，不方便。

hidelq：（2007－3－21 08：03 PM）我们去过，非常有趣。比香山里面爬楼好玩得多。老师组织腐败啦！我看吧，因为要忙毕业，到时候争取去。

tgp_ 292：（2007－3－21 08：19 PM）去不了了，到时候多拍照。

XIAOXIAO9：（2007－3－21 09：15 PM）我想去，我想去，到时候通知我，我现在时间可充裕了。

糖糖糖糖：（2007－3－21 09：47 PM）老师好有兴致……

猫锵锵601：（2007－3－21 10：58 PM）江浙有什么好玩的？我五月自驾从北京去香港，当然要等我先把车从贵阳开到北京再说。夏老师，我的大学语文还没有过……我哭……

夏京春：（2007－3－22 09：16 PM）回复 #211 wbw3991 的帖子 请通过我的 E－mail 告诉我你的 E－mail 和电话，以便进一步联系。

夏京春：（2007－3－22 08：28 AM）回复 #17 猫锵锵601 的帖子 真的还是假的？你似乎挺真诚的，所以我猜可能是真的。什么原因呢？你这么聪明，应该有自知之明。“哭”“悲啼”似乎都不解决问题。北京不相信眼泪嘛。调整好心态，开车上路吧。“天生我才必有用”，自有英雄安家处。

Meryayichen：（2007－3－22 09：48 AM）顶一下。

糖糖糖糖：（2007－3－22 10：35 AM）原帖由猫锵锵601于2007－3－21 23：32 发表 好久没有见啦，干脆你来贵阳，然后我们一起开去北京再去香港好了。好，北京等你。哎，那个……夏老师对不起啊！

夏京春：（2007－3－22 11：27 AM）回复 #22 糖糖糖糖的帖子 没关系，我觉得挺好。是不是有些同学已经毕业了。以前，人一走，茶就凉。现在有了网络，天涯如同咫尺。一会儿贵阳，一会儿香港，我们的同学好能“折腾”。嘱咐一句，远途开车，注意安全啊。我在南非时，也曾从比勒陀利亚远途坐朋友的车去德本海边玩。我们到印度洋中游泳，风急浪高，差点没把我吞没，可刺激了。

XIAOXIAO9：（2007-3-22 02：51 PM）这么跟同学亲近的老师很少了，唉，如果校长也在这组织这个活动多好啊！呜呜！不感叹了，也不做梦了，总之我没事的话一定去！老师，下次我选您的课，嘿嘿，多给我点分数哦。

蕾蕾：（2007-3-23 02：13 PM）夏老师，我也是在大学城上过您的语文课，转过来的学期，就听说您去南非了。呵呵，非常喜欢您上课的热情和激情。怀念大学城的时光，还有“非典”的日子……都4年过去了。

夏京春：（2007-3-23 09：24 PM）回复 #213 蕾蕾的帖子 蕾蕾，你是不是也大学毕业了？找到中意的工作了吗？过去的日子，有意义，所以我们都很怀念；未来的日子，有希望，所以我们心存期待。真心地祝你一切都好，工作顺利，生活美满。你们同学聚会的时候，别忘了叫上我。我也想看看多年没见的学生，如今长成了怎样的大小伙子和大姑娘。

tgp_ 292：（2007-3-24 01：16 AM）这帖子真温馨。有网络真好，大四一年没有课，实际上我已经走出了校园。大学四年也许我学到的并不多，但是经历过也算人生的一段体验了。

夏京春：（2007-3-24 08：20 AM）回复 #215 tgp_ 292 的帖子 年轻人最富有的是时间，最容易浪费的也是时间。作为过来的学哥学姐们，应告诉学弟学妹们要珍惜当下，因为每个当下都是一种经历，甚至是一种财富。时间不可倒流，医院没有后悔药。对不起，又在上课了，职业病，职业病……

wbw3991：（2007-3-24 10：06 AM）告诉学弟学妹们要珍惜当下。哈哈，其实说大道理谁都会，只是做起来就不是那么回事了。

wbw3991：（2007-3-22 10：26 PM）我是想去呢，最近玩命学习，很疲惫。而且看见好几个大四的哥们儿为生活和前途奔忙，心里挺不得劲的……需要放松！等俺找个伴就报名！这个时候显出女朋友的重要性了，可惜我……

夏京春：（2007－3－23 08：25 AM）回复 #29 wbw3991 的帖子 这次活动主要目的是锻炼身体，放松心情。有伴可，没伴网友相伴也令人高兴。

richard2904：（2007－3－23 10：10 AM）夏老师？咋没有印象了呢……不好意思，冒昧了！请问夏老师是教大学语文的吗？

小星：（2007－3－23 10：33 AM）呵呵。是的，夏老师在大学城就是教我们语文的……冬天那教室上课叫一个冷啊！

紫色羽毛：（2007－3－23 08：29 PM）今天刚上完夏老师的硬笔书法课。

地瓜：（2007－3－23 08：43 PM）校友就可以参加吧？

夏京春：（2007－3－23 09：41 PM）回复 #36 地瓜的帖子 谁都可以参加，何况是校友呢？也就是一起玩玩，一回生，两回熟。有缘千里来相会，无缘对面不相识。缘分哪！

A－Nakata：（2007－3－23 09：51 PM）很想去啊，但是要开始拼命忙碌补考了，自己做的孽自己受着，努力啦！

夏京春：（2007－3－23 10：43 PM）回复 #38 A－Nakata 的帖子 加油！祝你补考顺利！过了这一关，以后有机会我们再一起去玩。

猫锵锵 601：（2007－3－23 11：06 PM）补考……大学语文……还有好多好多的数学……哎……少年愁白头。空谈过往风流，花散去啊！还是以前没有好好努力，低年级的同学要加油啊！

A－Nakata：（2007－3－23 11：08 PM）猫啊，我们……拼命了要……

饭团组长：（2007－3－23 11：08 PM）报名报名，那时候应该不会很忙。

猫锵锵 601：（2007－3－23 11：09 PM）命都拼了，还有什么好怕的！夏老师和同学好好玩！您是好老师，我们都支持您！

A－Nakata：（2007－3－23 11：15 PM）您是最可爱的老师了，真的！我们踏实学。大家尽兴。

嘿嘿哈嘿：（2007－3－24 08：13 PM）这样的老师少了。

黑翼天使：（2007－3－28 12：57 PM） 对啊！

桃夭：（2007－3－26 07：35 PM） 老师，为什么上学期我硬笔书法的平时成绩只给了40多分？我四次作业都交了，而且都是自己亲自写的。我觉得很不公平，我们班有的同学都是别人给写的，自己一次没写过，最后都过了。

夏京春：（2007－3－26 11：35 PM）回复 #218 桃夭的帖子 请告诉我你的课程序号、学号、班级、姓名，我查一下。这里不方便告诉的话，你可以给我 E-mail，我非常痛恨作弊的学生。可是人太多，我也不好发现。上学期，我确实发现了几个作弊的，考试让他们过了，我对他们的“善心”也许害了他们。这学期，我已经采取了措施。如果发现，他们将倒霉了。我将严格要求，取消他们的考试资格。

老实人做老实事，有时看起来吃亏，但心里踏实；要小聪明，看起来一时得逞，但没有掌握真才实学，将来有后悔的时候。总体感觉，这学期，学硬笔书法课的同学学习热情比上学期的高。但愿不出现作弊这样的现象。我真诚对待学生，可个别学生却要欺骗我。上学期我有点儿生气；这学期再发生这样的事，我就不客气了。

桃夭：（2007－3－28 05：08 PM）对于那些作弊的学生，您居然都给通过了，但我次次都是自己写的，考试也是，就算字的水平没有达到您的要求，但至少我没有欺骗您，但您却给那些欺骗您的学生通过，这真的很不公平。

夏京春：（2007－3－28 05：52 PM）回复 #220 桃夭的帖子 说实话，所谓“作弊”也只是我的怀疑，字是合格的，可能找人代写，但我没有证据，就不能处理。你没有欺骗我，你是诚实的学生。如果给了你不及格，你有怨言，我也能够理解。我认字不认人，字不合格，给你合格，那样合适吗？如果你的字写得很好，我给你不及格，你可以去申请复查。我保证有错必纠。公平是相对的，不公平是绝对的。希望你尽快从这次“不公平”事件中走出来，努力学习，取得优异成绩。别哭了，好孩子！

tgp_ 292：（2007 - 3 - 28 08：04 PM）不要把结果看得那么重。结果虽然重要，但是过程更重要。

【评论】

pedantry 2007 - 3 - 31 19：33 您是个有闲情逸致的人，可能和书法有关。我喜欢您在课上写的“落”字，特别潇洒，我在下面模仿好久，终于有了点样子，但是我似乎还没有您的神韵。

皓月 2007 - 4 - 1 08：39 来看您了，祝愉快。

豆包子 2007 - 4 - 10 16：43 您是我见过的最可爱的老师了！好喜欢您啊！

印名片的经历

（2007-04-01 10：07：54）

最近，要去开一个会议。以前的名片上，教研室主任已经不当了，手机号码也不能用了。于是，我去附近的一家打印店去印新的名片。100张，不加标，20元。我跟店主说："不要出错。"因为以前印的名片就发生过错误，u写成了a。临出店门时，为保险起见，我说再看看原稿。一看不得了，发现了两处错误，一个是F写成了B，一个是5写成了6。我马上改正了过来。还说不要人家出错，自己的原稿出错了，能怪谁呢？这是一次教训，以后干什么事都不可马虎啊，认真仔细才能少出错。

【评论】

pedantry 2007-4-1 10：57 同感，细节决定成败。

如江文化 2007-4-1 12：17 小心才能无大错。

51beautiful 2007-4-1 12：31 呵呵，自己写的不容易看出来。

清影 2007-4-1 16：05 细心，显在细节。周末快乐！

心灵与语 2007-4-2 08：37 校对很重要。

心灵与语 2007-4-2 08：38 看来一定得核对。

美猴王 2007-4-2 09：44 学习了！

皓月 2007-4-3 07：39 呵呵！是啊，要是印完发出去多麻烦呀！

有客自天来，小鸟叫我醒

（2007－04－20　08：27：08）

我家住在闹市区的九层楼上，从来没有鸟的光顾。可是，今天早上，我在睡梦中却听到了动听的鸟鸣。

打开窗帘，小鸟竟然就在我的阳台内，也不知道它是怎么飞进来的。我看了一下表，此时正是五点半。

我家阳台上有一棵小松树，不是真的，是以前过圣诞节买的。我估计小鸟把它当真的了，从哪个洞洞钻了进来，要和小松树亲密接触。当然，这只是我的猜测。究竟它为什么来我家做客，我也不知道。

我起来拿了一个盘子，接了些水，放在阳台上。然后，又躺回了床上，透过玻璃窗看阳台上的动静。

这是只麻雀，说不上好看，也谈不上难看，但它很乖巧，它飞到盘子旁喝水了，又飞上晾衣架向远方张望。我想它是不是想飞回蓝天。于是，我把阳台的窗户打开了，可它并不急着飞走。

多么可爱的小鸟啊！“海阔凭鱼跃，天高任鸟飞”。小鸟终于从敞开的窗户飞走了。我有一丝遗憾，但又很欣慰。这真是一个愉快的早晨，我享受着小鸟给我带来的好心情。

【评论】

绝爱桐儿 2007－4－20 10：34 小鸟总在清晨时快乐地歌唱，行人多了，车声多了，它们就飞走了。

沁园芳菲 2007－4－20 16：07 和谐相处，很好啊！

皓月 2007－4－20 16：14 和谐的生活环境，哈哈！祝周末愉快。

清影 2007－4－22 19：50 城市里缺少树林，鸟儿在寻觅绿色的家园。问好！周末愉快！

4月与学生在网上的交流

（2007－04－30　13：44：14）

自从去年10月31日在“北京工商大学呆呆论坛·呆呆大杂烩”发帖以来，与学生在网上一直保持着交流。下面是今年4月与学生的交流记录：

DUMA（2007－4－2 08：07 PM）：谢谢夏老师给我的题字。谢谢！谢谢！

夏京春（2007－4－3 08：08 AM）：回复 #223 DUMA的帖子 昨晚上课后，你和月月走到我的面前，我眼睛为之一亮，好英俊的红衣少男，好漂亮的红衣少女，你们让我想起了那首歌《我们都是好孩子》。谢谢你们网下和我见面。

tgp_ 292（2007－4－3 03：31 PM）：好英俊的红衣少男，好漂亮的红衣少女。小史你得意地笑吧！

月月╋呆呆ヾ（2007－4－3 09：18 PM）：夏老师您说得我都不好意思了……

夏京春（2007－4－3 10：19 PM）：回复 #226 月月╋呆呆ヾ的帖子 Good girl，don’t be shy. I’m very glad to see you. That’s all right. Have a good time！

夏京春（2007－4－5 08：05 PM）：《南非风情摄影个人展》于今天下午在良乡校区学生宿舍区大门外的宣传橱窗内展出。这个展览由校宣传部主办，照片都是我在南非期间拍摄的，分风景、名胜、大学、人物、植物、动物和艺术品七个专题，共77张，欢迎大家观看，提出宝贵意见。如想看更多的照片，可以进我的博客观看。

糖糖糖糖（2007－4－5 08：11 PM）：老师打广告！哈哈哈！今天没有看到啊？

123（2007-4-5 08：13 PM）：在本部哦，看不到。

tgp_ 292（2007-4-5 08：19 PM）：也可以考虑到本部展出嘛！

我恨呼哈（2007-4-5 08：27 PM）：就是，不要偏心，本部也是学校的一部分啊！

夏京春（2007-4-5 08：40 PM）：回复 #5 我恨呼哈 的帖子 两周后，争取在本部也展出。谢谢你们的关注。

123（2007-4-5 08：45 PM）期待……

我恨呼哈（2007-4-5 08：53 PM）嗯，到时一定去捧场，老师加油！

A-Nakata（2007-4-5 09：05 PM）：要去良乡捧场啊！坚持展览到我们补考结束，一定呀，哈哈。

夏京春（2007-4-5 09：15 PM）：回复 #9 A-Nakata 的帖子 什么时候补考结束？

wbw3991（2007-4-5 09：40 PM）：今天我咋没看到呢？下周一定关注一下！因为俺都已经回家了，准备明天面试兼职。

A-Nakata（2007-4-5 09：44 PM）：25号应该大体结束了，完了我肯定回良乡，朋友们啊！

月月╋呆呆ゞ（2007-4-5 09：52 PM）：啊啊，我怎么没看到啊，明天留心下。

DUMA（2007-4-5 09：52 PM）：片子看到了，很有耳目一新的感觉，过些日子我和肖的贵州摄影作品展也会在图书馆展出，夏老师，到时候去捧场啊！

A-Nakata（2007-4-5 09：59 PM）我必须得回去捧你们的场。哈哈，良乡活动丰富多彩啊！

小白（2007-4-5 10：15 PM）：一定到，我还想见见老师本人，签个名，哈哈。

白色心情（2007-4-6 03：33 PM）：帅！

黑翼天使（2007-4-6 11：24 PM）：周一就去看看。

NEW 精华大学士（2007-4-7 10：39 AM）：顶。

DUMA（2007－4－7 03：08 PM）：老师加油啊！

夏京春（2007－4－8 07：34 PM）：回复 #24 DUMA 的帖子 明天我去良乡上课，顺便会去看看我的展览。

芸茗（2007－4－8 11：34 AM）：老师好，第三轮才选上您的硬笔书法课。您的课真的挺好的！顶顶顶！

夏京春（2007－4－8 07：29 PM）：回复 #228 芸茗的帖子 谢谢你的夸奖。为什么是第三轮呢？我不太明白选修课的网上选报机制，比如说，限选300人，第一轮报了400人，是不是在400人中抽签，选300人？如果第一轮报了250人，还有50个名额，是不是就在第二轮时再选？如果第二轮报了150人，那就在150人中抽签，中50人；如果报了45人，那这45人就都中，还有5个名额留到第三轮？还有为什么要抽签？可不可以先报先中，名额报满为止？网上报名选修课，可不可以提交后，马上就知道选中没有？如果没选中，再选别的。建议：第一，学校要提供尽可能多的受学生欢迎的选修课供学生选报，不要让学生无课可选，或不得不选不喜欢上的课；第二，网上选报的过程要尽可能地方便学生，不要让学生屡选屡不中，总在失望中。

还在猜火车（2007－4－9 02：23 AM）：这老师教什么呀？哪天见见去！

杨威利（2007－4－9 02：16 PM）：我妈去南非时也照了不少好看的照片，比想象中的要好很多，据说那个马拉马拉大饭店很有情趣。

wbw3991（2007－4－9 07：20 PM）：您说的选课就是这样的抽签，我到第六轮还抽签呢……最后还是没选上。我觉得就是先报先得挺好的。其实抽签也是怕很多课没人上，谁也不可能花特别多的精力在选修上，还有很多课确实枯燥乏味，像您的课都是热门，大家都愿意去上。可是您不能满足几千人吧，所以上不喜欢的凑学分也是正常的现象。我就差一门了，所以也不是很着急。今天看见您了，跟照片不是很一样，觉得很年轻，可不像奔“五张”的，还是良好的心态决定一切哦。

夏京春（2007－4－9 10：48 PM）：回复 #230 wbw3991 的帖子

谢谢你的回复。真的很同情为了凑学分而不得不上不喜欢的枯燥乏味的课的学生们。

夏京春（2007－4－9 11：02 PM）：回复 #28 杨威利的帖子 旅游的好处就是亲临其境，开阔眼界，获得真知。

夏京春（2007－4－10 08：02 AM）：回复 #27 还在猜火车的帖子 自我介绍一下，我教大学语文、应用写作、硬笔书法和对外汉语 4 门课，学问不大，好为人师，喜欢学生，愿做人梯。

DUMA（2007－4－10 02：18 PM）：夏老师看那盘了吗？感觉如何？

Dante@白象牙（2007－4－10 05：05 PM）：一直都想上夏老师的课，到大三了还是没选上。公选课还差一门了，下学期希望能选上。

夏京春（2007－4－11 12：30 PM）：回复 #31 DUMA 的帖子 看了一部分，看来搞摄影的要有钱、有闲、有眼光，还要不怕苦。真羡慕人家手里拿着“大炮”到处走。

黑翼天使（2007－4－11 02：04 PM）：有钱，这壁垒就够高的了。剩下的马马虎虎都够……

滴血玫瑰（2007－4－11 02：16 PM）：真是想念良乡，丰富多彩的生活！

夏京春（2007－4－11 04：05 PM）：回复 #31 DUMA 的帖子 看完了，一般人很难达到罗先生的“高度”。他是从直升机上取景，这就决定了他视野的广阔。他的设备是一流的，能够捕捉丰富的光和色。他是“好摄之徒”，其实说是“好色之徒”也未尝不可。此色非女色，乃色彩也。本周末（4 月 14 日，星期六）我准备组织一次爬香山野山活动，我给月月发了 E－mail，不知你们方便不方便去？植物园“梅花周”已开幕，应该能拍些好照片。

糖糖糖糖（2007－4－11 09：25 PM）：今天看到老师的照片了！好棒！天好蓝，我也想去……

卡通花束专卖（2007－4－12 04：46 PM）：我也喜欢摄影喔，漂亮，真美！

wbw3991（2007－4－14 11：58 AM）：我也差一门，想选“机器人”或者“应用写作”。再练练，搞不好大学毕业出本书玩玩。

夏京春（2007－4－19 08：12 AM）：又该报下学期的授课计划了。昨天，有个老师跟我说，选修课可以少上点，理由是有的老师对我有意见，说我开的选修课把学生都吸引过去了，他们开的选修课报的人就少了。我听了后，感到很可笑。

wbw3991：（2007－4－20 09：46 AM）如果都像夏老师这样为学生着想，北京工商大学也不会有现在如此混乱的局面。从学校低层一些管理人员或者所谓的老师就能知道这个学校成什么样子了，怪不得报纸都要曝光。混乱的管理和私心贪心是问题所在。希望夏老师这样的老师再多一些！

tgp_ 292：（2007－4－28 09：50 AM）学生用网络恶搞老师（转帖）……记者在采访中深深地体会到，师生间观念上形成的隔阂日趋明显，文化上的互不认同也造成了矛盾的加剧。由于20世纪90年代后的学生是在快餐文化和网络文化环境下生长起来的，而大部分老师身上显示了更多的传统文化和精英文化，所以大到做人的观念，小到一个词语怎么应用，师生之间的价值判断都可能产生分歧……

夏京春：（2007－4－29 09：22 AM）我从来就不认为老师就比学生强，“后生可畏”这是孔子早就说过的。说实话，我很看不上有的老师端着架子训斥学生的样子。“闻道有先后，术业有专攻。”谁也不是全知全能的。老师需要不断地更新知识，学生也不要苛求老师什么都懂。师生互相尊重、互相理解、互相学习，搞好师生关系应该不成什么问题。

tgp_ 292：（2007－4－29 09：58 AM）从小到大老师就是权威，而且大多数老师最敏感的就是学生挑战他们的权威。

夏京春：（2007－4－29 10：28 AM）回复 #11 tgp_ 292 的帖子《礼记·学记》中有一句话：“凡学之道，严师为难，师严然后道尊，道尊，然后民知敬学。”意思是说：凡是为学之道，以尊敬老师最难做到。老师受到尊敬，然后真理才会受到尊重；真理受到尊重，然后民众才懂得敬重学业。应该说，尊师和尊老一样都是好的品质。恩师让人敬重，权威让人服从。这里有两个方面的问题，要加以区别。一要尊师，二不能盲从。在学术上，在探索科学的道路上，有出息的学生既尊重老师，也勇于挑战老师的权威。当然，话又说回来，且别要求学生“有出息”，“有出息”的老师又有多少呢？为什么中国创新能力不强，从这里也许能找到一点答案。

月儿弯弯（daisy）：（2007-4-29 03：14 PM）楼上有理！

黑翼天使（毁灭之王）：（2007-4-28 07：19 PM）令人喷饭的高考试题回答，考生实乃世界第一聪明搞笑专家。君若不信，请看：

作文题：七十年前的今天

答一：七十年前的今天，中国人民解放军百万雄师过长江。

答二：七十年前的今天，马克思怀揣《×××宣言》入中国境内传播。

答三：七十年前的今天，中国人民志愿军雄赳赳、气昂昂跨过鸭绿江！

善哉！先辈们办完大事也不懂得输入电脑建个“备忘录”什么的。

语文试题：“清水出芙蓉”，下半句是什么？

答一：碧血洗银枪。（这位老兄应该是个古龙小说迷）

答二：乱世出英雄。（有气魄！）

语文试题：“奇文共欣赏”，后半句是什么？

答：好酒同品尝。

要么本身就爱喝两口，要么是广告看多了。

语文试题：“天若有情天亦老”，下一句是？

答：人不风流枉少年！

此乃“新新人类”的心里话。

语文试题：“不畏浮云遮望眼”，后一句是？

答：飞来峰上有晴天。

若不知正确答案为“只缘身在最高层”，似乎此答案也还蛮像那么回事。有意思的是，经查实，该考生如今就读于某著名高校建筑系！

语文试题："有朋自远方来"，下半句是什么？

答：尚能饭否？

绝妙！有朋自远方来，为的是什么？归根结底，为混一饭耳，问其尚能饭否，使其居进退两难之地，若答能，则混饭之心昭然，若答不能，又不实事求是，此一答或陷人于不义，或陷人于不真，实乃绝妙之词。

语文试题：小说《红岩》的作者是？

答一：江姐？

答二："中美合作所"集体创作？

第二位学生的想象力实在非一般人可比，此所谓天才也！……

夏京春：(2007－4－29 11：18 AM) 每次判卷都能遇到些搞笑的答案，当时只是说说笑笑而已，以后收集在一起，也能编个《试卷奇思妙答集》。

我爱李姬珍：(2007－4－27 04：01 PM) 中信证券给我的切身体会。今天是实习的最后一天，5点我就可以不用来了（还要再来拿我的实习津贴）。我不能留下来的原因归结起来有四个，每一名北京工商大学的本科生都存在的原因，学历、学校、经验、人脉。

夏京春：(2007－4－29 11：53 AM) 四个因素都是可以改变的，读研、读博，学历就变了；考名校，学校就变了；经验和人脉都要靠积累。关键是自己要找好自己的定位，自己吃多少饭自己知道。没有必要和别人比，"人比人，气死人"。目标不切实际，也会烦死人。

不跳的飞人：(2007－4－29 03：32 PM) 只要关系到位了，就好说了。我亲哥是光大的头，本来说去光大，但是因为我觉得银行的工作太死板，没有太多自由发挥的空间，就不去了。这个世界光靠自己的能力没用。

夏京春：(2007－4－30 10：15 AM) 有关系的找到好工作、高薪酬，固然令人高兴，但如果自己不能胜任具有挑战性的工作也将很难受，让人看不起，说是靠关系进来的。所以有关系的可以靠关系；靠了关系之后，最后能否有进一步的发展还是要靠自己。没关系的就要靠自己的实力，天生我才必有用，有实力者事竟成。

我爱李姬珍：(2007-4-30 01：23 PM) 夏老师是一个懂事理的人。这里有很多人不懂事，不知道我的真实意思。

hidelq：(2007-4-28 03：03 AM) 声明：这些小条是那天成考自考的时候照的。

夏京春：(2007-4-29 11：38 AM) 从垃圾桶内的小条来看，考试作弊的还真不少。

tgp_ 292：(2007-4-29 12：01 PM) 夏老师，你不会以前不知道吧？

夏京春：(2007-4-29 09：41 PM) 知道是知道，但还是有些吃惊。诚信的缺失、作弊时负面的心理状态都将极大地影响当事人的身心健康。

夏京春：(2007-4-30 09：54 AM) 清考考完了吧，补考“大语”的过了吗？我真心希望你们都过，高高兴兴地离开学校，找到合适的工作，开始新的生活。

告别彼得潘：(2005-3-26 07：40 AM) 拿什么拯救你，北工商。(略)

夏京春：(2007-4-30 09：51 PM) 这是我上“呆呆网”以来看到的最好的一个帖子，有主见，有深度，有个性，有文采。这个帖子告诉我们，作为大学生真正应该做的就是自立、自强、自尊和自爱。

【评论】

蓦然心语 2007-4-30 11：22 非常好的交流方式！蓦然祝夏京春老师“五一节”快乐！

阿坤 2007-4-30 11：40“阿坤之家”圈主阿坤祝你“五一”快乐！

心灵与语 2007-4-30 21：32 夏老师通过论坛和学生交流，很好的沟通和宣传方式，值得更多的老师借鉴。

关于大学语文课，网上与学生的交流

（2007－05－14　14：00：53）

夏京春：（2007－5－12 12：32 PM）

近日，“教育部要求高校面向全体大学生开设中国语文课”成为热门话题。北京大学教务部负责人说：“英语不过不能毕业，现在汉语不过也不能毕业！”我校早已开设大学语文课，而且是必修课。我们不存在开不开的问题。我们的问题是怎样开？讲什么？用什么教学方法？怎么考试？怎样开设更有成效？昨天上午，我校领导陈殿华书记来到我任课的贸经06国贸061班听大学语文课，表现出我校领导对大学语文课的重视。希望同学们畅所欲言，提出自己的看法，推进我校大学语文课的改革。

tgp_ 292：（2007－5－12 01：47 PM）

我大一上的大学语文课，当时上课就是老师对着一本参考书给我们念，一个学期就那么过去的，中间穿插了一个诗词朗诵比赛而已，大家都觉得没意思。

夏京春：（2007－5－12 02：38 PM）

中国学生上语文课应该说并不少，幼儿园、小学、初中、高中用在语文上的课时都不少，可是教学效果怎么样呢？教育部要求大学开这个课，也就30多个课时。凭30多个课时，学几首唐诗宋词，学几篇古文，就能把大学生的汉语水平提高了？教育部把问题想得也太简单了。

这是一个社会大环境的问题。什么时候英语课成了选修课，就业时要看汉语等级证书，评定职称不必统一考职称外语，考研考博也不把外语作为硬性指标，那时，国人的汉语水平就有望大幅度提升了。

wbw3991：（2007－5－12 10：14 PM）

我一直比较喜欢语文课，我觉得中国人就应该学语文！一个国家自己的文化是灵魂和支柱，不学习都不配做中国人！我很庆幸能上杨柳老师的语文课，也上过宋词鉴赏。包括和夏老师也有过一面之缘。还有，现在上袁老师的中国现代文学。我觉得这些老师都有很高的文化修养，从文学中能让人获得思想和感情，写出的东西和说出的话都是有文采的。所以一直喜欢读书，也喜欢和读过很多书的人做朋友。

夏京春：（2007-5-12 10：37 PM）

我校中文教研室的老师，总体说来，都是认真的、负责的。

wbw3991：（2007-5-12 10：43 PM）

我那是相当敬佩啊！特别是杨柳老师那种沉醉其中的感觉，特服。

tgp_ 292：（2007-5-13 11：15 AM）

我觉得咱学校社科部的老师都还不错。

wbw3991：（2007-5-13 08：52 PM）

信息学院教专业基础课的都很牛！专选课老师我都怀疑是老师吗，整个一个糊弄！

××快跑：（2007-5-12 06：48 PM）

大一时候上语文课用的是一本绿色的小册子，您应该是编著者。建议，多些时文，换成16开本，插图版，定价10元以内。

黑翼天使：（2007-5-12 06：52 PM）

挺喜欢那些诗词歌赋的，不过现在很多人都没那个静心来品味了。上课的时候感觉明明是座宝库，但是大多数人都不懂得欣赏，有点无奈……

哭泣的宠虫：（2007-5-12 07：35 PM）

林刚是个好老师！

夏京春：（2007-5-12 07：43 PM）

回复 #2 ××快跑的帖子“大语”教材中编入时文是对编者的一个挑战。2002年我主编的《大学语文》（首都经济贸易大学出版社出版）曾编入了几篇时文，就遭到了一些人的非议。一是是不是精品，二是版权问题，所以选古典名篇是省事的办法。

嘿嘿哈嘿：（2007-5-12 07：45 PM）

咱们学校老师上电视了。

夏京春：（2007-5-12 07：47 PM）

回复 #6 嘿嘿哈嘿的帖子 可以说具体点吗？

嘿嘿哈嘿：（2007-5-12 07：52 PM）

就是《首都经济报道》，说大学语文课的事，采访了学生的意见，也采访了咱们学校的老师，老师谈了谈他的意见，就是这个，我当时看见了，一看是工商大学的。咱们学校越来越有名了。

小白：（2007-5-12 07：57 PM）

如果大学语文课能像易中天“品三国”就好了。

杨威利：（2007-5-12 08：25 PM）

我觉得大学语文课应该与国学结合到一起来教，顺便穿插中国的文化与历史讲解，这样学起来更有意思。至于英语，我认为大学英语课对于除英语专业之外的所有学生都只应该作为一门选修课，就好像学日语、法语、朝鲜语一样。

吾爱汝至：（2007-5-12 09：19 PM）

语文不等于背诵，别再用背那些根本看不懂的东西来折磨我们了。而且希望考试的作文能够更贴近生活，现在这种题目我们都是事先准备好文章或抄一遍或默一遍，因为题目内容太离谱了。

rex：（2007-5-12 09：26 PM）

古文，很难培养出学生的兴趣，很多学生受不了。语文能否换个角度，不要为了语文知识而教语文知识，增加一些学生感兴趣的内容，比如三国之类故事性强一些的，看不懂的时候，自然要弄清楚，也就学了语文知识了。

夏京春：（2007-5-12 10：06 PM）

大学语文课的改革是个系统工程。

首先是定位，为什么要开“大语”。是语文基础训练，还是以学文学作品为主；是素质教育课，还是人文与工具相结合；是重古典文学，还是重现当代文章；是重书面语言，还是加入口头语言的训练；是重阅读，还是重写作；是重写文学赏析文章，还是重应用写作；等等。定位不清，什么都来点，什么都教不好。

其次，明确定位后，就是教材的配套。现在的教材以文学作品为主，和中学语文教材没有什么不同，应该有大的改变。

再次，教学方法不应该“满堂灌”，老师不能“一言堂”。

最后，考试方式的改革。我校大语考试的题型已经有四五年没变了。34课时，教材篇目不可能全讲，可是考试范围涉及全书，有填空题、选择题、背诵题、古文翻译题、简答题和作文题等。这种考试是否能真正考出学生的汉语水平和能力，值得怀疑。

月月十呆呆ゞ：（2007－5－12 10：26 PM）

语文课本上很多文章都是高中、初中精读过的。我觉得大学语文课要在以前高中生背的层面上升级，真正的是想去学、感兴趣学。

wbw3991：（2007－5－12 10：26 PM ）

我希望能出现王朔的作品，还有果戈理、卡夫卡。首先我本人很喜欢他们的书，再者我自己觉得还是有很高的文学价值的。就算是王朔，很多人认为他的书不能算是入流，但是现在还是得到社会的肯定了，很早就出了文集，代表了一个时代的思想。我觉得选文应该范围广，不局限于从初中就开始的古文，还有至今读不懂的鲁迅。不得不承认大学生需要的是符合时代、符合自身需要的精神食粮。古文要学，现代的王朔也未尝不可以学，国外的大师作品也要学。我总结为什么大学生不爱读书，因为接触得太少，没有找到自己喜欢而又值得去读的书。明明知道鲁迅晦涩难懂，为什么还要没完没了地教呢？多知道一些东西，让学生去选择自己喜欢的方向，才是对大学生人格发展的良好做法。

备注：我个人对鲁迅没意见，只是我自身确实读不明白。各人自有喜好，我也承认鲁迅很了不起，只是喜好问题，绝无诋毁之意。

××快跑：（2007－5－12 10：31 PM）

王朔？WBW兄希望选入哪一篇呢？

wbw3991：（2007－5－12 10：37 PM）

《动物凶猛》《顽主》《一半是火焰一半是海水》《我是你爸爸》，……我都很喜欢！

XIAOXIAO9：(2007－5－12 10：39 PM)

我觉得大学语文的课还没高中有趣呢，真的，考试根本考不出水平。改变考试方式，课文是古文没关系，但总应该把该讲的都讲了吧。我大一时讲的有部分高中已经学过了，有些没学过的，反而错过不讲，而且，国学这个东西在课程中根本没有体现。个人意见，不妥之处请老师见谅。

××快跑：(2007－5－12 11：19 PM)

本人觉得王朔的作品进入大学语文普及教材真不合适，即使他的作品很有阅读快感。今天在图书馆路过书架看到一本《佛陀教你不生气》，第一个反应就想到了王朔。他的作品就是教你生活中如何不生气，方法就是降低身段，别把自己当人。呵呵，这样分析似乎有些恶毒。嗯，就是思想性差点儿，文笔也不是时下最佳。

hidelq：(2007－5－13 06：39 AM)

考试对于这种素质培养是无用的。我建议学校进行文学欣赏，或者以优秀的、符合现代孩子喜好的健康的书籍给大家阅读，然后讨论。

夏京春：(2007－5－13 06：54 AM)

现在大学语文大班授课的方式，也值得怀疑。大班授课，讨论怎么搞？作文，老师没时间看。评估有个指标叫师生比。我们学校中文教研室八个半老师，大学语文面向全校开设必修课，还要开设宋词欣赏、现当代文学、外国文学、应用写作、硬笔书法等选修课，我们的师生比合适吗？

××快跑：(2007－5－13 08：01 AM)

我也认为非文史专业的语文教学应该以阅读为主。老师列个书单，课余时间大家去图书馆找来看，课上分享阅读经验。学校的图书馆书目很全的。

夏京春：(2007－5－13 08：07 AM)

我主编的《大学语文教程》和我去南非以后林刚主编的《大学语文》教材后面都有推荐书目，可是，学生究竟看了多少呢？

月月╋呆呆ヾ(2007－5－13 11：30 AM)

感觉上语文课的时候总是老师特陶醉于文章，而我们毫无感觉，估计是有太多高中精读过的文章的原因。

黑翼天使：(2007－5－13 11：36 AM)

国外都是老师给个书单，然后学生读后写读后感。但是似乎在中国行不通，在学生口中会成为负担，然后去网上下载一份，不知道为什么会这样？

haowei_ gui：(2007－5－13 11：50 AM)

前几天看新闻还说教育部不对大学语文课做硬性规定呢，怎么……

糖糖糖糖：(2007－5－13 11：53 AM)

完全没有印象了已经，第一学期貌似我们只上了八周课。

夏京春：(2007－5－13 01：12 PM)

开“大语”课比不开肯定要好一些。至于效果，有两点也是肯定的：第一，人文的东西是潜移默化的，不可能立竿见影。第二，社会上浮躁、功利的大环境不改变，英语至上的政策导向不改变，大学语文的教学内容和方式不改变，要求大学语文课大幅度地提高大学生的汉语水平和能力是不可能的。

穆目：(2007－5－13 01：28 PM)

特感谢大学语文老师给了俺60分，亏的我还是文科出身呢。惭愧啊，还是浮躁了我。

xiaoan191：(2007－5－13 01：44 PM)

大学语文，教我们感受文学，但是在这样一个缺少文学氛围的环境中总觉得开的课程仅仅只是修学分，学校的必修而已，希望学校能真正开设一堂能让我们有所感悟、有所收获的大学语文课。

hidelq：(2007－5－13 01：51 PM)

原帖由夏京春于 2007－5－13 08：07 发表 我主编的《大学语文教程》和我去南非以后林刚主编的《大学语文》教材后面都有推荐书目，可是，学生究竟看了多少呢？

这就是一种代沟。您写得肯定有内涵、有深度，但是这种一般不能让一个现代的大学生去拿着看。语文课完全可以分析金庸小说嘛，金庸的书当年我也是熬夜看。虽然不及古典名著，但总比学生不看好多了。另外，我认识很多人现在天天都在网上看小说，如果老师能够找一些有内容、吸引人并且文字功底较好的小说，会更有吸引力。

夏京春：(2007－5－13 03：44 PM)

回复 #32 hidelq 的帖子 教材的可读性、时代性、规范性都是编者应该考虑的问题。另外，作为大学生，今后不会写诗、不会写小说都没关系，但一般文章都写不通顺、错别字连篇就说不过去了。所以，提高大学生的应用写作水平和能力更有现实的意义。

tgp_ 292：(2007－5－13 04：59 PM)

教师要想办法把课堂弄得生动，像王益民的运筹学课程就很棒，枯燥的数学课可以让大家基本都不迟到而且认认真真地听，还有刘健的足球课也很棒。如果整个学校语文组只有那么几个老师的话，肯定是没办法改进的。不能多引进点优秀的教师吗？我宁愿硬件条件差点，也不想上的都是昏昏欲睡的课。

夏京春：(2007－5－13 05：25 PM)

我校在良乡校区的硬件建设上是舍得投资的，但在引进优秀教师、善待现有教师方面还存在不少问题。某些领导似乎只是把老师当作管理的对象，而不是教学的主体。尽管如此，绝大多数老师还是兢兢业业地做好本职工作、对学生负责的。

hidelq：(2007－5－13 05：51 PM)

唉，怎能把学校做成事业单位呢？

yuzhuwang：(2007－5－13 08：03 PM)

林刚老师水平不错，讲课有点东西，就是考试时太保守，叹！

wbw3991：(2007－5－13 08：38 PM)

原帖由夏京春于 2007－5－13 05：25 PM 发表 我校在良乡校区的硬件建设上是舍得投资的，但在引进优秀教师、善待现有教师方面还存在不少问题。……

相当赞同！咱们学校的领导和行政管理的老师确实有问题。任课老师才是值得学生敬佩的！关于书单问题，我真没按它去读，我个人很喜欢读书，一直在读自己喜欢的书。其实推荐书目也是给大家参考的，只要是读好书，是不是推荐书目并不重要。主要是学生对自己本国文化的学习态度。我觉得导致大学语文受冷落，是一个社会问题。首先是教委在大学语文学习上不够重视，导致学校不重视，学生自然不重视。整个社会都要看英语、看计算机等，忽视了语文的学习。面对就业压力，学生不得不去学英语，所以要从根本改变，不只是学生一方面，而是学校乃至整个社会都需要调整。其实在学校学与不学、学得好还是不好都不重要，重要的是让年轻人喜欢语文，喜欢读书。L说的金庸的小说，我觉得选入教材未尝不可，能让一个人读到整夜不睡觉的书就是好书！大学就是要自由地发展个性，发展爱好，自己去选择读什么。

夏京春：(2007－5－13 09：09 PM)

我校“大语”考试是从题库抽题的。2003年，按照教务处的要求，我们中文老师集体编了十套题。这两年对这十套题略有修订。同学们说的“保守”，恐怕指的就是这十套题。那么，大学语文究竟应该如何考试，是开卷，还是闭卷，考什么，现在这些题型是否合适，怎么考更好些？作文应该怎么考，是考作品赏析，是像高考那样命题作文，还是像公务员考试那样考申论，或应用文？现在是该反思和改变的时候了。希望同学们提具体建议、方案，供有关领导和老师参考。

蜡笔阿蚊：(2007－5－13 09：12 PM)

我非常不能理解的事情就是我们英语专业，竟然没有大学语文课！现在接触的翻译越多也就越觉得，学英语没有中文打底根本走不远，很奇怪学校的做法。

夏京春：(2007－5－13 09：40 PM)

我校的“大语”课一般都在大一开设，有的系在第一学期开，有的在第二学期开。这门课面向全校，文科理科都开，周2课时，共34学时。但开不开的决定权在各个学院。我知道新闻系就没有开这门课，但他们有新闻写作等课。英文专业没开大学语文课，有相关课程吗？如果没有，真的应该建议该系的领导安排现代汉语、大学语文、中国文学等课程。英文能否学好，最后拼的不是英文，而是母语。

DUMA：（2007－5－13 09：42 PM）

语文学习要有一种环境、一个深厚的语言文化底蕴做背景。但是这个要求对老师来说似乎高了。其实语文老师最不好当，他是半个作家、半个博物学家、半个教育家……老师们加油啦！

夏京春：（2007－5－13 09：55 PM）

回复 #43 DUMA 的帖子 说得很对。尽管我当老师多年，但一直有学生心态，总觉得自己懂得太少了，需要学习的太多了。真的如古人所说："学然后知不足，教然后知困。知不足然后能自反也，知困然后能自强也。"我愿意当老师，也有这个因素在里面，就是教学相长，在教的过程中自己也在不断进步。

hidelq：（2007－5－13 10：10 PM）

"大语"考试可写 2 篇作文，新学弟们来了可以 pm 我。从言情到武侠，如果能让学生看进去就比再深奥的什么第一部诗歌总集没人看好。有很多言情武侠作家，也有些文笔。

夏京春：（2007－5－13 10：19 PM）

回复 #45 hidelq 的帖子 What's the meaning about pm?

hidelq：（2007－5－13 10：22 PM）

论坛短信……这个不方便公开说，新大一来了，也尽尽学长的责任。

夏京春：（2007－5－13 10：27 PM）

别把他们教坏了。

hidelq：（2007－5－13 10：35 PM）

哈哈，大学的写作能力确实重要。不过因应付考试真的一点锻炼都没有。作为语文工作者，我认为，应该把放在考试上的精力全部放到一种文学爱好的启蒙上。

夏京春：（2007－5－13 11：00 PM）

回复 #49 hidelq 的帖子 说得对。我也不赞成现在这样考试。考试只是教学过程中的一个环节，这个环节不可少。学了一门课，总要记个成绩。文科的成绩伸缩性很大，学生真的不必把这个成绩看得太重了。学生应把精力放在阅读经典、提高人文修养和写作能力上面。34课时有限，作业也有限，要想提高修养和能力，关键在课外的大量阅读和写作。

hidelq：（2007－5－13 11：21 PM）

所以老师应该减少学生对这门课的反感，或许都不用授课。2节课的时间，完全用于阅读一些东西就很好了。现代人真的很少看文字了。可以想象继续这样下去，必然……

夏京春：（2007－5－14 08：10 AM）

回复 #51 hidelq 的帖子 课还是要上的，但怎么上，值得探讨。可以讲专题，而不是一篇篇分析作品；可以组织课堂讨论，让学生主动参与；可以搞演讲，培养演讲能力；可以搞些语言文字训练；等等。总之，要激发学生的学习兴趣，引导学生逐步地进入博大精深的中国语言文字的殿堂。

tgp_ 292：（2007－5－14 12：40 PM）

组织课堂讨论？在北工商很难实行吧。你们语文教学组就那么几个老师，要教授整个学校各个专业的大学语文。我记得我们上大学语文是130多个人，就一个老师怎么讨论?!

我觉得这次学校也就是响应一下教育部的号召而已，不会在这上面有大动作，过了这段时期又会冷下去，中国特色，北工商特色。

PS：今天特意到图书馆去看了看夏老师的摄影展，真的很棒！

5月与学生在网上的交流

（2007-05-31　11：08：42）

自从2006年10月31日在“北京工商大学呆呆论坛·呆呆大杂烩”发帖以来，与学生在网上一直保持着交流。下面是2007年5月与学生的交流记录：

幸福的旁边：（2007-4-13 09：06 PM）国人应看的关于日本的文章（很不一样，值得一看）http：//view. news. qq. com/a/20070412/000034. htm。虽然文章很长，但是却吸引着我读完。我想你也应该读完。和以往关于日本的文章很不一样，仿佛让我对日本有一种焕然一新的认识。至少不是一味排斥。看完这篇文章懂得了一个道理：不卑不亢，有容乃大。我想对你应该也有所启发。（网友留言略）

夏京春：（2007-5-5 10：04 AM）同学们的讨论非常之好，我认为杨同学和猫同学的观点都是很有见地的。总的说，世界的大势是和平与发展，中日关系也不例外。逆世界潮流而动的人总是有的，但他们终究成不了“势”。

tgp_ 292：（2007-5-5 12：57 PM）大学男生的物理特性（视野上看的）。上大学之所以对一个男生很重要，有以下几点：从大学里学到的东西将使你受用终身，包括合理逃课、毫无目的地旅游。这为你将来做商人合理逃税以及做官员毫无目的地策划市政工程，打下了一个基础……

夏京春：（2007-5-5 05：26 PM）写得很有意思，值得反思，大学究竟应该怎样度过？学，学什么？学知识，学交际，学本领？玩，玩什么？玩电游，玩潇洒？tgp_ 292似乎总在上网，而且总能找到有意思的帖子转发，谢谢了。

夏京春：（2007-5-8 12：32 PM）“南非风情摄影展”在本部图

书馆大厅展出。

夏京春：根据本部同学们的要求，“南非风情摄影展”在良乡校区展出后，今天上午在本部图书馆大厅展出，为期2周。在此，特别感谢甘亚平馆长、办公室陈主任和鲁老师的大力支持。昨天提议此事，今天上午就展出了。如此效率，令人满意。欢迎本部同学多提宝贵意见……

糖糖糖糖：（2007－5－8 02：06 PM）顶夏老师了！在良乡看过了已经……

小白：（2007－5－8 04：22 PM）夏老师速度真快，大家都可以去看看，照片的确不错，就在本部的图书馆大厅。

夏京春：（2007－5－8 06：19 PM）回复 #3 小白的帖子 谢谢小白捧场，还谢谢下午在现场的一个漂亮女生，我在粘贴的时候，她主动要求帮助我贴。我光顾着和她边贴边聊，都忘了问她叫什么名字，真是好学生啊！

小白：（2007－5－8 06：34 PM）老师太客气了，哈哈，今天总算见到您了，真的特别高兴，呵呵。

Meryayichen：（2007－5－8 06：35 PM）支持夏老师！

夏京春：（2007－5－8 10：33 PM）本想贴张照片，如不能显示，就上我的博客去看吧。

夏京春：（2007－5－9 05：47 AM）昨天晚上从新浪博客上传的图片还不能显示，没想到一觉醒来图片竟然可以显示了，真让人高兴。

黑翼天使：（2007－5－9 12：54 PM）新浪的一直都不能转，防盗链。是因为您电脑里有那照片所以能看见。

夏京春：（2007－5－9 02：38 PM）回复 #9 黑翼天使的帖子 谢谢你告诉我这个不幸的消息，我还以为你们能看到照片了呢。记得以前“呆呆”可以从本人电脑上传照片，改版后为什么不可以了？现在插入照片，必须是有网址的。可新浪博客上的照片不能外传。怎么能解决这个问题？请高手指点一下。

夏京春：（2007－5－9 06：03 PM）今天上午，校本部留学生来到图书馆观看“南非风情摄影展”。This morning, oversea students who come from BTBU watched the South Africa Culture Photography Exhibition in the library. Riikkaa said:“How nice!”

123:(2007-5-10 10:52 AM) 刚才过去看了，很不错啊！南非很漂亮，尤其喜欢人物那一组。

夏京春:(2007-5-10 01:33 PM) 回复 #13 123 的帖子 谢谢，看来你也是一个摄影爱好者。我在这个帖子又上传了两张照片，但不能显示，令人郁闷……

tgp_ 292:(2007-5-10 03:42 PM) 早看到这帖就好了，刚刚从西区机房回来，明天去图书馆看看。

小白:(2007-5-11 12:07 PM) 顶了！

夏京春:(2007-5-13 07:01 AM) 谁能告诉我签名处的照片是怎么传上去的？先谢谢了。

××快跑:(2007-5-13 07:12 AM) 您把图片的网址放在 [img] …… [/img] 间即可。用半角的哦。

夏京春:(2007-5-13 07:45 AM) 回复 #18 ××快跑的帖子 在控制面板“编辑个人资料”，我的 [img] 不能进入，是不是权限的问题？另外，什么叫半角？

××快跑:(2007-5-13 07:58 AM) 应该没有权限的问题吧。个人签名处 [img] 没有显示可用？请您多试几次。另，" [" 为半角；“ [” 是全角。

夏京春:(2007-5-13 08:47 AM) 回复 #20 ××快跑的帖子 谢谢版主将照片帮我发上去。

NEW 精华大学士:(2007-5-15 10:11 AM) 顶！

xiaoan191:(2007-5-15 11:10 AM) 也来顶一个，嘻嘻。

月月十呆呆ヾ:(2005-6-5 04:10 AM) 逃课大全 & 逃课狂报名来！南极人：地球人都逃！《大话西游》：逃课需要理由吗？需要吗？不需要吗？《大宝》：逃课？明天咱也逃一回去！乐百事：今天，你逃了没有？六必治牙膏：牙好，胃口就好，身体倍棒，逃课倍快！

脑白金：今年咱们不上课，上课全去校门外！高露洁：我们的目标是——没人上课！汇源肾宝：你逃，我也逃！海尔广告：海尔，逃课到永远！安踏广告：我逃课，我喜欢！NIKE广告：逃课，just do it！……

夏京春：（2007-5-10 08：47 PM）我上初中、高中的时候都逃过课，自己跑到八大处二处去看书，那时八大处不要门票。上大学后，我就没有逃过一节课。我的逃课经历和你们正好相反。高中毕业后，我去延安农村插队了两年，1978年1月上的大学，我珍惜上大学的美好时光。我朗诵臧克家诗的声音曾响彻杨家岭的山谷："有的人活着，他已经死了；有的人死了，他还活着。"第一次登上大学的舞台，面对全校师生表演，我的小腿肚子直打哆嗦。

hidelq：（2007-5-10 08：53 PM）那个时候的大学跟现在的大学不是一个概念。

夏京春：（2007-5-10 08：59 PM）应该说，现在大学很多方面的条件比我们那会儿好多了。再说，大学的机会对每个大学生来说都是一样的，能不能过得有意义关键在自己。

hidelq：（2007-5-10 09：13 PM）首先，那个时代，大学出来就有稳定的地位与工作。其次，那个时代的大学是精英教育，是可以一对一的教育（我们数学都是200多人一起上课）。再次，那个时代所学是超过那个时代所用的东西，而现在所学的很多东西已经扭曲到用不到的地步。另外，那个年代考上了大学的前辈们，确实值得尊敬。

月月╋呆呆ゞ：（2007-5-10 09：20 PM）啊呀呀呀，我年轻时候的帖子。

夏京春：（2007-5-10 09：22 PM）客观情况确实不同，所以我特别想强调主观的努力。机不可失，时不再来。宝贵的大学时光，用来打电游、聊天、睡觉……真让我不能理解。

hidelq：（2007-5-10 09：26 PM）出去交朋友对于目前这个社会是有用的（当然是好朋友），我觉得宿舍聊天（这个词真文明）、打网游是最荒废大学生活的。

夏京春：（2007－5－12 06：15 PM）看了一下发帖时间，原来是两年前的。月月看了自己两年前的帖，是不是有点像看自己小时候照片的感觉，挺好玩的。

落花飘零：（2007－5－15 10：24 PM）北工商疯了！不让穿短裤，不让穿凉托，不让穿无袖的背心，北工商简直疯了，要热死了，逼着同学们造反啊！从来就没有救世主啊，同学们该反抗了！

夏京春：（2007－5－16 08：48 PM）什么场合穿什么衣服。你去游泳，能不穿游泳衣吗？你去公司面试，能不穿正装吗？你去郊游，能不穿休闲装吗？夏天去教室，我觉得男生穿正规短裤和女生穿裙子是一样的得体，但男生穿拖鞋、背心，女生穿过于暴露的衣服（如超短裙、小背心、露背装等）就是穿错了地方。在宿舍，你可以随便穿，但在教室和其他公共场合，还是要注意着装礼仪。

奕姝陶梓：（2007－5－16 08：58 PM）什么叫正规短裤，把西裤剪短就叫正规短裤？您来下个定义吧。

夏京春：（2007－5－16 09：00 PM）西裤式样的短裤应该算正规短裤。

DUMA（2007－5－16 09：03 PM）服装多种多样，禁不了的，只能说注意点，毕竟大学生走在流行的最前沿。

落花飘零：（2007－5－16 09：50 PM）这是大学，不是监狱，穿什么还要学校管吗？有没有人权啊？又不是裸着去上课，学校有什么权力管我们这么多，有本事，老师都穿小裤衩上课啊！有闲心的话，少整点纸上谈兵的老师，学生不上课，那是因为老师都照本宣科，不是学生的错。

DUMA（2007－5－16 09：53 PM）回复 #45 落花飘零的帖子 这个，夏老师的课还是不错的，对老师还是要尊重……就事论事，就事论事。

月月╋呆呆ヾ：（2007－5－16 10：01 PM）学校为了评估拼了老命了。

落花飘零：（2007－5－16 10：05 PM）是那个戴眼镜的、爱唠叨的中年男人吗?

夏京春:(2007－5－16 10:18 PM)回复 #48 落花飘零的帖子 我就是那个戴眼镜的、爱唠叨的中年男人。我不知道学校有什么规定,我只是对穿着这件事发表我个人的看法。大学生上大学不仅是来拿文凭,更重要的是学习做人,学习做一个有修养、懂文明、通情达理的、对社会有用的人。

月月╋呆呆ヾ:(2007－5－16 10:24 PM)原帖由落花飘零于2007－5－16 10:05 PM 发表 是那个戴眼镜的、爱唠叨的中年男人吗?对评估有意见的人多了去了,老师们又没错,不能逮谁咬谁吧。

杨威利:(2007－5－17 01:22 AM)我同意夏京春老师的观点,什么场合穿什么衣服,否则只能说明没教养!至于什么衣服是上课应该穿的,我想这么大人了,每个人都该有把尺子!

杨威利:(2007－5－17 01:31 AM)原帖由落花飘零 于2007－5－16 09:50 PM 发表 这是大学,不是监狱,穿什么还要学校管吗?……

首先不赞成你用这种口气和老师说话。其次,学生不上课绝对不能只怪老师,学生自己也有很大责任!另外,在社会上,很多场合都会规定着装。你要是不吝的话可以穿着背心裤衩往五星级宾馆里闯,然后跟保安理论理论。我一个同学到银行实习,要求女生必须穿套装和丝袜高跟鞋。

tunwowo725:(2007－5－17 09:39 AM)啊呀,讨论这个其实没什么意义,总之学校连短裤都不让穿这实在太过分了,大热天的,太伤害同学们感情了。再加上屏蔽手机、按学号排座位、禁止男女生谈朋友,等等。不过学生怎么着也干不过学校,还是老实待着吧,你有你的规章制度,我也可以选择不执行嘛。让你做个好看面子,我也没什么损失。就这样……

TERRY:(2007－5－17 01:35 PM)没出这种规定的时候大家都穿得很正常,反正我是从没在校园里见过不得体的。问题就在于学校把这事写到纸上作为规定,实在是学校对学生的不信任,有悖教书育人的原则，而且这样教育出来的学生再以同样的办法和思维教育后人将是多大的悲哀。

xiaoan191：（2007－5－17 01：49 PM）原帖由夏京春于 2007－5－16 10：18 PM 发表 我就是那个戴眼镜的、爱唠叨的中年男人。我不知道学校有什么规定，我只是对穿着这件事发表我个人的看法。大学生上大学不仅是来拿文凭，更重要的是学习做人……

非常同意老师的说法！一直不明白，评估是对我们害处很大吗？到底对谁的影响比较大呢？如果学生自觉一点，学校的规定人性化一点，应该不会出现现在这样的局面吧。希望不要再互相对付了！不管怎样，不会希望到时候自己拿出去的毕业证被人笑话吧。

A－Nakata：（2007－5－17 07：06 PM）所有的清考成绩都出了，可以顺利毕业啦！

夏京春：（2007－5－17 07：17 PM）心想事成，祝贺祝贺！

A－Nakata ：（2007－5－17 07：20 PM）谢谢老师，这几个月的自习日子不会忘记。

hidelq：（2004－9－6 09：41 PM）以后就打算在“呆呆”灌了，原来有 52，冷落了“呆呆”，以后就在这扎根了。一定要尽快再发 15 000贴……

夏京春：（2007－5－19 06：04 PM）又是一个老帖，光阴似箭啊……

hidelq：（2007－5－19 06：07 PM）是啊，夏老师，转眼四年就过去了。真的太快了。拓展开来，人生又有多少个四年呢？大一的走读给我减少了太多大学的乐趣。

夏京春：（2007－5－19 06：25 PM）一般老年人爱回头看，可是，我觉得年轻人也应该适当回头看看。回头一看，弹指一挥间，这就知道要珍惜时间了。四五年是个坎儿，走得顺，越活越有奔头。

鬼道众：（2007－5－21 12：43 PM）大家为什么来“呆呆”，民意小调查而已。

夏京春：（2007－5－21 10：37 PM）我来“呆呆”，目的有四：

1. 想和学生课下有个交流；2. 想了解年轻人的想法，使自己年轻些；3. 发点小广告；4. 结交好朋友。

小白：（2007－5－21 04：36 PM）学校有许多默默无闻的好老师。

因为写论文的原因，被导师拉到良乡。安坐社科阅览室3天有余，在总共4天的时间里，我住在良乡这边，最后一天经历了大学四年来最感动的一次校车之旅。

那天晚上，我9点20准时到了阳光大街，学校早已空空荡荡，老师和我站在那条大道上等车，望着钟楼，时间已经很晚，特别是在良乡，这样的感受更为强烈。我心里想着，其他同学已经在宿舍安静地躺着了吧。而图书馆老师还有我还要等着最后一班车回本部，说实话，真有一丝悲凉的感觉。

刚开始还以为学校评估，所以才会有老师工作到这么晚，后来才知道原来图书馆的老师一直都是这样起早贪黑。望着他们疲惫的脸庞，在靠座上睡得那么香，那个时候心里有一种说不清楚的感动。老师们虽然工作辛苦，但他们没有抱怨什么，他们更多的是关心学校的事情，一路上他们谈论学校的评估，说着学校的变化，虽然有些地方会有些微词，但更多的是对学校未来的良好祝愿。等我回到本部后，才知道开车送我们的师傅还要回到良乡值班。当时已经是夜里10点40了。望着远去的校车，我在学校西区门口久久迈不开步子。如果我没有到良乡写论文，如果我没有坐上学校那天晚上的校车，也许我大学四年永远都不会知道，原来我们学校还有这么多普普通通、默默无闻的好老师，学校也因为有了他们才一直在向好的方向发展。由衷地说一句：老师，您真的辛苦了，谢谢您！

夏京春：（2007－5－21 11：02 PM）每个星期一晚上我都在良乡上课，都坐这趟班车回来。这不，我刚从良乡回来，上网看看邮箱，顺便看看“呆呆”。看到这么理解老师的帖子，感到累点也值得。

杨威利：（2007－5－21 11：28 PM）老师受着学校和学生两边的夹板气。

夏京春：（2007－5－22 08：20 AM）学校这边，因为发我工资，所以有时受点气，也就忍了，但从工作中得到的乐趣还是很多的。学生这边，一般我不生气，有时生点儿气也是“怒其不争”，跟学生接触的大部分时间还是愉快的，特别是看到学生进步、懂事、成长，更是感到欣慰。

jumna：（2007－5－22 05：32 PM）回复 #53 tgp_ 292 的帖子 呵呵，摄影展我也看到了。久不来“呆呆”，忽然在这里看见这样一个讨论帖，还挺感动的。我觉得语文的启蒙教育应该是在大学之前就已经完成了的。大学语文课也许可以尝试着根据不同的方向来分为多门课，学生选修其中的若干门课，这样既拓宽了“大语”的涵盖面，又兼顾了大家的学习兴趣。在课堂教学方面，的确有必要增加讨论课（实施起来也的确困难）。唉，我们博大深厚的国学，单单一本“大语”也说不清啊……ps：大一时听袁老师讲苏东坡，印象深刻，几乎成了我对大学语文课的标志性印象。看来老师那种极投入的讲课情绪，也很具感染力啊！

tgp_ 292：（2007－5－22 09：17 AM）老师也是普通人，这也是他们的工作。只是社会对老师的要求比较高，因为他们担任的社会责任很重。

xiaoan191（安安小巫女）：（2007－5－23 04：11 PM）（转贴）周总理的照片，中国人一定要看。周总理震惊世界的图片！中国人一定要看的！中国人一定要看的！不要误解周恩来忙忙碌碌，事务主义，他其实至高至圣，是伟大的思想家；不要误解周恩来拘谨韬晦，他其实至情至性，常常洒脱不羁；不要误解周恩来阴柔委屈，他其实阳刚十足，火辣辣的激荡奔放；不要误解周恩来吞声忍让，那其实是大智大勇，最有自知和知人之明……

夏京春：（2007－5－24 01：24 PM）周总理是人民的好总理，他是真正做到了为人民服务，所以永远为人民所爱戴和敬仰。形成鲜明对照的是，那些贪官、昏官和恶官永远为人民所憎恨和鄙视。

565080448：（2007－5－29 04：01 PM）呵呵，就业不仅是北京工

商大学的事，其他所有学校也都面临这样的问题啊。看到学姐学长们的讨论，其实焦点还是在就业问题。学校管理尚有不少问题，其实本质不在于此。只要它能保证大家就业就行啊，但它不能保证，于是有人就抱怨它这不好那不好。其实一句话说得好：存在就有它的价值。如果你有足够的实力，走到哪儿也不会惧怕什么。也许兄姐们会说我幼稚，是的，我是06级新生，但我一直认为，其实大学生不一定非要就业，也不一定非要考研，或者出国，好像大家都集中于这些方面……为什么没想想创业呢？尽管道路也许会不平坦，但是就业之路也不平坦的呀。记得一个女孩子说过一句话，去创业吧，失败了也不要紧，因为你本来就一无所有。除了梦想，我们一无所有……

夏京春：（2007-5-29 06：54 PM）回复 #33 565080448 的帖子 一张白纸好画画，一无所有好快活。有爱有梦有理想，奋斗自会有收获。

haowei_ gui：（2007-5-26 08：18 PM）看看国内这群败类学生吧。http：//tv. mofile. com/PQR3UWJ4/

夏京春：（2007-5-29 08：00 PM）混乱的课堂，缺乏教养的学生，无奈的老师，失职的领导，失败的家庭教育，浮躁庸俗的社会环境……通过这一事件值得反思的东西太多了。不遵守课堂纪律，不尊重老师的行为在大学生中不是也经常可以看到吗？作为老师，我知道什么时候都有个别的学生。问题是究竟应该如何对待这些学生呢？单靠老师肯定是不行的，家庭教育、学校管理、社会舆论、教育体制诸多方面都要行动起来。

tgp_ 292：（2007-5-30 10：36 AM）（转帖）大学生该有的修养。请大家将这篇文章广泛传播给自己的亲朋好友阅读，务必使每一次如厕都能顺利圆满，多为周遭的人着想，留给他人一个干净的空间。不小心弄脏厕所时，挽起袖子，好好解决，这才是一个e时代的青年才俊该有的气度，不是吗？

夏京春：（2007-5-31 10：56 AM）看起来是小事，其实是大修养。

【评论】

Junjun 2007－5－31 13：18 夏教师的话极是，教育是一个相连贯的环节，不能只靠学校。如果家人不理不管，老师又当保姆又当妈，只能天天以泪洗面。水滴还要穿石，学生好歹也将心比心一下呀。教育不好根本在家庭，强化在学校，恶化在社会。

子腾 2007－5－31 20：17 良师，大抵就是夏老师的模样，一群一群的……

今天我过“儿童节”

（2007－06－01　23：46：11）

这两天收到网友的“儿童节”问候：

安安小巫女：夏老师节日快乐哦，保持一颗年轻的心，呵呵。我来也！老师，马上“六一”了，要保持童心，这样老得慢！

子腾：祝夏老师儿童节快乐！天天快乐！

这引起我对过“儿童节”的兴趣，下面就把今天过节的过程简述如下：

7：15—7：25　起床，洗漱，从八里庄北里父母家走到846车站。

7：25—7：40　等846，摇头晃脑，伸胳膊，踢腿，看等车的人，望来车的方向。

7：40—7：50　乘846到航天桥东（0.4元），在车上帮一个乘客将钱递给售票员。

7：50—8：10　从车站走到学校食堂，吃早饭（1元）。说明：为迎接教育部专家组下周来我校进行本科教学工作水平评估，我校教职工在学校餐厅用餐，学校有补助。6月8日专家组走后，吃饭就不会这么便宜了。

8：10—8：20　从学校走回自己家。

8：20—8：50　将教学资料放入书包，剃胡子，浏览昨天的《北京晚报》。

8：50—9：00　从家走到学校。

9：00—9：10　等学校班车，看《北京晚报》。

9：10—10：00　乘学校班车（7.5元）到良乡校区，车上闭目养神。

10：00—10：30　到图书馆传播与艺术学院第四届学术艺术周展

厅，给我参展的“南非风情摄影”和两幅毛笔书法作品（一幅行书：陶渊明杂诗；一幅楷书：毛泽东词《沁园春·长沙》）摄影留念；帮沈捷老师挂油画作品。

10：30—12：10　在文2－208教室上大学语文课，内容是关汉卿和他的《不伏老》。

12：10—12：20　从教室走到文科实践中心一层的餐厅。

12：20—12：50　吃午饭（2元）。

12：50—13：00　从餐厅走到图书馆。

13：00—13：10　在图书馆和昨天约定的学生书画协会负责人孙伟君同学见面，给他我昨天晚上写的两幅毛笔书法作品（一幅楷书：《和谐》；一幅行书：《学海无涯》），以便参加在学生活动中心举办的书法展。

13：10—13：15　从图书馆走到文1楼学院办公室。

13：15—13：25　在学院办公室，拿硬笔书法课平时测试试卷纸，共300多张，顺便给负责学院教务工作的王富军老师照了两张工作照：一张打电话，一张看电脑。

13：25—13：30　从学院办公室走到工2楼102教室。

13：30—15：10　给二班上硬笔书法课。内容：第一节课讲“怎样把字写快”；第二节课进行第三次平时测试，测试时播放轻音乐。

15：10—15：20　从工2－102教室走到文2－402教室。

15：20—15：30　课前准备，打开多媒体设备，播放课前音乐。

15：30—17：10　给三班上硬笔书法课，内容同二班。

17：10—17：20　从文2－402教室走到图书馆。路上，看到4个女生在站岗（文明督察），这是学校为迎接评估采取的新措施、新景观。征求她们同意，我给她们照了两张相。

17：20—17：40　在图书馆传播与艺术学院第四届学术艺术周展厅与学院沈毅院长，沈捷、张帆等老师、学生合影，与学生交谈。

17：40—17：45　从图书馆走到餐厅。

17：45—18：10　在餐厅吃晚饭（2元），与文科实践中心赵学凯、秦艳梅等老师同桌，边吃边聊。

18：10—18：15　从餐厅走到学生宿舍区西门。

18：15—18：35　等小面包车开车，已上了6个人，司机就是不开车，等了半天最后也没多上人。

18：35—18：45　乘小面包车到西潞园（2元）。

18：48—19：28　乘616到六里桥北里（1.2元），车上有座，闭目养神。

19：28—19：35　乘300到航天桥（0.4元）。

19：35—19：42　从航天桥站走回家，路上一个人打听304医院在哪儿，我详细地告诉了他。

19：42—23：50　到家，上网，看留言，写纸条，看邮箱，发邮件，写博文，听电视，整理今天照的照片，发博文。

23：50—　　洗漱，睡觉。

【评论】

小孟 2007-6-1 23：53 看看表，现在恰好23：50。夏老师晚安！我也睡觉了。

菓糖 2007-6-2 08：46 夏老师你太可爱了！

孤高吟游者 2007-6-2 10：12 可怜那些文明督察的小孩，有的就站烈阳下面。看到了夏老师一天简单充实的生活。

4WEBg 2007-6-2 10：39 夏老师也过“六一”啊！节日快乐！

阿_ _七 2007-6-2 10：44 居然有这样的老师，毕业前也不遗憾了，北工商的骄傲。

安安小巫女 2007-6-2 10：57 呵呵，夏老师，安安小巫女又来啦，好高兴哦，因为你看到了我的留言。留下一条昨天收到的让我最感动的信息：虽然我们不再年幼，欢乐成长的同时也夹带着忧伤。但是我们学会了怀念，我怀念的是小时候的满地乱跑，我怀念的是儿时的无忧无虑，我怀念的也许还有模糊记忆中一起过家家的小女孩，不知道现在的你会有什么感想。不是很远方的我祝福你节日快乐！嘿嘿，老师天天快乐！

nakata0915 2007-6-2 10：59 我们的学校有很多可爱的老师，认真的老师，负责的老师。只是他们没有像夏老师一样找到这么好的一个平台。有时候沟通真的很重要，很必要。祝和我一天生日的可爱的夏老师永远年轻快乐。

一串心情 2007-6-2 12：35 来学习了，受益！祝朋友们周末愉快！

包融 2007-6-2 13：18 呵呵！老师永远都不会老！

云云 2007-6-2 18：40 17：45—18：10 在餐厅吃晚饭（2元），与文科实验中心赵学凯、秦艳梅等老师同桌，边吃边聊，坐在老师旁边的桌子，呵呵。

清影 2007-6-2 22：09 夏老师的日程安排得这么紧密、忙碌、充实。祝天天快乐！

第七个瞬间 2007-6-2 22：18 您这一天真忙碌啊！也希望您“儿童节”快乐！保持一颗童心是件很好的事情。一直很喜欢夏老师，觉得您很可亲，也很可爱。很少见到您这么可爱的老师呢！呵呵，我是硬笔书法2班的学生，每次都很喜欢上您的课，您总能在课堂上给我们带来欢笑，要是下学期还能选您的课该有多好啊！

娃娃 2007-6-2 22：37 充实得让我羡慕。老师，真的要保持童心哦！

子腾 2007-6-3 13：00 要注意首尾呼应，比如刷牙这件事……哈哈！

雨后漫步 2007-6-5 09：43 夏老师的一天好充实忙碌啊！保持童心很重要，它会给你带来良好的心态。

索中堂 2007-6-7 22：43 夏老师咋这么搞笑哩……哈哈！

孙伟君 2007-6-15 23：16 夏老师，知道您的课很多，每天很辛苦，但您却能一直给大家展现快乐灿烂的笑容，很感动！还有您特健康的体魄，也让我们这些大小伙子感到惭愧，呵呵，向您学习啊！最后，祝夏小朋友健健康康，快快乐乐，我们一起长大……

赵智强 2007－6－18 02：25 忙碌，现在吃饭还这么便宜吗？

新浪网友 2007－7－2 12：01 呵呵，第一次来夏老师的博客哦，儒雅的夏老师原来有这么可爱的一面哦。心不老人才不会老，愿我们的夏老师永远这么快乐、这么有活力！

新浪网友 2007－7－8 11：03 老师啊，很想选您的硬笔书法课，可老是不中。唉，下学期继续选。

《南非漫谈》讲座受到学生欢迎

（2007－06－24 22：01：55）

应学生邀请，6月20日（星期三）晚6：30在北京工商大学良乡校区文2－402教室，我做了一次《南非漫谈》的讲座。尽管正值期末考试的复习阶段，星期六又有四六级考试，仍有七八十个同学前来听讲。同学们表现出了极大的兴趣，听得津津有味。

我的演讲分为两大部分，第一部分介绍南非的基本情况和我在南非大学的工作和生活情况，第二部分回答同学们的问题。首先，我从南非（The Republic of South Africa）的国旗讲起。南非的国旗由黑、黄、绿、红、白、蓝六色的几何图案构成，象征种族和解、民族团结。南非地处南半球，位于非洲大陆最南部，北邻纳米比亚、博茨瓦纳、津巴布韦、莫桑比克和斯威士兰。东、南、西三面为印度洋和大西洋所环抱，东滨印度洋、西邻大西洋，地处两大洋间的航运要冲，地理位置十分重要。

我在南非拍摄了大量的照片。为了这次讲座，我选了100多张照片制作成PPT，一边放照片，一边讲解。上图中的照片是南非罗宾岛上曾经关押曼德拉的监狱。

演讲结束了，我与同学们合影留念。感谢外语系团总支副书记张云云同学，她主持了这次讲座，又用手机拍下了上面这些照片，可以让我也看看我演讲时是什么样子。这是一个愉快的夜晚，这么多同学分享了我在南非的所见所闻，我感到十分的惬意。

附录：北京工商大学校团委网站发表的消息

外语系举办《南非漫谈》讲座

为了开阔同学们的视野，增进同学们对其他国家的了解，6月20

日晚，外语系邀请了我校对外汉语教师夏京春副教授为同学们做了题为《南非漫谈》的讲座。夏教授于2004年到2006年在南非Unisa大学担任对外汉语教师，任职期间，他为把中国文化介绍给南非人民做了许多工作，得到了当地老师和同学的一致肯定。

讲座中，夏教授围绕南非的自然社会状况以及自己在南非的工作生活情况，生动地向同学们展示了一个真实的南非。同时，为了使同学们对南非有全方位的了解，夏教授还展示了许多相关照片。夏教授幽默诙谐的语言赢得了同学们的阵阵笑声，大家都被夏教授生动的讲解深深吸引，仿佛已经置身于遥远而美丽的南非。

6月与学生在网上的交流

（2007－07－01　10：50：38）

自从2006年10月31日在“北京工商大学呆呆论坛·呆呆大杂烩”发帖以来，与学生在网上一直保持着交流。下面是今年6月与学生的交流记录：

夏京春：（2007－6－2 08：18 AM）谢谢网友对我的“儿童节”问候，昨天我是这样过节的，见如下网址：http：//blog. sina. com. cn/u/4acc894001000a1s。

xiaoan191：（2007－6－2 10：58 AM）老师天天快乐。

A－Nakata：（2007－6－2 11：00 AM）帮您粘贴过来，多可爱的老师啊！

还在猜火车：（2007－6－2 09：40 PM）老师真可爱！

mop253：（2007－6－3 02：08 AM）夏老师还坐公交啊，好辛苦。

糖糖糖糖：（2007－6－3 07：10 AM）夏老师真的太可爱了。哈哈，老师什么时候在良乡啊？我带着糖去看您。

夏京春：（2007－6－3 07：48 AM）回复 #7 糖糖糖糖的帖子 谢谢4糖，我周一下午5：45—7：40在文2－402教室上硬笔书法课，等着吃你的糖啊。现在我知道你为什么叫4糖了，因为你爱吃糖，热爱甜蜜的生活。

雪菜celery：（2007－6－3 09：27 AM）老师确实很可爱啊。

猫小白：（2007－6－3 03：23 PM）夏老师好可爱，我们052班把展厅布置得还不错吧，哈哈！

杨威利：（2007－6－3 03：26 PM）“7：15—7：25起床，洗漱，从八里庄北里父母家走到846车站”。莫非夏老师还和父母一起住？

月月+呆呆ヾ：（2007－6－3 03：40 PM）好充实啊，羡慕这种生活。

夏京春：（2007－6－3 03：43 PM）回复 #11 杨威利的帖子 在父母家临时住一天，因为印章在我父母家，所以晚上就在那儿写了两幅毛笔字，也许明天你们就可以在学生活动中心看到我写的字了。说实话，因为时间太紧，我好久也没写毛笔字了，献丑了。参展的学生写得比我好，我也就是应孙伟君同学之邀，积极参与学生搞的活动。学生活动中心二楼也有我提交的摄影作品，凑个热闹，图个高兴。

夏京春：（2007－6－3 08：00 AM）硬笔书法课第三次平时测试合格者名单 http：//blog. sina. com. cn/xiajingchun。祝贺同学们努力练字，取得进步！

zdzddj0217：（2007－6－3 08：31 AM）夏老师早，俺钢笔字写得一塌糊涂。

夏京春：（2007－6－3 08：43 AM）回复 #2 zdzddj0217 的帖子 只要有心，现在练也不晚。

earring：（2007－6－3 09：30 AM）选修课吗？我每次都选不到这种课，最喜欢没事写字了，觉得特别有意思。

zdzddj0217：（2007－6－3 10：05 AM）没法练了，我钢笔字里夹杂太多的毛笔字写法了，已经形成条件反射了。

夏京春：（2007－6－3 10：21 AM）原帖由 earring 于 2007－6－3 09：30 AM 发表 选修课吗？我每次都选不到这种课，最喜欢没事写字了，觉得特别有意思。

热爱是最好的老师。喜欢的话，没事写几个字，当然要按照帖写，这样日积月累，定有收获。

紫色羽毛：（2007－6－3 10：22 AM）我终于过了……

夏京春：（2007－6－3 10：27 AM）回复 #5 zdzddj0217 的帖子 毛笔字写得好，一般钢笔字也不会太差。钢笔字写得好，毛笔字却不一定能写好。软笔比硬笔难掌握。毛笔讲究笔画意韵，硬笔重在间架结构。

黑翼天使：（2007－6－3 11：14 AM）原帖由紫色羽毛 于 2007－

6-3 10：22 AM 发表 我终于过了……好玩不？

紫色羽毛：（2007-6-3 11：41 AM）我容易吗！

月月╋呆呆ヾ：（2007-6-3 12：23 PM）夏老师，我的呢？

hidelq：（2007-6-3 12：48 PM）夏老师，为什么我小时候练过六七年的书法，现在的字却非常丑呢？

NEW精华大学士 ：（2007-6-3 01：19 PM）顶。

夏京春：（2007-6-3 01：25 PM）回复 #12 月月╋呆呆ヾ的帖子 你的字进步非常明显，间架结构比以前有型了，祝贺，祝贺！

黑翼天使：（2007-6-3 01：32 PM）革命尚未成功，诸君尚需努力……

ForEverStar：（2007-6-3 01：32 PM）我也是小时候学书法，现在字很差。

黑翼天使：（2007-6-3 01：34 PM）你那字和小学生的一样。

夏京春：（2007-6-3 01：35 PM）原帖由 hidelq 于 2007-6-3 12：48 PM 发表 夏老师，为什么我小时候练过六七年的书法，现在的字却非常丑呢？

所谓练，是指按帖写，不是我行我素，我写我字。所谓丑，也许是自谦，你男朋友（或女朋友）也许认为你写的字特好看。

ForEverStar：（2007-6-3 01：47 PM）我小时候练的是楷书颜体，好好写单个字看还凑合，整篇看就特乱。

月月╋呆呆ヾ：（2007-6-3 03：32 PM）夏老师，我以前写的字挺小的，但是为什么越写越大啊！我同学说我现在写字怎么这么大了！

夏京春：（2007-6-3 03：51 PM）回复 #28 ForEverStar 的帖子 楷书是楷书，行书是行书，各有各的笔法。所谓乱，我觉得可能是没有系统练过行书，又想写快，所以只好乱写了。大学生不能老写楷书啊，所以我的课主要教怎么写行书。

夏京春：（2007-6-3 03：54 PM）原帖由月月╋呆呆ヾ于 2007-6-3 03：32 PM 发表 夏老师，我以前写的字挺小的，但是为什么越写越大啊？我同学说我现在写字怎么这么大！

字如其人。字写得太小，往往心眼也小。你现在能把字写大，说明你心大了。

月月╋呆呆ゞ：（2007－6－3 04：07 PM）好，那以后我写得更大点，哈哈。

Earring：（2007－6－3 04：22 PM）练字可以修身养性，写字好看的男生特别稀有，值得珍惜。

xiaoan191：（2007－6－3 04：52 PM）哎，俺的字是没救了啊！

夏京春：（2007－6－3 04：56 PM）回复 #35 xiaoan191 的帖子 我来救你……

XIAOXIAO9：（2007－6－3 06：14 PM）回复 #9 黑翼天使的帖子 那课好玩极了，我去过几次，第一次去就赶上考试，别人写得都很棒，就我一人在那傻待着，刚上课时老师讲了一部分，最开始感觉就是划拳，真的，划拳，一点也不夸张。第二次去，赶上评价上次考试，讲了一小部分，但感觉那课还是很棒的。夏老师讲课是相当逗啊！因为回去没练习，所以我的字基本没进步。多亏我没选那课，这个课没决心毅力千万别选。因为四次考试，如果都不及格的话似乎最后就不及格了。具体你问夏老师，建议那课不选，但一定去上，很好的课。

月月╋呆呆ゞ：（2007－6－3 06：47 PM）夏老师的手指操很不错的。

小春：（2007－6－3 06：50 PM）我的字自己都不认识……

夏京春：（2007－6－4 11：29 AM）原帖由 小春 于 2007－6－3 06：50 PM 发表 我的字自己都不认识……

自己的字自己都不认识，别人更不认识了。好好练字吧，不然，在女朋友面前要减分的。

jackey：（2007－6－4 12：54 PM）原帖由 ForEverStar 于 2007－6－3 01：47 PM 发表 我小时候练的是楷书颜体，好好写单个字看还凑合，整篇看就特乱。

我也是这样……

夏京春：（2007－6－5 01：32 PM）再发张照片，看看照片中有没有你和你的同学。功夫不负有心人，有心人自有真功夫。

jackey：（2007－6－5 02：25 PM）呵呵，又过了呢。虽然老师上次是给我鼓励才过的，这次我可是好好练了！夏老师的课挺有意思的，不仅能学到书法知识，还能感悟到生活的美好。我觉得老师对生活的态度就特别好，享受生活的人才是真正懂生活的人。

小果子（2007－6－5 03：46 PM ）阜成路下学期能开这门课程吗？这边没什么适合艺术生的选修课。每年选课的时候上网打开一门就是在良乡。

夏京春：（2007－6－5 08：05 PM）回复 #44 小果子的帖子 我已报了下学期的计划，准备在阜成路这边开一个班的硬笔书法课，良乡这边开两个班，欢迎报名参加。

糖糖糖糖：（2007－6－6 09：55 AM）下学期有机会一定要上！哈哈，北工商有这样的老师哪能不顶！

夏京春：（2007－6－6 01：18 PM）北京工商大学阜成路校区校园新貌（组图），请进下面的网页观看：http：//blog. sina. com. cn/u/4acc894001000a4c。

rex：（2007－6－6 01：21 PM）不新啊？

zornzorn：（2007－6－6 01：53 PM）看上去不错啊！

tgp_ 292：（2007－6－6 02：02 PM）照片中感觉都是那么好。想我报这所大学的时候，在网上看了照片也觉得挺好。楼主没去拍食堂，不过今天吃食堂感觉评估的已经走了。

我把青春献给党：（2007－6－6 02：11 PM）哪个区啊？

limy：（2007－6－6 03：49 PM）不一直就这样吗？西区，楼上的，教一后面。

夏京春：（2007－6－6 04：01 PM）回复 #4 tgp_ 292 的帖子 一个人长得好看，肯定惹人喜欢，但以貌取人，肯定也失之片面。人们说美人，通常指的是貌，而说淑女则主要指内在的修养。做人应该内外兼修，办学也是这样，既要重视校园校貌，更要不断提高教学质量和管理水平。

今天，我随意拍摄了阜成路校区的几个地方，应该说环境比以前好多了，干净多了，不知专家满意不满意，我是相当的满意。当然，这只是“貌”，而且不是“全貌”。

作为摄影，我比较注意取景、构图，希望能够把美呈现给大家。

A－Nakata：（2007－6－6 04：02 PM）嗯，变化可喜，花坛多了，还有这块地方的自行车换了地方，一下子就宽敞了。

xiaoan191（安安小巫女）：（2007－6－6 08：19 PM）自从2005年去考了专业后还没有去过我们亲爱的本部呢，一定要找机会去欣赏欣赏。

hidelq：（2007－6－6 08：53 PM）连貌都不是，就是洗了洗，化了化妆。不过化了妆确实漂亮，老师的技术更是高超。自行车少了，您也应该看到汽车增多了。西区那边的欧式小亭子您没有照。

鬼道众：（2007－6－6 08：56 PM）老师辛苦。

夏京春：（2007－6－7 11：18 AM）不辛苦，摄影是我的爱好，能拍出一两张满意的照片特高兴。我喜欢最后那张照片：竹林夕阳鸟相伴，读书谈情两相宜。真正好的大学就该有这种人文的、浪漫的、民主的、自由的、自然的气息。

鬼道众：（2007－6－7 11：29 AM）可惜咱们学校只有传艺和法学两个学院有人文气息。当一个大学缺乏人文气息时，让我感到窒息和无奈，这样更像一个企业、一个工厂或者一个商业团体，而不是一个传道解惑的圣地，可能授业方面更纯粹。

夏京春：（2007－6－7 12：57 PM）回复 #17 鬼道众的帖子 我们的大学离真正意义的大学还有相当长的距离，民主的思想，探究的气氛，科学的精神，独立的意识，学术与艺术的氛围，大师的风范，诺贝尔奖获得者的摇篮……

鬼道众：（2007－6－7 04：04 PM）连校训都没有，拿来两个政治口号当校训。

hidelq：（2007－6－7 04：52 PM）原帖由 鬼道众 于 2007－6－7 11：29 发表 可惜咱们学校只有传艺和法学两个学院有人文气息。

人文气息可不是这么简单的……

夏京春：（2007-6-9 07：45 PM）北京师范大学校园剪影。今天上午，我去北京师范大学校园转了转，故地重游，变化很大，特别照了一些相，见下面网页：http：//blog. sina. com. cn/u/4acc894001000a6h。

kosancos：（2007-6-9 07：55 PM）夏老师好，学生向您问好！尽管我不算是学校认定的标准学生吧。您的 BLOG 我收藏了，很高兴在“呆呆”遇到您。

hidelq：（2007-6-9 08：05 PM）旗袍 mm，突然觉得旗袍也可以穿得很好看。

kosancos：（2007-6-9 08：13 PM）旗袍嘛，适合中国女性身材做的，不过最早的旗袍要求贴身剪裁，现在的量产服装也顶多让你给背影多打点分。别看侧面，别看修边，拿复古为名，做件裹体的衣服罢了。不过，在大学追求不必要那么具体，如果让选择旗袍女和制服女，我选择制服。

嘿嘿哈嘿：（2007-6-9 10：26 PM）学校，拉风的学校。

wbw3991：（2007-6-9 10：28 PM）像什么清华、北大之类的学校都没去，去了一次北外就差点没气死我！一帮目中无人之辈。

philipopo：（2007-6-10 12：37 AM）我的记忆啊……

夏京春：（2007-6-10 10：50 AM）原帖由 wbw3991 于 2007-6-9 10：28 PM 发表 像什么清华北大之类的学校都没去，去了一次北外就差点没气死我！一帮目中无人之辈。

学然后知不足，真正有学问的人都是谦虚低调的。有些名校的学生目中无人，只能证明他们浅薄无知，不知天高地厚学问深。

夏京春：（2007-6-10 10：57 AM）原帖由 kosancos 于 2007-6-9 07：55 PM 发表 夏老师好，学生向您问好！尽管我不算是学校认定的标准学生吧。您的 BLOG 我收藏了，很高兴在“呆呆”遇到您。

学生就是学生，不是标准化的产品。在“良乡剪影”里有一张“椅子”的照片，我的想法就是学生不是“椅子”，不能要求学生“整齐划一”。谢谢你的收藏。I'm glad to see you too.

tgp_ 292：（2007－6－10 02：48 PM）我不认为真正有学问的人都是低调的，李敖是一个反例，哈哈。

夏京春：（2007－6－10 03：45 PM）回复 #13 tgp_ 292 的帖子任何普适的道理都有特例、反例。李敖在“高调”的一生中面对尊敬的老师也是“低调”的。

tgp_ 292：（2007－6－10 03：47 PM）他是高调曝光他的低调，哈哈。

kosancos：（2007－6－10 07：52 PM）原帖由 夏京春 于 2007－6－10 10：57 AM 发表 学生就是学生，不是标准化的产品。在“良乡剪影”里有一张“椅子”的照片，我的想法就是学生不是“椅子”，不能要求学生“整齐划一”。谢谢你的收藏。I'm glad to see you too.

那好，其实我也不喜欢称呼老师。日语里，老师都叫先生，国外也一般都用先生（sir）。叫你夏先生吧，网上你也不老，老师这称号太委屈你了。我一直都觉得所谓老师是气质，不是身份。

kosancos：（2007－6－10 07：58 PM）原帖由 夏京春 于 2007－6－10 10：50 AM 发表 学然后知不足，真正有学问的人都是谦虚低调。有些名校的学生目中无人，只能证明他们浅薄无知，不知天高地厚学问深。

经常能接触些社会上的朋友，他们说“大学生都是有身份、有素质的、有文化的”。我觉得这样的话还是不适合说给大学，大学最重要的是学院式的气氛，尽管我觉得良乡这里很缺少这种气氛。我想，如果一个大学生依靠自己所学的理论行事，认为自己会凌驾于生活之上时，大学也许就是灾难性的。学问，有时候被我们捧到头顶，却忘记了自己本是驾驭者的身份。痛苦啊！

夏京春：（2007－6－10 10：53 PM）没有上过大学的人对大学总有些崇拜，他们崇拜的是知识。遗憾的是现在有些大学生反而不爱学知识，这是为什么？

kosancos：（2007－6－10 10：57 PM）知识不是被动接受的，至于为什么是被动的状态，不能把责任推到一个人身上。

tgp_ 292：（2007－6－11 10：20 AM）在中国还是叫老师显得尊敬。

叶梓：（2007－6－26 05：23 PM）当老师也有被欺负的时候，亲身体会！请尊重你的老师！

我现在在某高校教摄影课，全系学生125人，但因为上课时间在周日，经常来上课的学生不超过20个。一直以来我都在倾尽全力地备课、授课，将我所有的知识传授给他们……这么久以来从来没有缺过课，没有迟过到，甚至没有一节课的内容是随随便便应付过来的！

可是今天学校竟然给我打电话，说学生说我经常旷课，告诉家长了，家长告到院里去了！

愤怒到不想说话！我这么尊重学生，他们尊重过我吗？我有大把的证据来证明我的课程从来没有缺过，也有很多学生非常喜欢我（只要来上课的，都会喜欢我的课），很多学生甚至成了我的朋友——但我仍然为少数学生不负责任的说法而感到非常伤心。

估计是家长问起来，你怎么不去上课啊，然后那个学生把责任推到了我这里，说我不去上课！

哎，我估计下学期我会辞职不干了，自己在家潜心研究摄影。

当老师的，有时候真的非常需要学生的尊重。

夏京春：（2007－6－26 08：59 PM）不能要求学生都那么好学听话，不能要求家长都那么尊师重教，也不能要求校领导都那么通情达理。社会就是这样的。生气也没有用，走自己的路就是了。

【评论】

安然1021 2007－7－1 11：13 做老师好幸福啊，呵呵，祝周末愉快！

琴扬蝶飞 2007－7－1 20：58 真的羡慕你，呵呵。

成绩单上一片红

（2007－07－21　08：10：19）

从7月3日开始到昨天（7月20日），判了16天的卷子。先是硬笔书法课的卷子，共502份；接着是大学语文的卷子，教研室流水判卷，我判第三题，共32袋子；最后判应用写作的卷子，共161份。这次判卷子时间之长、劳动强度之大是以前所从来没有过的。现将我任课班级的考试情况记录如下：

大学语文

班级：贸经06、国贸061　　注册：94人　　实考：94人

分数	100	99－90	89－80	79－70	69－60	低于60
人数	0	1	48	37	6	2
百分比	0%	1%	51%	39%	6%	2%

应用写作

班级：公选课（13027202BK）　　注册：172人　　取消考试资格：10人

实考：161人（1人违规）　　缺考：2人

分数	100	99－90	89－80	79－70	69－60	低于60
人数	0	1	72	64	24	0
百分比	0	1%	45%	40%	15%	0%

硬笔书法

班级：公选课（130045、130048、130046）　　注册：539人

取消考试资格：35人　　实考：502人　　缺考：2人

及格：499人，99%　　不及格：3人，1%

【评论】

美好记忆 2007－7－21 09：05 祝朋友们周末愉快！

丫头 2007－7－21 10：45 辛苦了，周末愉快。

安然 1021 2007－7－21 14：29 周末愉快！

贺超 2007－7－21 14：57 老师辛苦了！北京工商大学校友圈圈主提醒老师要注意身体。

赵智强 2007－7－22 17：01 辛苦，辛苦！

一串心情 2007－7－22 19：43 问候朋友！

飞贼小宝 2007－7－26 13：54 老师，我通过了！谢谢您！

小丸子 2007－8－1 03：28 小夏：心有灵犀一点通。您辛苦了。祝愉快哦！

应用写作课写作练习设计的基本原则和题型

——第九届现代应用文国际研讨会交流论文

（2007－08－15 15：56：45）

【论文提要】 应用写作是一门技能性、实践性很强的课程。写作练习在应用写作教学中具有十分重要的作用。在设计练习时，应坚持科学性原则、针对性原则、多样性原则和少而精原则。在练习设计上，可采用基础知识练习题型、单项技能练习题型和综合技能练习题型。在进行写作练习时，要注意用写作知识指导写作练习，课上课下相结合，同时还要特别注重练习讲评，以使学生及时得到矫正性的反馈信息。

应用写作是一门技能性、实践性很强的课程。光讲写作知识，并不能解决“写”的问题。要使学生切实掌握应用文的写作知识，激发学生学习应用文的兴趣，形成应用文的写作能力，只有通过科学、实用、系统、有效的应用写作练习才能实现。写作练习在应用写作教学中的重要性已成为广大教师的共识。但在实际教学中怎样更好地设计练习题，设计练习应遵循什么原则，采用什么方法，仍然存在着一些问题。本文拟对应用写作课写作练习设计的基本原则和常用题型做些探讨，就教于专家与同行。

一、应用写作课写作练习设计的基本原则

（一）科学性原则

写作练习是为写作教学目的服务的，因此，应用文练习的设计必须符合应用写作教学大纲所规定的教学内容和提出的教学要求，要准确地把握住各部分知识结构中的重点和难点，要符合教学法和学生的认知规律。例如，公文写作练习是在了解公文的意义和性质等基础上

进行的。正确体现公文的法定作者和规范体式，掌握公文的语体特点，是公文教学的重点和难点。公文练习的设计要注意突出重点和难点，可以安排公文和私人文书的对比分析练习，或公文与文学作品的对比分析练习，以使学生掌握公文的写作特点与规律。

（二）针对性原则

练习的设计，首先要针对教材的内容，为学生掌握应用写作知识、将知识转化为能力服务。其次，要考虑学生的实际情况，循序渐进，由浅入深，由易到难。学生没有公务活动的实践，一上来就要求学生写工作报告、写经济活动分析报告，是不现实的。练习的内容要有可操作性。例如，给材料练习，改错练习，结合学生的校园生活写应用文，学生就比较容易“动笔”。

（三）多样性原则

练习的设计要注意到题型的多样化和练习方式的多样化。简单、机械重复性的练习，枯燥乏味，不仅浪费教学时间，而且影响学生的学习积极性。题型的多样化是指除了给材料作文、给情境作文和命体作文外，还应有简答题、比较题、改错题、评析题、正字题、标点符号题、拟写标题题和划分段落题等多种题型。练习方式的多样化是指既有书面练习，也有小组讨论；既有单项练习，也有综合练习；既有上交的作业，也有学生自我练习的作业。根据学生的年龄特点，采取多样化的题型和相应的练习方式，有利于引起学生的兴趣，促进学生的思考，使学生思维越来越灵活，应变能力越来越强，而不被模式化的定势所禁锢、所束缚。

（四）少而精原则

任何练习都需要一定的数量作保证。没有一定的练习量，写作技能就难以形成。但只求数量不求质量的重复性练习，不仅会加重学生的课业负担，也不利于智力的开发和能力的培养。因此，练习的设计一定要处理好数量和质量的辩证关系。练习的内容应该少而精，尽可能地做到在有限的时间里取得最佳的练习效果。

二、应用写作课写作练习设计的常用题型

应用写作课写作练习设计的常用题型可分为基础知识练习题型、单项技能练习题型和综合技能练习题型。

(一）基础知识练习题型

1. 简答题。例如：什么是应用文？它的最大特点是什么？应用写作的基本要素有哪些？应用写作的文面规矩包括哪些方面？计划的主体部分主要说明什么内容？写计划为什么要有前瞻性？

2. 简述题。例如：简述应用文的产生和发展，简述公文各文种的概念，简述应用文的语体特点。

3. 画图表题。例如：根据《公文处理办法》第五章和第六章的有关内容，画出公文办理的流程图。根据公文的发文去向，画一张公文种类表。按照公文的格式要求，画一张公文格式图。

4. 阅读分析题。例如：阅读下面的两篇文章，指出其各自的文体特点［见《新编应用写作教程》（修订第2版），首都经济贸易大学出版社2007年1月出版，夏京春编著，下列练习题均出自此书］。阅读下列两段文字，指出它们的“主旨”和使用的“材料”。比较分析例文1和例文2，指出这两篇通报在内容和写法上有何不同。

老师讲完应用写作基础知识后，布置相关的简答题和简述题，可以促使学生及时消化这些知识，将老师所讲转变为学生所有。与此同时，老师也可以借助这两个题型检查学生对应用文写作知识的理解和掌握的情况。做画图表题，要经过对知识的梳理和思考，可以增强学生的兴趣，调动学习积极性。阅读分析题比较灵活，可以促使学生运用应用写作基础知识分析具体材料，使写作理论与写作实践紧密结合起来。

(二）单项技能练习题型

1. 改正错别字题。例如：改正下文中的错别字。改正下列成语中的错别字。现在的学生语文基础不扎实，常常写错别字，因此，进行正字单项练习是十分必要的。

2. 添加标点符号题。找一篇公文，将标点符号去掉，请学生添加，以提高学生正确使用标点符号的意识和能力。

3. 拟制段落主句题。应用文常常采用段落主句的写法，所谓“立片言而居要”。可以找一篇有段落主句的公文，将段落主句去掉，然后请学生根据各个段落的内容，按照准确简练、突出重点、句式统一的原则为每个段落拟制段落主句。这个练习，可以培养和提高学生的理解力和概括力。

4. 拟写标题题。例如：2006 年 6 月 13 日，国务院办公厅同意将发展改革委、国土资源部、银监会《关于加强固定资产投资调控　从严控制新开工项目的意见》转发给各省、自治区、直辖市人民政府，国务院各部委、各直属机构，希望认真贯彻执行。请根据上述材料，拟写该公文的标题。这是转发性通知的标题练习。这种练习可以课上做，比老师单纯讲知识，学习效果要好。

5. 修改标题题。正确拟制公文的标题是应用写作的基本功。可选些有问题的公文标题，请学生修改。在修改过程中，提高学生拟制标题和驾驭语言的能力。

6. 划分段落题。段落分明、条理清楚是应用文结构的基本要求。在这方面也应做些单项练习。可以给学生一篇没有分段的应用文让学生分段，也可以给学生一篇分段混乱的应用文请学生调整。

单项技能题型还有很多，如材料归纳题、小标题分析题、调查问卷设计题、填写协议条款题目题等，这里就不一一列举了。总之，单项技能练习可以促进学生对应用写作的基本概念、文体性质、篇章格式等有进一步的理解和掌握，也可以促使学生将组织材料、归纳观点、谋篇布局和遣词造句等基本技能转化成为熟练的应用写作的技能技巧。

（三）综合技能练习题型

1. 改错题。例如，某县山华塑料编织厂拟在报上发一个声明。假定你是该厂办公室主任，请对这份声明进行审核，并指出毛病所在。又如，阅读下面这份请示，指出存在的问题，并写出修改稿。每一篇病文，都不止一处有毛病。有的是错别字，有的是标点符号使用不当，有的是病句，有的是逻辑问题，有的是格式不对，有的是标题有误，有的是词不达意等。能够发现错误，说明学生知道应该怎么写；不能发现错误，说明学生还没有掌握正确的写法。因此，改错的过程就是学习的过程，也是培养学生多方面的写作能力的过程。通过改错练习，可以使应用文知识得到进一步巩固，并逐步形成比较熟练的写作技能。

2. 给材料作文题。例如，请根据下述材料，按照公文格式的要求，以北京市教育委员会的名义拟写一份转发性的通知。又如，请根据下列资料，代第 29 届奥林匹克运动会组织委员会拟写一份“北京 2008 年奥运会奖牌设计邀请函”，发文时间为 2006 年 1 月 11 日。由于学生没有公务活动的实践，要求他们写好公文是勉为其难的，所以，给材料作文就不失为一种切实可行的练习方式。这种题型主要训练学生对材料的组织能力和谋篇布局的能力。

3. 给情境作文题。例如，在大学里，学生社团经常组织各种各样的活动。请以某社团的名义策划一次活动，并写出活动计划。这就是一个给情境作文题。所给的情境是学生熟悉的，因此，学生不会束手无策，无话可写。

4. 命体作文题。例如：自拟事由，写一份会议通知。结合工作、学习或校园生活实际，选取有价值的信息，写一份情况报告。再如，结合工作、学习的实际情况，自拟事由，向上级主管部门写一份请示。这种题型给学生写作留出了余地，是全面考查学生实际应用写作水平和能力的题型。

通过综合技能练习，可以使学生的分析、综合、抽象、概括、判断、推理等逻辑思维能力由简单向复杂、由低级向高级逐步得到提高，思维敏捷性和灵活性等品质得到培养，由此及彼、举一反三的迁移能力和应用写作的实际能力得到全面、有效的锻炼。

三、应用写作课进行写作练习时的注意事项

（一）用写作知识指导写作练习

没有理论知识指导的实践是盲目的实践。写作练习要取得成效，

就必须在写作知识的指导下进行。例如，让学生画出公文办理的流程图，如果没有公文办理的知识，这张图是画不出来的。让学生画公文种类表，如果学生没有上行文、平行文和下行文的基本概念，这张表也是无从画起的。

（二）课上课下相结合

应用写作课堂教学最忌讳的就是“一言堂”，老师喋喋不休地介绍写作知识，学生听得枯燥乏味，昏昏欲睡。要改变这种状况，就必须坚持“讲练结合”“精讲多练”的原则。好的练习题，能够激发学生的兴趣，引起学生的思考，并看到自己的不足。当完成有一定难度的练习后，学生也会有一定的成就感，从而增强自信和学习的积极性。课上要安排一定时间做练习，但课上的时间是有限的。所以，对需要用相当的时间才能有质量地完成的练习，如给情境作文题和命体作文题，就不宜安排在课上，而应该让学生课下完成。好文章是改出来的。时间充裕了，学生的作文会写得更好。

（三）注重练习讲评

无论是课上练习，还是课后练习，讲评这个环节都是必不可少的。学生完成练习后，最为关心的就是练习结果是否正确。老师要抓住这个时机，利用学生对练习印象最清楚的时候进行反馈，让学生及时了解自己练习的情况，并针对练习中出现的问题，讲解有关的写作知识。此时的知识讲授，由于与学生的练习密切相关，往往能起到事半功倍的效果。一个老师，面对上百个学生，不可能把学生做的所有练习都进行批改。因此，可以采用抽样批改的方法；也可以采用公布参考答案的办法，让学生自我检查；如果时间允许，还可以组织学生互评，在交流讨论中，使学生在练习态度、解题策略和练习的效率等方面受到教育与启迪。总之，教学质量的保证，在很大程度上依赖于能否获取矫正性的反馈信息，练习正是获取这种信息的重要方式。只要学生认真做了练习，并得到了矫正性的反馈信息，写作能力的培养与提高也就在潜移默化之中了。

【评论】

安然1021 2007－8－16 13：03 学习并问好！

新浪网友 2007－9－18 12：46 好是好，做完了都不知对错，我要答案！

夏京春老师 2007－9－18 16：35 楼上网友，你好！如果你是北京工商大学的学生，选修了我的应用写作课，我会在课上公布参考答案。如果你是校外的，想知道哪个题的答案，可以给我 E-mail，我给你传过去。

我养的花在我生日这天开放

（2007－09－15　17：25：00）

今天是我的生日，1957年9月15日出生，今年已满50岁了。以前不怎么过生日，今年是个整数，所以特别过一下。去年3月，我从南非回国后，就到花市买了几盆花，以绿叶植物为主。有时忘了浇水，叶子就打蔫儿了，但是一旦水分给足了，叶子就又挺起来了。平时侍弄这些花，也是我的一乐。花神有灵，在我生日的时候开花了，似乎也在祝贺我的生日。

在我生日之际，我要感谢我亲爱的妈妈，是她在50年前的今天忍痛把我降生于世。妈妈是个热情、能干的人，是最疼爱我的人。从妈妈身上，我真切地感受到了无私的母爱。我要感谢我亲爱的爸爸，是爸爸教我做一个正直的、认真的、老实的人。明年爸爸就80岁了，我衷心地祝愿老爸健康长寿。我要感谢我亲爱的儿子夏鹏。夏鹏从小就失去了母爱，但他坚强地走了过来，知书达礼，很有思想。我为儿子感到骄傲。我要感谢我亲爱的妻子。9年前，我们组成了家庭。妻子通情达理，聪明能干，让我又感受到了家庭的温暖。我要感谢我亲爱的岳母和岳父，是他们长期地养育了我的继子，减轻了我们夫妻的负担。要感谢的人还有很多。总之，我是怀着感恩的心情度过今天的。

50岁年逾半百，是“艾服之年”，也是“知命之年”。艾是一种白草，老年人头发苍白像艾一样，所以《礼记·曲礼上》说“五十曰艾”。《民国通俗演义》三十七回：“我年已及艾，还有什么不满意的事?”孔子曰：“五十而知天命”。一方面是身体上的衰老，另一方面是思想上的豁达，不怨天，不尤人，荣辱不惊，就像照片中的花朵一样淡定从容，内敛含蓄。这就是50岁。但说实话，人生苦短，我还不想变老。当我背着登山包，下课后走在学生人流中的时候，我感觉我就是一名大学生。这心理年龄和实际年龄相差也太远了吧，没办法，偶就是这样想滴。我要高高兴兴地生活、工作和学习。我不想为名利所累，我要做我喜欢做的事。20 岁的时候，我说不出这样的话，这也许就是“知天命”吧。

【评论】

杨柳：丝丝弄碧 2007 - 9 - 15 17：44 夏老师，祝您生日快乐，青春永不老！您淡泊从容，年轻快乐，是我的偶像。

山明水秀 2007 - 9 - 15 18：02 夏老师，生日快乐呀！看了你写的，好感慨啊！

小小投递员 2007 - 9 - 15 18：17 周六的日子是开心的，拜读您的文章也是开心的！相聚博客是我们的缘分，愿你博出自我，博出精彩。

白杨居士 2007 - 9 - 15 19：09 夏老师生日快乐！

白杨居士 2007 - 9 - 15 19：11 夏老师人老心不老哦！孙凤仪老师还常在我这儿夸您呢，说您像个老顽童。孙老师说他比您年轻，但没有您这活力，天天写博哦！呵呵！

丫头 2007 - 9 - 15 19：20 夏老师，祝您生日快乐！在此恭喜您双喜临门！

清清雪莲 2007 - 9 - 15 19：31 花开得正艳呢！

帅鲁鲁 2007 - 9 - 15 21：04 我是 07 级新生，老师生日快乐，头回踩您 BLOG，您太有才了。

铁岭山民 2007 - 9 - 15 22：33 还好没迟到，祝夏老师生日快乐！

刘养池 2007 - 9 - 15 23：16 祝您生日快乐！此花雅称“一帆风顺”，借此祝您万事如意！

—— 2007 - 9 - 15 23：22 老师生日快乐哦！蛋糕帮我吃一块，呵呵。祝您工作顺利，心想事成！

山风 2007 - 9 - 15 23：42 祝夏老师生日快乐！

阿七 2007 - 9 - 16 00：45 老师生日快乐！

老吴 2007 - 9 - 16 09：18 祝小弟生日快乐，天天开心！

守望菜田的弈者 2007－9－16 09：35 生日快乐！

慧心慧语 2007－9－16 10：40 来得还不算晚，祝亲爱的夏老师50岁生日快乐啊，开心永远！

月夜孤行者 2007－9－16 15：19 祝夏老师健康长寿！年过半百，更要珍惜身体了！

菓糖 2007－9－17 08：44 夏老师生日快乐！我来晚了好像，呵呵。

小屯是我家 2007－9－17 15：00 夏老师的人品、学品、文品值得我们学习。愿夏老师在未来的岁月中，活出精彩，为我们留下更多的美丽照片和文字以及人生的哲理。祝您的人生一帆风顺！

安安小巫 女2007－10－2 20：35 “偶就是这样想滴”，很难想象这句话出自50岁人之口，呵呵。愿老师越活越年轻哦！

我的新浪博客一岁了

（2007－09－16　11：46：06）

2006年9月16日，我在新浪开博，到今天已经一周年了。一年来，共发了450个帖子，46页的博文。《南非日记》发了232篇，还没有发完。《我对一些博文的评论》发了11篇，还会继续发。《新疆风情摄影》发了32篇，已经结束了。我上的大学语文、应用写作、硬笔书法和对外汉语4门课分别都发了一些教学资料。

截至目前，点击阅读人次是53 197，平均每天有140多人进来看看。有些网友评论留言，有些学生咨询问题。博客不仅是我发表感想、发表作品、发表教学资料的一个场所，也是我与网友和学生交流互动的一个很好的平台。

今后，我也许不会天天写博，但每周一两篇应该是可以的。写博是我喜欢的事情，喜欢的事情就会做下去。生活是美好的，人们是善良的，与善良的人们分享美好的生活，何乐而不为呢？

【评论】

悠然兰兰 2007－9－16 12：45 恭喜开博一周年！一年的时间点击就五万多人次，说明老师的文章大家喜欢看，期待老师更多的好作品！

小龍 2007－9－16 13：07 祝贺！“听风岁月圈”问候了。

月夜孤行者 2007－9－16 15：00 周岁生日快乐！“月下调琴”圈主问候博主！

水木 2007－9－16 15：31 老师辛苦了！

杨春 2007－9－16 16：41 锋线文学圈祝贺！

无鸣 2007－9－16 16：53 祝生日快乐！欣赏学习！

白杨居士 2007－9－16 17：59 祝贺老师哦！老师的生日和博客

的生日到一起了，呵呵。有没有统计我给您留了多少次评论?

—— 2007-9-16 21:41 老师不论做什么都很认真。恭喜博客一周岁!

当当当当~ 2007-9-17 08:41 鲜花掌声! 恭喜夏老师啦!

美猴王 2007-9-17 09:25 恭喜!

小手写字 2007-9-17 12:50 恭喜夏老师! 管理员小手写字代表“顺风船新浪圈”所有圈友来问好! 祝博主在网络上收获多多! 欣赏您的佳作!

DUMA 2007-9-17 22:11 祝贺夏老师开博一年，顺祝您生日快乐，身体健康!

丝丝弄碧 2007-9-23 11:38 恭喜夏老师。一年写博，也给我们带来了很多快乐，谢谢!

心灵与语 2007-9-25 20:02 恭喜夏老师! 做自己喜欢的事情，是一种快乐，也是一种福气。

学生名单中总有几个生字

（2007－09－20　20：32：00）

打印出本学期硬笔书法选修课的学生名单，共522人。因为要在班上公布，所以我先看了一下。和往年一样，名单中又有一些生字，有的似曾相识，但把握不准，比如：澍、婧、隗、仝、翊、淦、昶、苒、玮、霈、琛等。于是，我查了字典，搞清楚了它们的读音和含义。这就是"教学相长"，就是念学生名单，也可以学习几个汉字。

另外，起名字是用常用字，还是用偏僻字，这也是一个值得探讨的问题。常用字使用方便，大家都认识，但容易出现重名重姓的问题。偏僻字虽不容易重名，但不易辨认，有的字库没有收入，上户口、注册名字有时会遇到麻烦。

我主张用常用字起名字，最好三个字或四个字。四个字似乎有点像日本人的名字，但我们完全可以起带有中国特色的四个字的名字。

形式之一：父亲的姓＋母亲的姓＋两个字的名字。

例如，父亲姓"张"，母亲姓"李"，女孩子，可以叫"张李淑雅"；男孩子，可以叫"张李永毅"。相对来说，这样重名重姓的概率可能要小些。

【评论】

流浪闻英 2007－9－20 20：58 好老师，既长了学问，又可以不损坏先生形象。

—— 2007－9－20 22：39 认真的老师啊，呵呵。

萍踪浪迹 2007－9－21 13：42 是的，起名字的字一定不要太生僻，我的霆字不是很生僻，就是这样，还有好多人写成家庭的庭。但是四个字还是比较少见的。

屯米还是屯阳光 2007－9－21 14：08 夏老师起的四个字名字，不错，就是有点像香港嫁了人的女人的名字，比如叶刘淑仪等。对女孩来讲没什么，顶多让人误解早早有了婆家，对男孩来说就有点麻烦了。

菊影兰香 2007－10－5 23：19 您的谦虚好学让我很感动。

一个好学生的来信

（2007－10－07　09：10：48）

在国庆假期即将结束的时候，收到了一个学生的来信：

夏老师：

您好！

我是您公选课的学生，经济学院财政05班的×××。国庆假期即将结束，后天就又可以上您的书法课了。我很喜欢这门课，真的很是修身养性。“十一”期间，我每天都花40多分钟练习临摹字帖，我觉得我又学到了一门技能。

在这里要真心地感谢您。我会上好每一节书法课的。虽然我是个大三的学生，但是对待公选课我是很认真的，因为我都是因为爱好、因为想多学一些技能才报的。

祝夏老师身体健康，天天开心。

我马上写了回信：

××：

你真是一个好学生。我相信你一定会学有所成的。

也祝你天天开心！

【评论】

白杨居士 2007－10－7 11：58 呵呵，有如此雅兴的，又是财政05班的，我想在我认识的人里面，如果有可能的话，应该是姓孙吧？

白杨居士 2007－10－7 12：00 我也是经济学院的，财政班有很多认识的同学。今天不妨和老师猜下，看我猜得对不？

安然1021 2007－10－8 22：00 真是好孩子。

子腾 2007－10－9 14：24 热心书法的人，大抵都非常懂得享受、热爱生命。

白杨居士 2007－10－9 19：14 到底是谁啊？一个学校的，还是一个学院的呢。我报这个书法课都两年了，没选上，宋词鉴赏也没有我！哎呀，真郁闷啊！

航天乖乖 2007－10－11 12：25 乖乖向博主致敬！也向所有爱好书法的人致敬！书法，真国粹也。

娃娃 2007－10－16 11：01 我爷爷就爱好写点毛笔字。我觉得这是门艺术，钢笔或电脑永远代替不了。

新浪网友 2007－10－26 14：02 财政专业的学生一直都很优秀。

早餐所见所想录

（2007-10-25　09：26：08）

今天早餐是在家附近的“粮食缘”饭馆前面的早餐铺吃的。先到旁边的面点铺买了一个鸡蛋饼（1元），然后在早餐铺买了一碗粥（1元），免费取了一小碟咸菜。正在津津有味地吃的时候，看到了一幕与往日早餐不同的情景。

四个老外来到了早餐铺，拿着相机，看来是游客。他们并没有买东西吃，而是对买早点的女中学生和早餐食品感兴趣。一个男老外给女中学生照相，四五个女中学生马上兴奋了起来，说：“Good morning!”老外有点儿吃惊，笑着问：“Can you speak English? What's that?”女中学生告诉他：“包子——包子”。这让我想起来，我在南非时，也喜欢给黑人女中学生照相。对不同文化背景的人感兴趣，中外都是相通的。

有一个女老外，撅着屁股照路旁停放的一排自行车。我心想，这就是摄影的选择。路上的滚滚车流她不照，因为这在国外不新鲜，拍破自行车有中国特色。但是，中国特色不一定是中国的时代特色。从北京的交通来看，现在是公共汽车多，私家汽车多，而自行车越来越少了。

我带着会心地微笑吃完了早餐。

【评论】

属风的鱼 2007-10-25 14：00 开心就好。鱼儿来过并欣赏了！

Hxhy 2007-10-26 09：31 老外在用相机惊诧地拍摄他们心中的中国风情，会心微笑者却用文字消闲地描绘了老外与中国风情的共融，很耐品味的一篇短文。

山风 2007-10-26 15：02 大作拜读，十分欣赏！

最穷的博客 2008-2-21 13：09 欣赏佳作！祝元宵节快乐！

“迎讲树”不是树

（2007－10－26　09：05：00）

你见过“迎讲树”吗？我见过，在616汽车上的广告牌：深入开展“迎讲树”活动　建设和谐社会首善之区。

“迎讲树”不是树，是“迎奥运　讲文明　树新风”的缩写。

尽管奥运宣传工作在不断地加强，但我相信，不是所有人都明白“迎讲树”是什么意思。

广告要给人以明确的信息，缩写也必须以不产生歧义为前提。所以，我觉得，这条广告牌不如删去“深入开展活动”六字，而将“迎讲树”展开，写成“迎奥运　讲文明　树新风　建设和谐社会首善之区”，这样写，字数没有增加，但意思更明确了。

【评论】

Hxhy 2007－10－26 09：33 将语文学习进行到底！

绿浪萍踪 2007－10－26 12：04 是这么回事。

山风 2007－10－26 14：57 大作拜读，十分欣赏！

海之月 2007－10－26 21：38 周末快乐。

小孟 2007－10－26 21：59 我第一次听团委某老师说这三个字也是苦苦想了很长时间没有结果，后来看了下文件才反应过来这三个字是什么意思。不过，作为口号来说，这也是现在文宣工作的一个特点了，喜欢这种模式，成了习惯了。而且，这种说法一旦形成了社会影响，会更有号召力。

安然 10212007－10－27 15：46 欣赏。

周末进修，学以致用

（2007－10－28　18：33：20）

今天上午，我参加了人事处主办的计算机职称考试培训班的学习。根据文件规定，我可以不参加计算机职称考试。因此，我不是为了通过考试来参加培训的，就是想多学些有用的技能。今天学的是图像处理软件 photoshop。早就想学习这个软件了，今天终于有了机会。刘新亮老师讲授得很清楚，我边听边试，初步入了门。

下午，我把昨天照的一张照片“打开”，用 photoshop 处理了一下。处理前的照片，树叶比较乱，亮度不够，色彩也不饱和。

用 photoshop 的“橡皮擦”工具把杂乱的枝叶擦去了，用“图像”菜单里的“调整”调整了“色相/饱和度”、“亮度/对比度”和“色彩平衡”。很明显，处理后的照片比处理前的照片好看多了。

今天的学习很有收获，可以说是学以致用、立竿见影了。

【评论】

绿浪萍踪 2007－10－28 21：19 朋友，周末好！这是该星期最后一次来您的博客了，当明天的太阳从东方升起的时候，我们又迎来了一个阳光明媚的日子，让我们在这个共同喜爱的空间里，携手共勉，博出精彩，播下友谊。在此，我用一颗真诚的心，祝您在未来的日子里开心快乐！

山风 2007－10－28 23：58 大作拜读，十分欣赏！

老刘 2007－11－5 12：05 老夏的学习非常有效果，非常欣赏。

看错表了，提前一个小时到了教室

（2007－11－09　17：32：50）

今天中午，我有点神魂颠倒，想着下午有课，看表差不多了，背起皮包就出了门。

走进教学楼，冷清清的，全不像往日上课前的喧闹。有200多座位的313教室空荡荡的，没有几个人。我怀疑走错了教室，在教室门外从包里拿出课表看了看，是西313教室。我走进了教室，对第一排的一个女生说："怎么这么少人？"她笑了笑，没有说话。我拿出手机，看了一下时间。不看不知道，一看吓一跳。原来现在才12点50。我对教室的几个学生自嘲地说："看错表了，提前了一个小时，哪里有这么好的老师啊！"

既然来了，也不好回去了。于是，我打开了多媒体操作台，在电脑上写了一份给07级新生开的硬笔书法选修课的教学计划。

1点30分，到离教学楼不远的校医务室，先在《北京市流行性感冒疫苗接种知情同意书》上签了名，然后打了流感疫苗。针很小，一点儿也不疼。医生嘱咐："今天不能洗澡。"

1点50分，上课铃响了，170多名学生已经基本坐满了教室。他们不知道，今天老师糊涂了，竟然提前了一个小时就到了教室……

【评论】

杨柳：丝丝弄碧 2007－11－10 20：15 哈哈，夏老师本来就是赶在时间前面的人。这样好的老师哪里找啊！向夏老师致敬！

艺 2007－11－23 23：54 夏老师，您真是太好了，呵呵。下次上您课的时候一定认真，呵呵。

最近有点丢三落四

（2007－11－16　09：15：08）

昨天下午和晚上，共有六节硬笔书法课。上午，我就开始做准备。给钢笔加上了钢笔水；两个大班的不同的教学内容大体看了一下；做了两张PPT；把4班要进行的第一次平时测试纸数好数，装入了文件袋。一看表，已经11点半了。12点20的班车，没有时间做午饭了，干脆到楼下的“好邻居”超市买两个包子吃算了。已经出楼了，突然摸了一下口袋，发现没有带钢笔。不带钢笔，上课时怎么给学生书写演示呢？马上返回家，打开门，那只钢笔正静静地躺在茶几上。像发现宝贝一样，我马上把它放入了口袋。幸亏发现及时，不然，上课时就要抓瞎了。

【评论】

美猴王 2007－11－16 17：18 呵呵，人到中年都这样。

书法课学生 2007－11－16 20：55 夏老师，最近我也记性不太好，那天充饭卡，给人家100，只充50，我没拿找的钱就走了，第二天才发现钱包就6毛了。后来大课间去找了，真是碰到好人了，把我一星期的饭费还给我了，嘿嘿。有时事情一多就容易忘事，还忘记给您把成绩册送过去了。

多媒体设备与传统板书

（2007－11－20　10：38：00）

多媒体教室有多媒体设备，也有黑板。多媒体设备以计算机为中心把多种媒体信息的技术集成在一起，传输信息量大，速度快，质量高，大大提高了教学效率。课上只放课件，不写板书，似乎已成为一些老师上课的习惯。教室里的黑板真的没用了吗？我觉得，尽管多媒体功能强大，使用非常方便，但有些内容板书一下，更直观，更便于学生领会，课堂效果也许更好。所以，我在上硬笔书法课时，基本上是投影、课件和板书三者交替进行。通过投影仪，学生可以清楚地看到我书写的过程；通过 PPT 课件，学生可以系统地看到一些知识点和作品照片；通过板书，可以展示一些难点和重点，引起学生重视。

【评论】

阳信人 2007－11－20 11：11 拜读受益，谢谢朋友。

娃娃 2007－11－20 16：29 谢谢夏老师，我会努力的。虽然现在科技很发达，可是我还是比较喜欢能留下的，比如写信。短信太让人麻木。比如板书，它远比背投好，让我觉得那么亲切，就好像在身边一样。投影映射的离我太远了，仿佛不是生活中的。不过我们还是要试着去接受新事物，是吧？慢慢地什么都会变的。

不思己过，好为人师

（2007－11－22　09：12：55）

9月11日下午，在百度空间发了一篇日志：《教师节这天收到了学生的短信、贺卡和一只花》。10月22日，南柯问茶发来评论："夏老师，向您请教一下，应该是'一枝花'，还是'一只花'？或者是'一支花'？"我是中文老师，还真以为她向我请教呢，于是回了帖，答："应该是'一枝花'。"本以为这事儿已经完了，没想到昨天晚上，浏览以前的日志，突然发现我写的正是错别字"一只花"。想起南柯问茶的"请教"，真感到羞愧万分。给她回帖时，我完全没有想到是我写了错别字，好为人师的习气真是太重了。惭愧，惭愧！马上改正，马上改正！

【评论】

月儿圆 2007－11－22 12：57 老师好，回访了。

铭铭 2007－11－24 12：54 为师之谦。我们当学生的当然最喜欢这样的老师。但是初出茅庐的我们不懂的还太多太多，太需要多向老师学习请教了。

丝丝弄碧 2007－11－28 20：17 夏老师还有一个百度空间，太好了。刚刚过去瞅了一眼您的另一个"情人"，很靓啊。拼音打字选错字，本是一件常事，难得的是夏老师能思己过，让人敬重！

新浪网友 2007－12－1 23：17 嗯，我们这些学生都要有像夏老师这样的精神！加油！

当上课与其他活动冲突时

（2007－11－23　08：46：00）

昨天下午，给07级上硬笔书法选修课，课间有10来个同学围着讲台向我请假，说晚上的课不能来。我问什么事，有的说是团课，有的说是志愿者培训。如果是一次，请个假也无妨，可是有的同学说要几次，以后的课都冲突。在他们看来，团课和志愿者培训似乎比选修课重要，所以向我请假。我却认为，作为学生，上课比其他活动更重要，其他活动应该在课余进行。当上课与其他活动发生冲突时，一般而言，其他活动应该让位于上课。

【评论】

安然1021　2007－11－23　14：07“当上课与其他活动发生冲突时，一般而言，其他活动应该让位于上课。”只是好像现在多是上课让位于其他活动，呵呵。顺祝博主周末愉快！

丝丝弄碧　2007－11－28　20：24　支持夏老师！以后本老师照办。选修课上常遇到这样的问题，学生经常拿着各式请假条来请假。

昨天给四六级监考

（2007－12－23　08：48：00）

昨天有两场监考，上午在良乡校区监考四级，下午在阜成路校区监考六级。

为了赶上7点去良乡的班车，早上6点就起床了。我监考的四级考场有30人，学生很自觉，考场秩序很好。

吃完午饭后，坐班车回阜成路校区监考六级。有两个女生竟然没有带耳机，十分着急。我到考务教室借了两个耳机，为她们解了燃眉之急。听力试音时，一个女生的耳机没有声音，我马上把我的耳机借给了她，又帮她解了燃眉之急。但愿她们都能考好，心想那个事成。

【评论】

※芒果乱报※ 2007－12－23 09：09 好同志啊！

乐了 2007－12－23 11：14 无论她们考得如何都会感激你的。昨天我孩子也去监考，和你一样四六级。走得早，没吃早饭。老师也辛苦啊！

该不该给他们及格

（2008－01－07　12：04：00）

2007年秋季学期的硬笔书法公选课分4个班，注册学生共有712名。大多数同学认真学习，学有所获。有的同学开始是抱着混学分的态度来报名的，但后来却被这门课所吸引，“舍不得”逃课。更有很多同学对这门课产生了感情，课程结束了还“恋恋不舍”。但是，也有个别同学平时上课不来、练习不做，考试时来了，还想要及格成绩，该不该给他们及格呢？

按照教务处的计划，硬笔书法公选课共32课时。因为是大班上课，如果点名将花费很多时间，所以我只在公布学生的课程编号时点过一次名，平时上课是不点名的。我通过交课堂作业和平时测试卷掌握学生的考勤情况。本学期共交6次课堂作业，4次平时测试卷。如果当堂没有交作业或测试卷，说明该学生没有来上课。6次没有来上课，即缺勤12课时，超过课程总学时1/3，根据《北京工商大学公共选修课管理办法》（北工商教字〔2006〕5号）“考勤及考核”第1条规定：“修读学生应按规定的时间、地点准时上课。凡无故缺勤超过该课程总学时1/3者，取消本课程考核资格，并记零分。”在最后一节课，我公布了取消考试资格的名单，1班6个，2班6个，3班25个，共37名学生。

一石激起千层浪。

有个同学在我回家的路上找到我，求情让他考试，还说他爸认识学校的某位领导。我心里发笑，“别跟我来这套”。

有个同学真的动用了他爸的关系，通过行政人员跟我打招呼。看效果不好，又通过一个副院长打电话给我，说：“这学生有心肌炎，可不可以让他参加考试？”我心说：“有病治病，当学生就该来上课，这是两回事。”

有个同学拿来了盖有“北京工商大学体育教学部”印章的请假条：“尊敬的夏京春老师：××同学是我校校游泳队队员，为代表我校参加2007年冬季北京市高校游泳比赛，进行了艰苦的训练，但由于训练时间紧、任务重，耽误了您的上课时间，深感抱歉，希望您能谅解，特此请假，望批准。”该学生艰苦训练游泳值得表扬，但硬笔书法课基本没来上过，应该受到批评，而不是什么“批准”。

有个同学拿来了盖有“北京工商大学化学与环境工程学院”印章的证明：“应化041班××、×××二位同学在2007年11月至12月两个月期间，每周周五做应用化学实验，因此未能参加该门课程的上课，特此证明。化工学院应用化学专业老师：×××。”分身无术啊！同一时间不能做两件事，鱼与熊掌不可兼得。这两位同学既然选择了实验，那就得放弃硬笔书法这门课。不能拿了实验的学分，不上课又想拿硬笔书法课的学分，不劳而获，天下哪有这等好事？

考试的时候，来了几位“不速之客”。除了两个打招呼的，两个开来证明的，还有三个取消考试资格的同学来到了考场，硬要参加考试。

考场坐满了学生。绝大部分同学都以良好的心态、收获的心情来参加考试。600多个学生，我不可能认识每一个学生，但我隐约感到会不会有个别同学投机取巧，找别人替考呢？在4班考场，我绕场一周，发现一个男生没有在试卷上书写，他旁边的一个女生在奋笔疾书，这引起了我的注意。交卷时，男生走到讲台前交了卷，女生却在座位上没有交卷。我断定这个女生是替考。我走到男生面前，对他说：“请你自己写。”男生自知理亏，没有争辩。

这几天，我一直在判卷子，4个班共673份卷子，很累，很辛苦，但也很高兴。看到同学们书写的进步感到高兴，看到同学们因书写进步受到爸爸、妈妈、同学、朋友的称赞感到高兴，看到同学们因练字性格更加平和、做事更加成熟感到高兴，看到同学们喜欢上了硬笔书法，表示还要继续练下去感到高兴。

到昨天为止，卷子已经判完了。绝大部分同学都取得了良好成绩。

4 班有 4 位同学平时没有很好练习，期末考试不及格。

那位找人替考的同学，记零分。也许还有个别的同学找人替考，这次蒙混过关了。我希望他们下不为例，做诚实的人睡觉比较安稳。

37 名取消考试资格的同学，按照学校的规定，一律记零分。不论是说他爸认识校领导的，还是托院领导求情的，不论是拿来学校有关部门的“请假条”的，还是拿来专业老师的“证明”的，不论是来参加考试的，还是没来参加考试的，一律记零分。不为别的，就为了“公平”二字。当然，公平只是相对的，社会上不公平的事太多了，但我秉持公平原则，问心无愧。既然报了我的课，就要来上课，就要做练习。正字先正心，学书先学做人。想混学分，想走捷径，就不要报我的课。

《北京工商大学公共选修课管理办法》（北工商教字〔2006〕5 号）第八条“成绩、学籍管理”规定：“公共选修课考核不及格一律不予补考，可以重修或改选，但不计入留、降级或退学的课程门数和学分数。”4 名不及格和 37 名取消考试资格的同学，希望你们接受教训，想一想应该怎样当学生。如果你们愿意，我欢迎你们重修这门课，只要你们按时上课，按要求练习，写出一手好字是可望可及的，考试及格也是没有问题的。

【评论】

新浪网友 2008－1－7 16：12 顶！

阿 2008－1－7 17：36 都不容易！

杨老师 2008－1－8 17：33 看着夏老师这么认真、这么辛苦地工作，对您心生敬意！向您学习！我手里也是好几百份试卷要判，累极。上网来看看您，汲取力量。

子腾 2008－1－9 21：30 问候夏老师！人品如其字，老师为人师表，学生虽毕业两年，仍能与老师离得这般近，吾之大幸！

友 2008－1－10 15：56 不畏强权，公平公正，令人佩服。

数娱 061 2008－1－20 13：16 想不到夏老师还这么公正公平，学校里、社会上要是多些您这样的人该多好啊！虽然您不认识我，但是看了您的一些文章之后，我觉得您是我目前在工商大学遇到的最好的老师。祝您在新的一年里身体健康，万事如意！

太子 2008－5－11 22：26 要是每个老师都像您一样就好了，大学教育的质量直线下降与老师也有着莫大的关系。大多数老师已经把教学当成“第三产业”，而不是“第一产业”。希望您坚持到底！

新浪网友 2008－6－14 20：49 好老师，就凭这点公正。我们每次考试身边都有一堆替考的，老师都是睁一只眼闭一只眼的。气愤啊！

夏京春老师 2008－6－15 09：08 答复楼上新浪网友：我不是睁一只眼闭一只眼，我是没有发现。但我怀疑确实有替考的，这学期比往年都强调了不得替考，但还是有个别同学“顶风作案”，这让我也很气愤啊！

我本来是相信学生的，可个别学生就是不自爱。看来，下学期我应该采取更为严厉的措施，把替考者抓出来，让考场更为纯净，让考试更公正。

菊影兰香 2008－10－17 17：47 仿佛回到了大学时代……

学生的评论让我感动

(2008－01－28　11：58：00)

去年年底，我写了一篇博文——《与自动071班2班同学合影》。博文发了后，有两个学生在后面发表评论。

一个署名“梧桐”（2007－12－30 13：42：59）的学生：

照片里有我哦，呵呵。

新年将至，我也祝老师天天快乐，老师的乐观态度深深地感染了我们！在这半学期里，我们过得都很快乐，没想到语文课可以这么上。语文课本该这么上！我以前并不喜欢语文课，但大学语文课我学得最开心了。有个同学一周只上了一节课，那就是语文课（保密哦）。

一个匿名“新浪网友”（2008－01－27 23：07：15）的同学：

夏老师，您好，还记得在学校图书馆看到您在南非时照的很多相片。我是学工科的，只有大一、大二的时候上过语文，之后就没有什么文学方面的课程了。

我是03级的，可惜我们专业一直在老校区，没有机会亲自上您的课程，和您一起感受我们母语的魅力，也欣赏下您的授课艺术。真遗憾啊！

现在已经毕业了，很想念我亲爱的老师、亲爱的同学们。在您的博客中，可以看得到北工商现在的点点滴滴，您记录下的学生的点滴，很多都是那么熟悉和相似的瞬间，让现在远离北工商、远离学校的我，可以找到熟悉的感动。

谢谢您，夏老师！

2008年来了，老师身体健康，天天快乐！

梧桐是我大学语文课上的学生。说实话，大学语文课不太好上。学生从小学、初中到高中，上了那么多年语文课，可是语文水平还是不尽如人意。这与中小学语文教学理念、教学内容、教学方法、考试形式、评价标准、师资水平和社会环境等都有密切关系。到了大学还开语文课，多少都带有补课的性质，难怪有人称“大学语文”为“高四语文”。学生对应试教育背景下的语文课已经厌倦了。怎样激起学生对于祖国语言文字、语言文学的兴趣，怎样切实培养学生对于祖国语文的驾驭能力，这正是我上大学语文课时关注的重点。我对大学语文课的教学内容和教学方法做了一些改革。从学生的评价中——“没想到语文课可以这么上。语文课本该这么上!”，从学生学习态度的转变上——“我以前并不喜欢语文课，但大学语文我学得最开心了”，从学生对这门课的重视程度上看——“有个同学一周只上了一节课，那就是语文课”，我感到，我的努力没有白费，学生学习语文的积极性调动起来了。谢谢梧桐同学给我的鼓励，我会将语文课的改革继续下去，“授人以渔”，让学生受益终生。

昨天发表评论的“新浪网友”，看来是已经毕业的北工商的学生。在校时，他/她看过我在图书馆办的《南非风情摄影展》，近来又看了我的博客。他/她在我的博客中找到了“熟悉的感动”，这让我也十分感动。我感动的是我没有想到我的博客也可以引起已经毕业的学生对于母校的思念之情。人们说“铁打的营盘流水的兵”，其实，学校何尝不是如此呢？一届一届的学生走了，一级一级的学生来了，校园还是原来的校园，老师还是原来的老师。但是，大学时代是人生中最重要的一段时期。同学之间的友情、男女生之间的恋情、对科学与理性的思考、对名师的尊敬、对未来的憧憬、考试前的焦虑、寒暑假回家时的喜悦，都是令人终生难忘的。“新浪网友”，谢谢你的评论，你的评论鼓励我在新的一年里把博客继续写下去。“海阔凭鱼跃，天高任鸟飞”，老师也祝福你大鹏展翅，生活幸福!

【评论】

2217405245 2012－10－5 16：33 我是新华，来看看，重温一下。有时候做人稍稍有松懈之感，想想您，还是决定坚持下去。

北京西客站接儿记

（2008－01－29　09：59：43）

儿子放假了，乘 D122 次列车从武汉回京。昨天晚上，我到北京西客站去接他。

列车 7 点 27 分到站，我到 1 号出站口时已经 7 点 24 分了。等了一会儿，D122 次的乘客开始出站。

我的眼睛紧张快速地扫描着人群。突然看到，一个貌似儿子的年轻人向前走着，头发长长的，像搞艺术的青年，由于头发长，显得脸盘儿瘦小。这是我儿子吗？

我试探地叫了一声："夏鹏。"他站住了，冲我笑了笑，说："哦，来了。"

我确认是我儿子，对他说："头发这么长，我都不认识你了。"马上从他的手里抢过行李箱的拉杆儿，和他一起出了西客站。

【评论】

平安便是福 2008－1－29 11：19 可爱的父与子！

洁丽的天空 2008－1－29 12：51 接儿子的心情很愉快吧！

弋轩宝贝 2008－1－29 17：22 哈哈，父子情深，真好！祝福你们！

去北京大学口腔医院看牙

（2008－02－03　18：34：00）

两周前，我漱口时有少量血迹，是牙龈出了问题。昨天，发现有一颗门牙有些松动。今天，我去北京大学口腔医院看牙。

2004 年刚到南非的时候曾到南非的医院看过牙，一次就拔掉了两颗牙。由于是个医学院的牙科，仅花了个挂号费，拔牙竟然没花钱。但据说私人医院看牙是很贵的。4 年后，我走进了国内的医院，没想到看的还是牙。

我 9 点半到达医院，一楼的挂号窗口早已挂出了“挂号已满”的牌子。一问才知，要早上 5，6 点来排队拿号。我想咨询一下应该怎么治，就到了 4 层的“牙周科”。没想到 4 楼也有一个“挂号室”。于是，我试探着问：“还能挂号吗？”护士说：“上午没有了，下午还有最后一个。”我大喜，马上挂了下午的号。我太幸运了，不用明天早上 5，6 点钟来排队挂号了。

好不容易等到了下午，听到叫我的名字，我进了第 3 诊室。一位年轻的女医生问我怎么了，我说：“有颗牙齿松动，还吐血。”“啊，吐血？”女医生惊讶地看着我。我意识到说错了，马上解释：“漱口时有点儿血。”

女医生开始给我做常规检查，然后给我洁牙。洁牙时，我感到挺难受的，眼泪都从眼角流了出来。好在医生的态度很和蔼，也能体谅我的紧张。最后，她让我去照 X 线全口照片，以便决定下一步的治疗方案。

我去交费，检查费 4 元＋治疗费 169.34 元＋放射费 144 元，加上开始交的挂号费 5 元和大、小病历本 2.50 元，共计 324.84 元。

今天的经历，我有三点体会：1. 看病真不容易；2. 看病真痛苦；3. 看病真贵。

【评论】

弋轩宝贝 2008-2-3 18：54 是呀，牙疼不是病，疼起来真要命。我也想去看牙呢!

杨柳：丝丝弄碧 2008-2-4 19：28 看病难，何时能解决?现在我也很怵去医院，能不去就不去。祝夏老师身体健康，笑口常开。牙好胃口就好，吃嘛嘛香。

菊影兰香 2008-2-15 14：04 还有下一步的治疗方案呢，不止这些钱……

设定“五无”时间

（2008－02－17　12：57：01）

现代人花在电脑、电邮、电话、短信和电视上的时间太多了。
似乎不上电脑，不查电邮，就不会工作；
似乎不打电话，不发短信，就不会交友；
似乎不看电视，不写博客，不打电游，就不知道晚上该干什么。
我们的工作、生活和心情都被这些现代科技产品影响着，制约着。

可是，我们的工作效率提高了吗？
我们的智商和创造性提高了吗？
我们的健康指数提高了吗？
我们的幸福感增强了吗？
答案并不乐观。

因此，为了更专心地做好眼前的事，
为了更好地享受生活，
为了更多地获得自由感和幸福感，
每天都应该设定一些“无电脑”“无电邮”“无电话”“无短信”“无电视”的时间段。

也许有人会说这不可能。
确实，现代生活离不开它们，
关键是时间不能太长，一定要有控制。
该开机的时候开机，该关机的时候就要坚决关机。
享受“五无”时间，生活才更有意思。

【评论】

一串心情 2008－2－17 19：50 欣赏学习，很有意思，深深受益！祝福朋友！

墨白 2008－2－18 18：35 对，说得好。我要下了。

清影 2008－2－20 10：30 夏老师新年好！有时候，我们的生活过分地依赖这些高科技产品，少了真实和自然。

我过“三八”

（2008－03－09　09：10：01）

昨天是“三八”，女老师休息，我则接了去良乡监考的任务。监考对象是上学期全校在良乡开设大学语文班中所有不及格的学生，共44人。

早上6点半起床，7点20坐班车去良乡。我以为8点半开始考试，8点15分就来到了文2－103教室。教室灯是黑的，一个人也没有。我很吃惊，心想一定是什么地方搞错了。打开多媒体设备，上网查了一下补考时间安排表，原来大学语文的补考时间是10：30—12：10。这下我放心了，于是，就在校园网上逛了起来。

多媒体部将我上学期上硬笔书法公选课的全程教学录像已经上传到了校园内网。我试着找了一下：进入校园内网，点击“网络教学资源平台”，再点击“公共资源”，在左边的“公共目录”里，点击“多媒体部”，然后点击“情景课件”，就找到了“硬笔书法”。共34个文件，链接很顺畅。网络教学打破了时空界限，真方便。

10点半，补考时间到了，实际来了37人，有1名女生，其他都是男生。考场状况正常。12点10分补考结束，有1个男生迟迟不交卷，估计没答好，还想写点儿什么。希望这些学生能从补考中吸取教训，把今后的课程学好。12点半坐班车回阜成路校区。1点20到校，去院办交了卷子。到家快2点了。老婆早已吃完了午饭。锅里的馒头还温热，我加热了一下剩菜“蘑菇油菜”，简单吃了午饭。

晚上，给老婆做了红烧排骨萝卜块、凉拌萝卜丝和米饭。老婆还吃了前天我给她买的西瓜（24元）——“妇女节”礼物。吃完晚饭后，和老婆一起看中央8台热播的电视连续剧《活着真好》，共44集，是讲乳腺癌的事，选材独特，挺有意思的。亲情、爱情、友情、吵架、多疑以及对病情与死亡的恐惧都吸引着我们看下去。

【评论】

慧心慧语 2008－3－9 15：25 夏老师辛苦了！原来我们的节日快乐里有您辛勤的付出，谢谢了。

笔势风涛 2008－3－10 07：16 每次看到您的博文都让我感受到精神境界的充实。欣赏您的美文！

淡淡雾夕夕 2008－3－15 19：22 呵呵，老师的生活真滋润，真幸福！

与学生的几封通信

（2008－03－15　15：42：00）

来信1：

学生张屹涵叩首：

看完老师的节目后，敬佩之情更进一层，羡慕之意澎湃不止。学生不才，但长怀继承国学、传播华夏文化之志。老师文辞雅正，学问渊博，老成持重，敏练安详。学生欲效老师之所作所为，苦不知程序如何，难窥门径，万望老师指点一二，学生感激不尽。

2008.3.12. 夜

回信1：

张屹涵：

继承国学，首先就要熟悉国学。国学博大精深，进入的门径就是阅读经典。兴趣是最好的老师，你有志于此，甚好。苦读深思，相信必有所成。

夏京春

来信2：

学生张屹涵叩首：

老师所言字字珠玑，令学生茅塞顿开。诗云："不为世祖携重剑，知为文皇再读书。"学生孩提就迷阅读，想来一十四年矣，涉猎古今，往来中西。然考试弄人，入错专业，每每为微积分所困，未尝不嗟叹造化弄人。周末在图书馆逡巡，睹书泪下，大有学非所用之慨。是夜，月朗星稀，独立窗前，一腔愁绪，满腹苦楚。课上闻听老师高论，更是触动衷肠，自感越来越憔悴颓唐。老师阅历丰富，历稽名籍，还望指点学生走出迷津。

2008.03.13 夜

回信2：

张屹涵同学：

大学主要学习专业，但基础要打好，所以学校开设的基础课、专业基础课还是要学好。重文的人往往轻理，我数学就不好，现在想来也是遗憾。什么学科都有它的规律，用点心思研究它，应该能入门。我校高数不及格率很高，我想怎么也要弄个及格吧。现在大学实行学分制，适应这个制度，怎么也要把应有的学分拿到，这样才能拿到毕业证。这一点应该明确。

其次，就是要发展自己的爱好。现在就业转行的人很多，所以现在所学也未必就是将来所用。大学只是打个基础，培养能力。自己的路还是要自己走的。不必忧愁，不必叹息，“天生我才必有用，莫愁前路无知己”。

夏京春

来信3：

学生张屹涵再叩首：

老师说的学生很是明白，近来课有增无减，虽然辛苦但有老师的话，也当勉力向前。学生还有一个问题，如果我想成为像老师一样的人又该怎么办呢？谢谢老师。

2008.03.14夜

回信3：

屹涵：

书一本一本地看，课一门一门地上，事一件一件地做，日子一天一天地过。日积月累，你会活出自己的精彩。

夏京春

来信4：

学生张屹涵叩首：

真的非常感谢老师的不厌其烦，学生非常感激。学生只是想知道如果自己有志于从事对外汉语的事业，具体该怎么操作呢？又麻烦老师，心里过意不去啊，再谢谢老师了。

2008.03.15午

回信4：

张屹涵同学：

有志于从事对外汉语教学事业，可从以下几个方面做好准备：

1. 学好英语，特别是听说；

2. 系统学习汉语（包括语言学原理、现代汉语、古代汉语、对外汉语教学理论等课）；

3. 本科毕业后，可报对外汉语专业研究生；

4. 在本科期间，可兼些对外汉语的课程或辅导，取得国内教学经历；

5. 通过普通话水平测试，取得相应证书；

6. 通过对外汉语教师资格考试，取得相应证书；

7. 参加国内汉语教师培训，取得相应证书；

8. 可向国家汉办申报对外汉语志愿者，取得国外教学经历；

9. 毕业后，寻找对外汉语教学的工作岗位；

10. 做好吃苦和受挫折的心理准备。

有关事项可上国家汉办网（http：//www.hanban.org/cn_hanban/index.php）查询。

夏京春

【评论】

微风轻拂 2008－3－15 17：56 偶来您的博客，感受颇是温馨。精美的文章，流畅的文字，非常喜欢。送上我的祝福，祝新的一天拥有阳光般璀璨的笑容。

娃娃 2008－3－17 12：45 老师真敬业啊，突然间想去看看老师的学校和课堂。

杨柳丝丝弄碧 2008－3－18 20：00 夏老师循循善诱，为师者当如此。

与学生在网上的交流

（2008－03－27　08：20：00）

日前，再次注册了北京工商大学学生主办的“呆呆论坛”，发了一个帖子，并与学生有如下的交流：

夏京春：（2008－3－18　18：46）日前，硬笔书法课的全程教学录像已上传到校园内网。搜索方法是：进入校园内网，点击“网络教学资源平台”，再点击“公共资源”，在左边的“公共目录”里，点击“多媒体部”，即可找到“硬笔书法”。硬笔书法课的教学内容主要有导言、行书的基本笔画、常用偏旁部首、1 000 常用字临摹、整篇文章摹临、常用签名法、毛笔法帖摹临和硬笔书法创作实习，共 32 课时。

DUMA：（2008－3－18　18：51）又见夏老师，呵呵，欢迎欢迎！

leer：（2008－3－18　18：53）我上周偷偷跑去上了一节……

SuperPanda：（2008－3－18　19：00）欢迎。

夏京春：（2008－3－18　19：27）上学期就想上“呆呆”发帖，可是忘了用户名和密码，进不来。今天开窍了，重新注册一个不就进来了吗？向“呆呆”老朋友们问好！

SuperPanda：（2008－3－18　19：32）齐声：老师好！

卓别林：（2008－3－18　21：50）老师，我可是您那课的正规学生啊！真有意思您！哈，支持！支持！见到老师很兴奋。

Leer：（2008－3－18　22：20）回复 #7 卓别林的帖子 我选了 3 个学期都没选上……

卓别林：（2008－3－18　22：22）回复 #8 leer 的帖子 哈，没辙！明儿跟我蹭课去啊！

DUMA：（2008－3－18　22：23）回复 #8 leer 的帖子 这不正好有录像了吗？看去呗，只可惜除了图书馆和机房，不能上内网……

夏京春：（2008－3－19 09：57 ）搞录像就是为那些想练好字，但又由于各种原因没法上课的同学服务的。看录像不能只是看，一定要跟着写。多写才能提高。有时间的话，也欢迎没中签的同学来听课。不为学分，就为自己的“门面”。

Death. rio：（2008－3－19 10：01）话说初中高中，每学期放假，老师都要给我们布置临摹作业。嗯，谢谢夏老师。

Death. rio：（2008－3－19 10：02）字是敲门砖。

夏京春：（2008－3－19 10：03）版主没去上课，回复够快的。

Death. rio：（2008－3－19 10：06）被发现了，赶紧上课去！哈哈哈。

夏京春：（2008－3－19 10：26）好久没来“呆呆”了。昨天注册发了帖，今天又上来看一看。发现“呆呆”比以前功能更多了，更方便了。谢谢各位站长、版主和网友们的努力！

Lein：（2008－3－19 12：21）好久没有见到老师了啊，我们班上学期好多人选了您的课。

Death. rio：（2008－3－19 12：41）这下硬笔书法肯定每学期爆满，然后旁听生无数了，哈哈！

小玥丫：（2008－3－19 15：39）回复 #10 DUMA 的帖子 找到咱校的无线网络也可以的！大写的 BTBU，良乡不知道有没有，阜成的阶梯教室、双子楼信号都不错。我这儿正找夏老师的教程呢。

夏京春：（2008－3－19 21：13）回复 #19 小玥丫的帖子 小玥丫，你找到了吗？这学期，我没有在阜成路校区开硬笔书法公选课，如录像能对阜成校区的学生有帮助就太好了。

小玥丫：（2008－3－19 21：43）回复 #20 夏京春的帖子 找到了列表，3 页对吗？可是没下载下来。

小玥丫：（2008－3－19 21：45）上学期我们班好多人都报了这门课。

xiaoan191（安安小巫女）：（2008－3－20 10：12）老师好，可惜我没有选过硬笔书法，但是这学期有机会学中国书画，呵呵，正期待着呢。

夏京春：（2008－3－20 13：16）回复 #23 xiaoan191 的帖子 你好，我猜你是传艺的学生吧。古代文人琴棋书画什么都会，现代大学生应该也算“文人”吧，可是文化素养并不尽如人意。学学琴棋书画，陶冶情操，不论对己对人都有益处。

凸一一凸：（2008－3－20 13：44）上次偷偷去上了一节，夏老师风采依旧啊。

xiaoan191（安安小巫女）：（2008－3－20 18：30）回复 #24 夏京春的帖子 老师猜对了。呵呵，这么大了，琴棋书画样样精通是来不及了，但是书和画还是可以的。棋嘛，也只是属于知道而已，但是不太会，所以这样看来，至少也还是会三样……

夏京春：（2008－3－20 19：03）回复 #30 xiaoan191 的帖子 我还不如你，只会两样——写字和下象棋，琴和画都不会。什么时候退休了，我想学学钢琴，学学国画。现在我家里就有架钢琴，不过是聋子的耳朵——摆设，从来没人弹。

xiaoan191（安安小巫女）：（2008－3－20 19：27）回复 #31 夏京春的帖子 小时候最羡慕的就是学钢琴的和跳舞的，感觉走路都和别人不一样，好优雅、好高傲，自己却只能背着墨绿色的画板去画画，那么小个人，那么大个画板……现在可以自己选择了，却没有了那个心情了。真羡慕老师……

夏京春：（2008－3－20 20：32）以前，我不会跳交谊舞，特羡慕会跳的。后来，参加了一个舞蹈班，学会了跳三步、四步、探戈，再参加舞会就特别愉快了。凡事都是学而知之，练而会之。只要去学，只要去练，没有什么不能学会的。

SuperPanda：（2008－3－20 20：34）QUOTE：原帖由 夏京春 于 2008 年 3 月 20 日 20：32 发表 凡事都是学而知之，练而会之。只要去学，只要去练，没有什么不能学会的。

相当赞同，这就是师傅领进门、修行靠个人的道理。

myselfshuo：（2008－3－20 21：15）这么好的老师，一定要去听哦！

SuperPanda：（2008－3－20 23：02）我想报，可是都有课冲突，会有机会的。

小玥丫：（2008－3－21 10：24）这些录像只能在网上看吗？可不可以下载？

黑翼天使：（2008－3－21 12：47）上学期上的硬笔书法课，这学期继续练字，发现字开始有形了。果然练字不是一朝一夕的事情。

夏京春：（2008－3－21 19：32）答复小玥丫：I'm sorry，I don't know.

答复黑翼天使：你做得很对。上学期练字的同学继续练下去，一定会越写越好。

小玥丫：（2008－3－21 20：19）回复 #39 夏京春的帖子 谢谢夏老师。嗯，我还是没找到下载。

夏京春：（2008－3－21 21：14）回复 #40 小玥丫的帖子 似乎只能在内网上看，不能下载。

黑翼天使：（2008－3－21 22：36）因为上学期就一学期，字期末还是觉得好难看的，这学期就顺畅多了。

夏京春：（2008－3－22 08：15）回复 #42 黑翼天使的帖子 结果与过程，人们通常看重结果。其实，没有过程，哪来结果？字迹从生硬到流畅，从难看到漂亮都需要练习的过程，需要假以时日。不浪费时间，踏踏实实地注重“过程管理”，定能收获丰硕成果。

黑翼天使：（2008－3－22 13：12）感觉平时闲来写字优哉悠哉的。虽然没有毛笔，没有那种写字的气势，但是写字挺容易能让人安静下来的。在这个时光如梭的社会，这种闲情逸致好像在偷时间的金币一样，感觉挺好的。

夏京春：（2008－3－22 13：38）年轻人一般容易浮躁、急躁、火气大，练字确实是可以使心情平和下来的好方法。练字的好处不只是把字写好，有个好心情、好性格、好气质、好修养，也许比好字更让人受益终生。

夏京春：（2008－3－22 13：46）上面的照片是我上学期照的。有的同学坐姿不佳，头太低了。

黑翼天使：（2008－3－22 16：02）这是四层的教室吧，我上学期在的是301。

dijiaoutman：（2008－3－22 20：37）我这学期上您的课啦，哈哈。

夏京春：（2008－3－22 21：13）回复 #48 dijiaoutman 的帖子 珍惜这次练字机会，祝你学有所成！

滴滴爱点点：（2008－3－23 16：30）哈哈哈，这课我上过，没选上的不要羡慕啊！

cher：（2008－3－24 20：18）我是上学期上的，哈哈，最后成绩老师给的还不错。

hidelq：（2008－3－22 01：16）如果此时十年前的你和现在的你同坐在一张椅子上，你最想对她说的是什么？以下是回帖

1. 十年前……十年前也已经来不及了。楼主，商量下，13 年前可好？

（此人的 ID 为：但求与你不曾相逢）

2. 不要变胖了，你会变不回来的。你以后不要花很长时间等别人，人家也不会再回来。

五个月后，你会认识一个人。如果你喜欢，就一直保持联系吧。别老是哭，好好长大，我等你。

3. 好好读书，不要去跳舞，那一点也不高雅，只会耽误你的人生。不要崇拜任何人，他们都会使你失望。记得要勇敢地去追求自己的梦想，不要临门一脚又退缩。看着姐姐，不要让她有事。多陪陪舅舅，快没机会了。

4. 好孩子，马上你就会遇到会改变你一生的人。你以为这个人带给你的是痛苦，其实那是你无法想象的，而且也许以后再也不会得到的、最快乐、最幸福的时光，好好珍惜吧。

夏京春：（2008－3－22 09：21）这个帖子挺有意思，真是有自知之明啊！过去很傻很天真，可惜世上没有后悔药。好在“往者不可谏，来者犹可追”。说好好学习的，从现在起，要真好好学习；说要听父母

话的，从现在起，要真听父母话；说要多陪爷爷奶奶的，从现在起，要真多陪爷爷奶奶；说不要太意气用事的，从现在起，就真的要宽容待人，平和处事……心动不如行动。如果你能这样做，那么，十年后当你再回首往事时，就真的会“了无遗憾”了。

nakata0915（中田的宝贝）：（2008-3-21 09：59）亲爱的朋友，你好！2007年11月29日，绿色和平的五名志愿者身着写有“停用一次筷”的标语，来到快餐连锁店“面爱面”的北京朝外店，抗议其大量使用一次性木筷，同时要求包括“面爱面”在内的连锁餐饮店立即停止提供一次性木筷，发挥连锁效应，保护中国业已脆弱的森林资源。此次再次发动这样的活动，期待你的加入。请慎重，志愿者不是靠冲动，需要的是奉献精神……

夏京春：（2008-3-22 08：41）提倡使用不锈钢筷子，环保，耐腐蚀，易清洗，使用寿命长。韩国人早就使用这种筷子了，根本不用木筷子。

【评论】

扁舟一横 2008-3-27 21：58 看完，让我感觉很澄澈。如此风格，让人喜欢。我会再来的，呵呵。祝您愉快，盼回访，多交流。

婉娩 2008-3-28 13：34 夏老师，马上要清明节了，预祝清明节愉快！（嘻嘻，好久没上博了）

菊影兰香 2008-3-30 19：44 夏老师，如果上您的课里有一个听力不好、说话也不是很清楚的女孩，您会用平等的眼光来看待她吗？我的一个好朋友，她的听力很差，戴着电子耳蜗，也还是做不到和正常人一样，听别人说话也很困难，口语也不是很清楚。她在下了课跟老师说，她的听力不好，结果那个老师下一节课就当着全班的面说，身体健康的人就是高人一等的，盲聋哑就是低人一等的，海伦·凯勒凭什么能当作家啊？这些话女孩没听清楚，是下课后别的同学告诉她的。我真的不知道还有这样的老师，还是教思想道德课的呢。

祭奠姥姥

（2008－03－29　16：16：33）

姥姥离开我们已经19年了。在清明节前夕，我来到福田公墓祭奠我亲爱的姥姥。姥姥是江苏海门人，生于光绪十四年（1888）。当时妇女受压迫，女人都要缠脚，所以姥姥是小脚。我小的时候，曾看过姥姥洗脚，不明白姥姥的脚为什么那么小。姥姥从小把我带大，养育之恩终生难忘。我上小学时，妈妈在城里上班，爸爸吃食堂，是姥姥做好了午饭，等着我和姐姐回来吃饭。夏天睡凉席，是姥姥不辞辛苦地经常擦拭凉席，去除汗渍。姥姥是真心地对我们好，只有付出，不求回报。姥姥晚年时，看到了我的儿子，她对重孙子辈的慈爱更是无法言表。姥姥一生勤劳、善良，性格平和，真应了“仁者寿”这三个字，享年101岁。

来到姥姥的墓前，我用抹布擦拭墓碑上的尘土，看着姥姥的音容笑貌，想起姥姥待我的好，我有一种要哭的感觉。旁边还有别人祭奠他们的亲人。我忍着忍着，没有让眼泪流下来。为表达我的缅怀之情，我给姥姥献上了一个小花篮。

姥姥，亲爱的姥姥，19年了，您没有离开我，您一直活在我的心中。写到这里，我已是泪流满面。姥姥，我想您，您在天堂听到我的呼喊了吗？

【评论】

子腾 2008－3－29 17：44 仁者寿，善者福。

安安小巫女 2008－3－31 19：25 感动了小巫女，希望老师健康快乐。

謌、萬人敬仰 2008－6－1 20：26 哭。

小议名与利

（2008－04－14　08：59：29）

有人说“荣誉和金钱不会走进同一个口袋”，这话说得也许太绝对了。大体说来，名与利应该是有这样几种组合：

1. 有名无利；

2. 有利无名；

3. 无名无利；

4. 名利双收。

谁不想名利双收呢？但福无双至、祸不单行，好事不能让一个人都得到。有所得就要有所失，这是一个方面。

另一个方面，靠自己的本事发明创造，为人类造福，确实是可以名利双收的，如诺贝尔奖获得者，如比尔·盖茨等。

【评论】

娃娃 2008－4－15 20：52 名利双收最好，哈哈！

我被地震“震”醒了

（2008 - 06 - 02　07：42：00）

昨晚，在“粮食缘”与老婆共进晚餐。席间，有如下对话：

老婆：“今天，你怎么表现那么好啊？”

我说：“我被地震震醒了。就是说，我顿悟了。”

老婆：“顿悟什么？”

我说：“人生苦短，生命脆弱。好好生活，珍惜夫妻情。”

老婆：“你跟我说真话，你怎么就顿悟了？”

我说：“我被地震震醒了。”

老婆：“今天没有地震啊？”

我说：“还有‘余震’。”

老婆似乎还是不明白，但我对她好，她已经感觉到了。这让她心情大好，乐不可支。

【评论】

小孟 2008 - 6 - 2 08：29 夏老师，我也有这种感觉呢，要珍惜生活啦。

阿柒 2008 - 6 - 2 08：55 老浪漫了啊！窃笑。

鹦鹉的企鹅 2008 - 6 - 2 19：19 老师，这事得长久……嘿嘿。

一一 2008 - 6 - 2 22：41 真实的感动。

海边的卡夫卡 2008 - 6 - 12 21：25 希望夏老师夫妻恩爱！

603093997 2011 - 6 - 17 21：30 呵呵，老师，祝您幸福！

答学生记者问

(2008－06－02　19：26：00)

1. 您担任多科教学工作，他们之间有何共通之处？您的科研成果涉及诸多方面，您是怎样分配这些学科研究时间的？教学和科研时间又如何分配？

多年来，我主要教四门课：大学语文、应用写作、硬笔书法和对外汉语。它们的共通之处都是中文类课程，都是非常实用的课程。我愿意教给学生一些实实在在的东西，“授人以渔”，培养能力。科研方面，我基本上是围绕着教学来进行的。比如，整理应用写作课多年的讲义，就形成了一本教材《新编应用写作教程》，2002 年首都经济贸易大学出版社出版，2004 年获第六届全国高校出版社优秀畅销书一等奖。关于教学与科研的关系，我是把教学放在第一位的，首先是备好课，上好课，判好学生作业，然后才是搞科研、写论文。2007 年春季学期，我一共上了 4 门课，每周 16 学时，总标时为 360.86，共有 812 名学生，这个教学工作量在全校也许是首屈一指的。课上得太多，搞科研的时间就少了。所以近两个学期，我在课时和学生人数上也做了一些调整，争取多一些时间搞科研。

2. 您是何时开始利用网络与学生进行沟通和交流的？对于这种交流方式有什么感受？

我是 2006 年 9 月 18 日在新浪网上开通博客的。最初开博的目的是想把我在南非写的日记与人分享。2003 年 12 月到 2006 年 2 月，我受国家汉办的委派到南非大学任教，期间写了大约 50 万字的日记，照了上万张照片。我希望通过我的日记和照片，增进人们对南非社会以及对外汉语教师的了解。除了发《南非日记》外，我也陆陆续续地写些自己感兴趣的博文。特别是在良乡校区上课后，我感到老师与学生的沟通很不够，老师上课来，下课后急着赶班车，这萌生了我利用博客这个平台加强课后与学生交流的想法。事实证明，这种方式非常方便、实用，受到学生的普遍好评。从学生的留言和评论中，我了解了学生的需求，并能及时地给学生一些帮助。

3. 从您的博客中可以充分看出您是一个十分细腻、很感性的人，具体什么样的人生观让您对生活如此热爱、如此乐观?

我认为生活是美好的，学生是可爱的，人生应该是丰富多彩的。我喜欢老师这个职业，喜欢自由地支配自己的时间，我认为做自己感兴趣的事情是幸福的。硬笔书法课是我感兴趣的，虽然学生多、判作业量大，但看到学生通过练习字迹有了明显的提高，就很有成就感。摄影是我感兴趣的事情，当拍出一张满意的照片的时候，就特别高兴。我喜欢这句对联："日出东海落西山，愁也一天，喜也一天；遇事不钻牛角尖，人也舒坦，心也舒坦。"

4. 您有过去南非授课的经历，这对您的人生有什么影响？它在您走过的岁月中占有多重的分量?

在南非的经历是我终生难忘的。作为国家汉办第一个公派到南非的老师，我独立开展工作，培养了南非第一流的汉语人才，编写出版了一本汉语教材，组织了"中国文化周"活动，传播了中华文化。在南非的经历使我看到了自己的能量，"天生我才必有用"，我更加自信了。

5. 从事对外汉语教学工作使您接触到更多外国学生，在对他们的教授过程中，您是否对母语有了新的认识和总结?

随着中国的经济发展、国力的增强，"汉语热"也在全球兴起。我接触的很多外国学生，他们的汉语水平都是初级的，通过学习有的进步很快。其实，学习任何语言，方法都是一样的，就是多听，多说，多读，多写。学英语是这个方法，学汉语也是这个方法。我们的学生花在学英语上的时间比较多，学习母语的时间不够充分，导致母语水平不高，这个问题应该引起重视。大学生加强母语的学习，不仅仅是学习汉语，而且还学习中国文学和中华文化，从而陶冶情操，提高人文修养，丰富精神家园。

6. 学生都喜欢您这样的老师，幽默，风趣，温柔，体贴，很多人都以您为榜样，想成为您这样博学的人，您给大家提些意见和建议，如何度过大学四年宝贵的时光，积累更多的知识？

大学是人生中很宝贵的一段时光。学生以学习为主，不仅要学知识，学会学习，更重要的是学习做人，学会与人打交道。学会学习就是不要把分数看太重，而是要注重各种能力的培养；学会与人打交道就是不要太自私，要处理好与同学、与男女朋友、与老师、与学校、与家长和与社会的各种关系。能考上大学，智商都不会太低，关键是要不断地提高情商，就是说要有控制自己情绪的素质。韩愈在《劝学解》里说："业精于勤而荒于嬉，行成于思而毁于随。"一个"嬉"字，一个"随"字，可能是现在有些大学生的通病。变"嬉"为"勤"，变"随"为"思"，变浮躁为踏实，书一本一本地看，课一门一门地上，事一件一件地做，日子一天一天地过，四年的宝贵时光定能学有所获，为将来步入社会打下一个扎实的基础。同学们，加油，我看好你们哦！

【评论】

杨柳：丝丝弄碧 2008－6－3 21：32 夏老师幽默，风趣，温柔，体贴，您也是我们学习的榜样呢！

不喜欢重复 2008－6－6 23：00 总有一种对母校的情感，来到新浪同样对母校北京工商大学很感恩。希望所有人在接下来的一年努力，做你们希望成为的那个人。我们工商大学的师生们是最棒的！

海边的卡夫卡 2008－6－12 21：21 熟悉的教三楼！上课和科研应该是相辅相成的一个整体，上课为科研搜集题材，科研为上课充实能量！

又给英语四级监考

（2008－06－23　08：08：12）

去年曾给英语四级监考过，今年又接了这个活儿。今年乘车辛苦些，考场也有新情况。

6月21日（星期六）早上，坐338头班车（6：00），转390头班车（6：10），转917专线头班车（6：30）到良乡校区工2－101教室给英语四级监考。

有一个女生不知从哪里得到信息，将考卷答案写在硬纸条上，塞在帽檐里偷看，被监考老师发现。考务组叫她立即停止考试，到考务组听候处理。

已经开始快速阅读考试了，一个女生还在写作文。快速阅读仅15分钟，我担心她做不完，善意地提醒她应该做快速阅读。

考试结束了，学生都已经离开教室，可是有一个女生的学生证还在课桌上，忘拿了。一定是个“小迷糊”，总是丢三落四。

在去餐厅的路上，一个女生晕倒，一群女生围着她。已经去叫校医了，听一个女生说：“不就是四级嘛！”英语四六级考试给万千考生带来了巨大的压力，紧张过头了就会晕倒，四六级之过，还是考生之过？

【评论】

海边的卡夫卡　2008－6－25　02：04　四六级考试是难忘的经历！记得毕业了还有人没有过四级。

有个学生要求我改分

(2008-06-28　15：58：00)

×××　2008年6月27日　09：57

夏老师，您好！我是工商大学国贸071班×××，这个学期在您班级里学习大学语文。有件事说来惭愧，我期末语文考试卷面44分，主观上面还是我个人不够努力的结果，您看能不能通融一下，帮我把平时成绩从60提一些，这样可以让总评及格，也就不用补考了。我的手机号是135××××××××，具体事宜我们可以再联系！拜托您了！

夏京春老师　2008年6月27日　14：53

为什么平时不努力学习呢，为什么考前不认真复习呢？还是好好准备补考吧，祝你补考能够及格。

×××　2008年6月27日　16：07

真的不能通融一下了吗？真的没有别的办法了吗？我这学期其他科目成绩都还可以，只是语文大意了……夏老师您能不能帮我想想办法？

×××　2008年6月27日　16：25

拜托您了夏老师！您看您可不可以通融一下，给我一次机会？有这么一个挂科记录对我今后申请学校影响是很大的。平时我的确很认真地完成您布置的作业，基本做到按时上课，只是期末这段时间，由于数学从小就是我的软肋，所以把绝大部分复习时间投入在了微积分的复习上。我也是抱了侥幸的心理，心想靠着高中的底子撑过去，这是我的错……但我也希望您可以替我考虑一下，虽说补考之后成绩会按60分计算，但挂科记录我得要背负四年啊！如果真的是对我将来申请学校造成影响，我将会是多么悔恨……我希望您能再帮我想想办法，宽恕我的过失，好吗？我将会万分感激！在今后的学习生活中我都会谨记夏老师您给予我的宽容、教诲和帮助！您的一个郑重的决定可能会影响到一个年轻人的一生啊！真的请您三思！拜托您了！

××× 2008年6月27日 16：37

闻道有先后，术业有专攻。您虽身为语文老师，但我相信，您并不想束缚于考试这一枷锁，不然您也就不会从事对外汉语教学的工作。从您课堂上轻松的风格我就可以知道，您一定希望语文成为每位学生生活中的乐趣，我敢肯定，您也是这样的一个人！一个学生的挂科对您来说不算什么，可对于这个学生却是天大的事！

××× 2008年6月27日 16：41

曾经的侥幸、偷懒倘若能被一位恩师宽阔的胸怀所包容，学生必将感受到恩惠，也会继续保有快乐学习的兴趣，更不会忘记恩师的宽容！恩师给予的，不再是一个冰冷刺骨的失败，而是一个温暖却从不失去一丝惩罚意义的爱的教育！我们又何乐而不为之呢？

夏京春老师 2008年6月28日 15：38

两次课堂实践活动你都没有参与，不然，加20分的平时成绩是没有问题的。遗憾的是你错过了机会。机不可失，时不再来。你们班那么多同学都积极参与，他们的平时成绩高是他们应得的。因为你自己的错造成的低分，成绩是不可更改的。大学生是成年人了，要对自己的行为负责。我很愿意帮助你，但这件事我真的帮不了你什么忙。

××× 2008年6月28日 15：31

那好吧，我也再想想别的办法吧……谢谢夏老师。

【评论】

小孟 2008-6-28 18：52 夏老师做得好！咱们学校就是需要像您这样负责任的老师！真棒真棒！

新浪网友 2008-6-28 22：47 老师您做得对。

千古枞 2008-6-29 11：21 成年人该为自己的选择负责，既贪图享乐又不想承担后果，那是孬种。夏老师做得好，真棒！

新浪网友 2008－8－3 18：51 建议你上第一堂课时就纠正学生一个误区，年轻人机会太多，但这次的机会绝对不能等同下次的机会。让学生更深刻理解“下次你还有机会”这句害人不浅的说法！

有个学生向我要高分

（2008－06－29　22：55：00）

来信：

夏老师您好，我是国贸071的×××，学号：07010301××。

我看过自己的期末成绩了，觉得有些低，我自认为答得还可以，是不是您录错分数了，麻烦您检查一下。我也觉得我平时成绩过低了。

我上学期的绩点很低，这学期我很努力，就是希望把基点弄高点，希望您能理解。

回信：

×××同学：

你好！

你的平时成绩75，期末成绩68。卷面答得不好，又缺一次平时作业，影响了总评成绩，很遗憾。成绩不便改，请原谅。吸取教训吧，平时一定按老师的要求做，考前认真复习，应该能够取得好成绩。

夏京春

2008.6.28

来信：

夏老师，我自认为答得还可以。

我平时的作业肯定都交了，我平时也积极上课了，也认真复习了。

我不是非要高分，只是觉得应该拿回该是我的分数。

回信：

×××同学：

你的心情我可以理解。我上大学的时候，有的考试也觉得答得不错，可分数和我想的不一样；有的考卷自己觉得答得不好，可分数却挺高。这说明自我感觉和老师的评分标准是不一样的。随着年龄的增长、阅历的增加，我越来越把分数看淡了。多10分少10分并不能说明什么问题。在社会上，有些在学校常常得高分的学生并没有什么大出息，倒是那些70多分的学生有作为。

我给你的建议是：1. 调整自己的心态，开朗些，别分分计较，有大胸怀才能做大事；2. 开学后，可以向教务处申请考卷复查；3. 做好接受各种复查结论的心理准备。

祝你假期愉快！

夏京春

2008. 6. 29

来信：

您说的我都懂，也祝您假期愉快。

我的感想：

俗话说："分分分学生的命根，考考考老师的法宝。"作为老师，我可不喜欢这个法宝。近两周，我一直在判卷子，有的卷子答题正确，书写工整，看着顺眼；有的卷子胡答一气，字迹潦草，看得头晕眼花。所以，也曾有学生的想法："没有考试该多好啊！"

近日，有3个学生分别给我来信。1个因卷面不及格，要求提高平时成绩，以便总评及格。1个卷面及格，但认为分数低了，想要高分。1个因为要出国，想要提高绩点。国外80～89分绩点是一样的，都是3.0，而90以上则是4.0。她希望我能把89改成90分。

3个学生分别表达了3个分数段的学生的诉求：不及格的希望能"混"个及格，及格的渴望成绩高点儿，成绩高的又想再高。

对第3个同学的来信，我是这样回复的："成绩在几天前就已录入，我判分一般不考虑学生是出国还是不出国。总评分包括30%的平时分。种瓜得瓜，如果你很努力，应该能取得好成绩；如果成绩不尽如人意，也不要太在意。祝你出国顺利。出国后，不要写这样的信给老师。真正的勇气是战胜自身的懦弱和胆怯。假期愉快!”

第3个同学特别关照不要将她的来信发表，我尊重她的意见。其实，她不明白我发表与学生的通信是对事不对人的。除本人不介意，我是不公布学生姓名的。我希望通过这些信件，能对其他同学有所启示：应该怎样学习？应该怎样对待作业和课堂实践活动？应该怎样对待复习考试？应该怎样对待分数？应该怎样当好大学生？……我发表的是与我的教师岗位有关的、有教育意义的通信，那些与我个人互动的信件我是不会发表的。

【评论】

slina造造 2008-7-4 17：08 我的班主任有您一半好，我就知足了。

菊影兰香 2008-10-17 17：49 我一直都相信成绩是自己得来的，从来没有找过老师。

博大精深　经世致用

——选读顾炎武《日知录》之心得

(2008-07-18　07：52：00)

【摘　要】《日知录》是笔记形式的著作，内容包罗万象，博大精深，在政事、世风、礼制和科举等方面均有独到见解。《日知录》是一个思想家的历史沉思录。它既折射了明清之际那段血与火的历史之光，又积淀了一个“位卑未敢忘忧国”的学者的深邃反思，在中国文化史上提供的是一种文化精神薪尽火传、不屈前行、期挽颓风、昭于天地的范本。

【关键词】中国文化　日知录　顾炎武　读书心得

还在中学学历史课本的时候，就知道中国明末清初有个大学者、经学家、思想家，叫顾炎武。他的“天下兴亡，匹夫有责”这一名言深入人心，影响了一代又一代的仁人志士。他写的《日知录》十分有名。近日，我阅读了顾炎武的“初刻自序”、潘耒先生的“原序”以及《日知录》的卷八至卷十七，现将读书心得报告如下：

《日知录》是笔记形式的著作，早在青年时代，顾炎武就开始积累资料，花了30多年心血完成了这部读书笔记。亭林先生写此书的目的在于“明道”，在于“救世”。用他在自序中的话说就是：“盖天下之理无穷，而君子之志于道也，不成章不达，故昔日之得不足以为矜，后日之成不容以自限，若其所欲明学术、正人心、拨乱世，以兴太平之事，则有不尽于是刻者，须绝笔之后，藏之名山，以待抚世宰物者求之。”顾炎武生于明末群雄割据、异族侵略、外患日深的大动乱时代。当时人心堕落，世风日下，学人多尚空疏清谈，趋附权门，寡廉鲜耻，追求个人荣利。而顾炎武则以恢复我国礼仪之邦为己任，高风亮节，力求实学，博学审问，言行谨严。他和他的《日知录》在中国文化史上提供的是一种文化精神薪尽火传、不屈前行、期挽颓风、昭于天地的范本。

1670年，《日知录》初刻于淮安。晚年的顾炎武检讨旧作，做了大量的增补，内容涉及政治、经济、军事、教育、科技、哲学、宗教、历史、法律、经学、文学、艺术、语言、文字、典章制度、天文地理等广阔的领域，可谓包罗万象，博大精深。顾炎武在"初刻自序"中介绍说："某自五十以后，笃志经史。其于音学，深有所得，今为五书，以续三百篇以来久绝之传。而别著《日知录》，上篇经术，中篇治道，下篇博闻，共三十余卷。"潘耒在《序》中说："此《日知录》则稽古有得，随时札记，久而类次成书者。凡经义史学、官方吏治、财赋典礼、舆地艺文之属，一一疏通其源流，考正其谬误。至于叹礼教之衰迟，伤风欲之颓败，则古称先，规切时弊，尤为深切著明，学博而识精，理到而辞达。是书也，意惟宋元名儒能为之，明三百年来殆未有也。"读《日知录》，我仿佛看到了一位博学多识、耿介绝俗、治学严谨、安贫乐道、为人师表的大思想家、大学者的形象。

一、关于政事

卷八至卷十二主要是论政事，共79条。

顾炎武对官多扰民、徇私舞弊的现象深恶痛绝。他说："今之牧守，其能不徇于私而计民之便者，吾未见其人矣。"（卷八《州县赋税》）他认为"天下之治始于里胥，终于天子"（卷八《乡亭之职》），因此，在官的设置问题上，他推崇"三代明王之治"的办法，重视县乡以下地方官，因为"夫惟于一乡之中，官之备而法之详，然后天下之治若网之在纲，有条而不紊"（卷八《乡亭之职》）。总结历史经验与教训，顾炎武精辟地概括说："故自古及今，小官多者，其世盛；大官多者，其世衰，兴亡之途罔不由此。"（卷八《乡亭之职》）

看卷八《省官》一条，不禁使我想到今日的机构改革。"省官"就是减少官员，而"省官不如省事，省事不如清心"。所谓"省事"，就是要"抑浮说，简文案，略细苛，宥小失"，也就是要搬掉"文山”，填平“会海”，减政放权，“抓大放小”。所谓“清心”，就是“载其清静，民以宁一”，也就是要创造一种宽松、祥和的环境，不要总是搞“运动”，总是搞“斗争”。顾炎武认为“此探本之言，为治者识此，可无纷纷于职官多寡之间矣”（卷八《省官》）。

关于郡县制，顾炎武很推崇唐制。他说：“窃以为宜仍唐制，凡郡之连城数十者，析而二之三之，而以州统县，惟京都乃称府焉，岂不画一而易遵乎？”（卷八《府》）他主张地方分权，“以天下之权，寄之天下之人”，反对“尽天下一切之权，而收之在上”。这与现在国家机构改革减政放权的原则似不谋而合。

在人才问题上，他主张人尽其才，对科举制度提出了非议。他说：“使枚乘、相如而习今日之经义，则必不能发其文章；使管仲、孙武而谈今日之科条，则必不能运其权略。故法令者，败坏人材之具。以防奸宄而得之者什三，以沮豪杰而失之者常什七矣。”（卷九《人材》）宋孙洙《资格论》曰“为今之急，诚宜大蠲弊法，简拔异能，爵以功为先后，用以才为序次，无以积勤累劳者为高叙，无以深资久考者为优选”。这些话语针对现代的人事组织工作而言似乎也不过时。为了“野无遗贤”，顾炎武主张广泛地招贤纳士，他说：“夫天下之士，有道德而不愿仕者则为人师，有学术才能而思自见于世者，其县令得而举之，三府得而辟之，其亦可以无失士矣。”（卷九《保举》）孟子说：“人之患在好为人师。”这里的“人师”是贬义。按顾炎武的说法，“有道德而不愿仕者则为人师”，这里的“人师”则是褒义，是人才，是有道德而不愿当官的知识分子。人各有志，这种“人师”也自有他的价值在。

二、关于世风

卷十三主要是论世风，共37条。

在顾炎武的心目中，“风俗”一词范围甚广，如“周末风俗”“两汉风俗”“清议”诸条，以“民意”或舆论言风俗；“秦纪会稽山刻石”条，以婚姻制度言风俗；其余各条或言人才，或言家庭，或言吏风，或言迷信。概言之，顾炎武的“风俗”实际上是社会意识的总称，因此，他引罗仲素语说道，“风俗者，天下之大事”，倘要“论事”，必须首先“考其风俗”（卷十三《周末风俗》）。

在分析明王朝覆亡原因时，顾炎武对万历以降陋败的社会风俗进行了披露。他感叹道；“自神宗以来，黩货之风，日甚一日，国维不张，而人心大坏，数十年于此矣。”（卷十三《贵廉》）这种风气反映到社会伦理道德上，便产生了“三反”的腐恶气象，即“弥谦弥伪，弥亲弥汎，弥奢弥吝”（卷十三《三反》），丧失了道德的常态。顾炎武认为，明朝之所以灭亡，极为重要的一个原因，就是人心之不正，风俗之败坏。

顾炎武还对“亡国”与“亡天下”发表了一番耐人寻味的议论。他认为“国家”和“天下”的含义不同，因而“亡国”与“亡天下”应该有所区分。他说：“易姓改号谓之亡国。”维护这样的国家，那是“其君、其臣、肉食者谋之”的事情，与老百姓不相干。如果社会发生大的乱子，出现“仁义充塞，而至于率兽食人，人将相食，谓之亡天下”，就是说，人心与风俗的态势，关系着“天下”的存亡。而“保天下者，匹夫之贱，与有责焉耳矣”（卷十三《正始》）。这就是在近世一百多年间一直激励着无数中国人的一句话“天下兴亡，匹夫有责”的最初出处。顾亭林表面上看是论述历史（曹魏正始年间事），实质上是影射现实。亭林先生一直矢志不渝地以“保天下”为己任。

顾炎武不仅注意到了“风俗”在社会生活中的重要地位，而且意识到随着社会的发展，风俗也会不断变迁。他说：“观哀、平之可以变而为东京，五代之可以变而为宋，则知天下无不可变之风俗也。”（卷十三《宋世风俗》）针对明末社会风俗的颓唐，顾炎武提出了“变化人心，荡涤污俗”的方案，其要点是以社会舆论作为“整顿风俗”的有力手段。顾炎武认为，教化纲纪中最重要的是礼义廉耻，“礼义廉耻，国之四维，四维不张，国乃灭亡”。顾炎武提出，一旦确定“礼义廉耻”为社会最高名节后，凡争取到这种名节的人，都将受到人们的拥护、社会的尊重，并得到物质或官爵的奖励；凡与这种名节相背驰的，将为社会所鄙视，为天下所摒弃。其次，顾炎武力主开展清议，允许士人通过舆论，评议“政教风俗”之弊。他说：“天下有道，则庶民不议，然则政教风俗，苟非尽善，即许庶民之议矣。”又说：“天下风俗最坏之地，清议尚存，犹足以维持一二。至于清议亡，而干戈至矣。”（卷十三《清议》）在顾炎武看来，舆论的兴废确是风俗转移的关键。

三、关于礼制

卷十四、十五主要是论礼制，共42条。

中国素称“礼仪之邦”。礼，既是“立国经常之大法”，又是“揖让周旋之节文”（范文澜《群经概论》），具有社会政治规范和行为道德规范两方面的内涵。顾炎武旁征博引，从社会典仪、人伦关系乃至丧葬之礼，都“一一疏通其源流，考证其谬误”（潘耒《日知录原序》）。卷十四“圣节”条，是写节日之礼。“兄弟不相为后”“立叔父”“继兄子为君”“太上皇”“皇伯考”“追尊子弟”“汉人追尊之礼”“乳母”等条，是写人伦之礼。“除去祖宗庙谥”“君丧”“丧礼主人不得升堂”“居丧不吊人”“祭礼”等条，是写丧葬之礼。卷十五19条也都是写丧葬之礼的。顾炎武对礼制的颓弛痛心疾首，他说：“礼者，君之大柄，可听其颓弛而不问乎？”（卷十五《国恤宴饮》）

四、关于科举

卷十六、十七主要是论科举，共38条。

顾炎武反对八股取士，批评科举制度的不合理。他说：“今之经义论策，其名虽正，而最便于空疏不学之人。唐宋用诗赋，虽曰雕虫小技，而非通古今之人不能作。”（卷十六《经义论策》）又说：“八股盛而《六经》微，十八房兴而‘廿一史’废。”（卷十六《十八房》）顾炎武认为：“文章无定格，立一格而后为文，其文不足言矣。”（卷十六《程文》）这对八股文重形式而轻内容的弊病是一针见血的批判。

《日知录》这部书可以说是一个思想家的历史沉思录。它既折射了明清之际那段血与火的历史之光，又积淀了一个“位卑未敢忘忧国”的学者的深邃反思。读《日知录》，无论在为学，还是在为文、为人上，都给了我有益的启示。

【评论】

笑看烟云 2008-7-18 21：45 夏老师的博客就是不同凡响！深奥莫测！真棒！

重元 2008-7-19 17：37 顾炎武的《日知录》博大精深，而博主对此著的解读也颇为深刻。

关于大学语文课堂教学重点的探讨

（2008-07-20 07：18：35）

【摘　要】大学语文课是普通高校面向全体学生的一门公共必修课，是在高等教育层面上进行的母语教育和文化素质教育课。大学语文课的定位和教学大纲决定大学语文课堂教学的重点。大学语文课应以优秀文学作品为主体，注重作品的赏析，将素质教育的理念渗透到课程中，重点落在提高大学生汉语综合应用能力上，教学形式应灵活多样，充分体现大学语文课的基础工具与人文素质教育的学科优势。

【关键词】大学语文　定位　教学重点　教学大纲

大学语文课是普通高校面向全体学生的一门公共必修课。新中国成立前在我国各大学都普遍开设，之后由于院系调整，这门课不再开设。但从改革开放后的1981年起，经“全国大学语文研究会”的倡议，大学语文课陆续又在一些高校重新开设。原北京商学院是从1996年起开设大学语文课的。1999年北京商学院与北京轻工业学院、北京机械管理干部学院合并，更名为北京工商大学，大学语文课成为面向全校各专业都开设的公共必修课。十多年来，我校的大学语文课是在不断改革、不断调整中前行的。本文仅就我校大学语文课的课堂教学重点发表一点自己的看法，供有关领导和同行参考。

一、大学语文课的定位决定大学语文课堂教学的重点

语文课学生从小学就开始上，初中、高中语文课时都不少，大学还要上。那么，大学语文课的特点是什么呢？大学语文课的定位又在哪里呢？简单地说，大学语文姓“语”，和中小学语文一样都是“语文”课。同时，我们还必须认识到大学语文的“大学”两个字，就是

说它是在高等教育层面上进行的母语教育和文化素质教育课。

对语文的理解，可以从三个方面来看：

第一，语言文字——工具性。语文是人类所独有的以言语形式进行表达和理解的一种音义结合系统，是人类最重要的交际工具。中小学语文更多的是为了使学生掌握这个交际工具而设置的。从目前大学生的整体语文水平来看，情况并不乐观。错别字连篇，文不通，字不顺，词不达意，比比皆是。加强语文的基本功训练，提高驾驭语言文字的能力，是语文课的基本任务。

第二，语言文学——审美性。语文也可理解为“语言文学”，它通过丰富的文学语言表现社会生活，揭示人们的思想感情，情景交融，具有极大的欣赏性和审美性，为人们喜闻乐见。所有的语文课本都是选取古今中外的文学作品作为载体的。在这方面，大学语文教材和中小学语文教材没有本质的不同。

第三，语言文化——人文性。语文还可以理解为“语言文化”，具有极强的人文性。语言是文化的一种载体，是人类文化的重要组成部分。通过大学语文的学习，可以培育大学生综合性民族文化素质，提高道德修养，增强人文精神，它给学生的是一笔伴随其一生的宝贵的精神财富。

综上所述，工具性、审美性与人文性的统一是语文课的基本特点，也是大学语文课的定位所在。其中，工具性是最基本、最重要的方面，是大学语文的本位价值。通过大学语文课，使学生增加母语方面的文化素养，培养学生对汉语文的阅读、理解、鉴赏和评价的能力，在更高的层次上提高学生语言文字表达和沟通的能力。大学语文课具有工具性，但又不能仅限于此，因为语文还有审美性和人文性。大学语文课在培养大学生语言表达能力的同时，还应该通过古今中外名家名篇的学习在潜移默化中帮助大学生提升人文修养，建设精神家园。大学语文不是单一功能的课，但也不是万能的。由于课时、教学篇目和师生个别互动有限等因素，大学语文的作用其实也是有限的。尽管如此，在高校本科教育和人才培养体系中，大学语文作为高校素质教育的核心课程之一却是不可或缺、不可替代的。我们要用综合的眼光看待大学语文课的定位。这是一门集语言文字知识传播、语文素养、语文理解鉴赏能力培养和文化素质教育于一身的基础工具课和素质教育课。我认为正是这样的课程定位决定了大学语文课堂教学的重点。

二、大学语文课的教学大纲决定大学语文课堂教学的重点

2006 年年底，教育部高等学校中文学科教学指导委员会与全国大学语文教学研究会在湖南召开研讨会，提出高校应加强大学语文课程改革和建设的要求。因为高校课程设置问题涉及高校办学自主权范畴，所以教育部并未对高校大学语文课程开设做硬性规定，该课程如何设置也由学校自行决定。目前，各高校大学语文课的开设可以说是“八仙过海，各显神通”。不同理念决定了对大学语文的不同定位，不同定位决定了不同的教学大纲，不同的教学大纲决定了不同的教材，不同的教材决定了不同的教学重点。2002 年广西大学出版社出版了《大学人文》教材，用“大学人文”的理念取代了大学语文的概念。2003 年江苏出版了全国十几所高校学者编写的《高等语文》，主要偏重传统文化的传授。2004 年上海教育出版社出版了《大学文学读本》，选用古今中外文学作品供学生阅读。我校大学语文课的教材是林刚主编、教研室老师参编的中国发展出版社出版的《大学语文》（修订版），2007 年版。教材“作品篇”共有 58 篇课文，任课老师可根据本科、专科和文科、工科等不同班级的情况任选篇目组织教学。下面是我校大学语文课堂教学的重点和基本要求：

第一讲：《诗经》的主要成就及其对后代诗歌的深远影响（2 课时）。选讲《郑风·子衿》和《卫风·伯兮》，要求掌握《诗经》的思想内容，理解其重章叠句、一唱三叹的艺术特点。

第二讲：屈原的文学贡献与楚辞对后世的影响（2 课时）。选讲《九歌·国殇》，掌握该诗的思想内容和艺术特征。

第三讲：唐代诗歌创作概况（2 课时）。选讲《春江花月夜》，要

求了解该诗的基本内容，理解其“哀而不伤”的情感境界，掌握“境”在抒情中的联想、暗示、象征的作用。

第四讲：李白、杜甫诗歌风格比较（2课时）。选讲《答王十二寒夜独酌有怀》和《羌村三首》，要求能结合具体作品对李白、杜甫的诗歌创作做比较研究或探讨。

第五讲：白居易的诗歌创作与文学贡献（2课时）。选讲《长恨歌》，要求理解作品的争鸣性主题思想，掌握全诗“情至文生”、“情文相生”、叙事、抒情、写景融合无间的写作特色。

第六讲：苏轼、辛弃疾的词创作与豪放词派特点（2课时）。选讲《临江仙·夜归临皋》和《青玉案·元夕》，要求掌握苏、辛词作在社会内容和艺术特点方面的革新。

第七讲：柳永、李清照的词创作与婉约词派特点（2课时）。选讲《八声甘州》和《永遇乐》，要求体会柳词细致而有层次的铺叙手法，理解李清照南渡前后词作的不同内容和风格特点。

第八讲：元曲基本知识（2课时）。选讲《南吕·一枝花·不伏老》，要求正确理解关汉卿在散曲创作中借“浪子文人”表现出的平民意识与斗争精神。

第九讲：孔孟思想与修身治国之道（2课时）。选讲“孔孟语录”20则，了解《论语》《孟子》的概况及影响，理解20则语录的思想内容与现代意义，掌握语录体散文的形式特点。

第十讲：编年体历史著作《左传》的概况及其成就（2课时）。选讲《隐公元年·郑伯克段于鄢》，要求理解“郑伯克段”这一历史事件的实质及其意义，掌握该文的叙事结构和郑庄公、共叔段、姜氏等人物的性格特点。

第十一讲：国别体历史著作《战国策》的概况及其成就（2课时）。选讲《齐策四·冯谖客孟尝君》，要求理解冯谖的性格特点和士阶层及中国古代知识分子的人生态度，掌握该文在写人、叙事方面的写作特色。

第十二讲：李斯政论散文的论辩特点与文学贡献（2课时）。选讲

《谏逐客书》，要求了解该文的写作背景，理解其思想内容和铺陈排比手法的作用，掌握严密有力的因果论证结构，体会该文的现代意义。

第十三讲：司马迁与纪传体历史著作《史记》（2 课时）。选讲《货殖列传序》，要求了解司马迁的生平事迹，理解司马迁在文中表述的经济观点及其现实意义。

第十四讲：中国古代戏剧简介（2 课时）。选讲《西厢记·长亭送别》，理解元杂剧刻画人物传神、戏剧语言雅俗相济、情景交融的特点。

第十五讲：中国现代新诗创作概貌（2 课时）。选讲《蝶恋花·答李淑一》《雪花的快乐》《雨巷》《乡愁四韵》《致橡树》等篇目，要求熟读并理解各首诗的思想内容。

第十六讲：中国现代散文的成就与当代散文的发展（2 课时）。选讲《追悼志摩》和《都江堰》，要求了解胡适追悼友人的感情内涵与行文特点，理解余秋雨散文中深刻的文化底蕴与历史思辨色彩。

复习、答疑与机动学时：2 课时

以上内容是否合适是可以讨论的。目前，教育部已建议各高校把大学语文作为面向全体大学生的公共必修课来开，但对大学语文课程地位、性质、教学大纲、考试方式方法等还没有一个指导性的文件。希望能够尽快出台这样一个文件，以便我们能够更加科学地制定教学大纲，确定教学重点，不断提高大学语文课的教学质量和水平。

三、大学语文课堂教学重点的探讨

1. 以优秀文学作品为主体，注重作品的赏析。中国语言文学蕴含着丰富的内容和深厚的人文思想，凝结着东方式的智慧。教师要不断吸收中国古典文学、中国文化研究的新成果，从民族文化的角度，丰富、深化大学语文课的层次和内涵。通过课堂教学，努力引发学生阅读优秀文学作品的兴趣，消除学生在中学阶段应试教育中对语文产生的抵触情绪，力求取得思想启迪、道德熏陶、文学修养、审美陶冶、写作借鉴等多方面的综合效应。

2. 重点落在提高大学生汉语综合应用能力上。大学语文教学应以语文为本位，以工具性为主线，由语言文字到语言文学再到语言文化，适应从应试教育向素质教育转变的需要，适应建立终身教育体系的需要，处理好知识传授与能力培养的关系。在教材的编选中，应从文章、文学、鉴赏和素质教育等层面考虑，使大学语文区别于中学语文，也区别于美学、文学史、写作学、文艺学等其他中文类课程。

3. 将素质教育的理念渗透到课程中。在大学语文教学内容的设计上，既重视课程内容的基础性，又注意其先进性；既重视课程内容的经典性，又突出其现代意识；要将素质教育的理念渗透到课程中，而不是“假、大、空”地说教。在教学机制上，不同研究领域的教师可以尝试适合自己的大学语文教学的不同模块，分层教学，这样有利于教学内容的精品化。

4. 教学形式应灵活多样。教师不是教材的机械执行者，而是课程的开发者。课堂教学要善于运用板书和多媒体技术，要不断提高课件的制作水平。除了知识讲授、作品赏析外，还应该组织一些课堂实践活动，如读书讨论会、知识竞赛、诗歌朗诵、演讲辩论等，调动学生学习的积极性和主动性，充分体现大学语文课的基础工具与人文素质教育的学科优势，真正凸显高等教育培养高素质复合型人才的办学宗旨。

（载于《北京工商大学学报·社会科学版》2008 年增刊）

北工商阜成路校区东区的耕耘楼

（2008－07－24　14：12：00）

人们对自己身边的事物往往视而不见，见多不怪。其实，用心看一看，或换个角度看一看，往往又能看到平常没有留意到的风景。

我工作所在的中文教研室的办公室就在上图（图略）的楼里面。这座楼叫“耕耘楼”，含义是老师和学生在这座楼里勤奋耕耘，期待着收获。

这是一座老楼，平时进这个楼总感到破破的。昨天，我走到楼前的花园，周围绿树葱葱，中心有个水池，水池边有个雕塑，是北京轻工业学院建院30周年的纪念。在夏日阳光照耀下，远望耕耘楼，就好像是新楼一样。

【评论】

refilane 2008－7－24 16：41 在这里一直备战考研，和同学度过一个个难熬的日子，最终收到好结果，十分有感情。

丝丝 2008－7－27 14：25 用心看一看，或换个角度看一看，往往又能看到平常没有留意到的风景。——夏老师总是能用心看到别人看不到的风景。

butterfly 2008－7－28 17：29 好亲切！我们系的主战场啊。谢谢夏老师。最近注意避暑哦！

新浪网友 2008－8－3 18：40 东校区本来就比西校区强得多。西校区花了好多钱改造后还有许多不如东校区的地方，这与原来的办学思路有关。

与两个学生的通信

（2008－09－27　22：12：16）

最近，与两个学生有通信往来，一个男生，一个女生，都是有关考试成绩的事。发表如下，供其他同学借鉴。

一个男生的来信

夏老师，您好，我是国贸071的学生。学号07010301××。

您说课堂互动平时成绩加10分，我每次活动都参加了，而且每次的作业也都交了，但是我平时的成绩只有60分，我希望您帮我再查看一下。您说过平时多参加活动可以弥补期末成绩的不足，我的基础不太好，所以我平时很积极地参加您组织的活动，就想弥补期末成绩的不足。别的课我不敢说，您的语文课我一节也没有逃过，因为我很喜欢您讲课的方式。可是期末我考了个52，我不奢求我不该得到的分数，可我就是不明白我的平时成绩为什么只有60分。您博客上3篇关于学生要求您改分的博文我都认真地看过了，我很欣赏您对事不对人的态度，我也是考虑了一暑假，觉得我的情况不属于他们3种类型中的任何一种，暑假也快结束了，我实在忍不住了，才鼓起勇气向您问一问，希望您能在百忙之中给我一个答复。

ps：我的手机号是158103388××，如果您觉得有必要，可以直接和我联系。最后祝您中秋快乐。

喜欢您的学生　2008.9.13

回信：

××同学：

你好！你能写信给我，很好。有疑问就问，憋在心里不好。

我查了一下成绩单，你平时成绩60，期末考试50，总评54。你积极参加平时活动，出勤好，都是值得表扬的。两次平时活动给你加了

20 分。出勤对每个同学都没有考虑（因为我没有记考勤，没有依据）。对期末考试卷面不好的，没有参加平时活动的，他们的平时成绩一般都不及格。

你们班有些同学没有很好学习这门课，想“混”及格，如果我给他们及格，确实名不副实。不能因为参加了平时活动和交了作业，考前就不认真复习。卷面不好，平时成绩高一点，也不能保证总评就及格。另外，你的钢笔字似乎也该好好练练。

马上就要开学了，要补考了。我不负责补考和判卷，但我希望你认真复习，考好点。

人生路漫漫，不如意事十之八九。坚强地面对挫折与困难，理性客观地分析原因与教训，今后的大学生活和人生之路也许会走得更好。

也祝你中秋节快乐！

夏京春

2008. 9. 14

来信：

夏老师：

您好！

看了您耐心的回复，我心中释然了不少，原来我们的平时成绩都是 40 分，我因为参加活动而加了 20 分，所以平时成绩是 60 分。感谢您的回答。

这次语文不及格都是没有认真复习和太掉以轻心的缘故，大一玩得太疯了，说实话挺后悔的，大二可不能再这么玩了。

我觉得大学跟高中很不一样，由于客观条件的变化，大学生和老师的交流比高中时少了很多，很多不明白的事情由于条件限制不能（也不想）和老师及时沟通。这样很不好，但愿以后能和您常联系，希望您可以不吝赐教。

关于钢笔字的问题，我也知道自己的字不好看（您真细心，谢谢啊），可是我们这学期由于课程安排的冲突，选不了您的硬笔书法课，很可惜啊。下学期有机会一定要选您的硬笔书法课。

最后问一个关于补考的问题，补考的范围和期末考试一样吗？如果不一样，那范围是什么？我正在努力复习，争取考个好成绩。

喜欢您的学生　2008. 9. 15

回信：

××同学：

补考是从题库抽题，范围、题型和难度与期末考试差不多。我相信，只有你努力，一定能考好。亡羊补牢，从大二开始好好学，应该说还不晚。钢笔字自己找字帖练练也可以。有什么问题，欢迎来信。

夏京春　2008. 9. 15

一个女生的来信

夏老师，您好！

这是我给您发的第二封 E-mail 了，呵呵。我叫××（金融 072），是上学期选修您硬笔书法课的学生。我的选修成绩是期末 94 分、平时 80 分、总评 90 分。上个学期您进行了三次随堂测验，我都通过了，平时的作业我也都交了，有些困惑自己的平时成绩为什么不大理想，希望您帮忙指点一下，以便促进我今后的学习。麻烦您了。多有打扰，不好意思！

2008. 9. 26

回信：

××同学：

你好！祝贺你硬笔书法课取得好成绩。平时成绩我没有给 100 分的，最高 90，你 80 分也不错了。你平时作业确实都交了，但有一次是补交的，也就是说你至少有一次课没有来。我知道你是好学生，希望你不要为区区几分所困扰，大胸怀才能有大出息。

祝你愉快！

夏京春　2008. 9. 26

来信：

夏老师：

您好！谢谢您给我的回信，没想到会如此及时。看过后，不知为何有些感动。那堂课我生病了，没能上您的课我很是抱歉。很感谢硬笔书法这门课，它让我学到了很多很多，而不仅仅是书法本身。“大胸怀才能有大出息”，我会时刻记住您教导我的这句话的，我会继续加油的！当然喽，我也会常常关注您的博客，希望您能够继续带给我们美丽、新奇、有趣的照片和博文。

祝您“十一”愉快！

××　2008. 9. 27

【评论】

新浪网友 2008－9－28 22：45 夏老师很负责！顶！顶！

一串心情 2008－10－1 20：45 拜读，学习！祝朋友假日开心，天天快乐！

四环路上的惊险

（2008－11－10　09：26：00）

今早开车送老婆上班，去的路上很顺利。回来时，在白堆子堵车，很难向左转，最后一点一点挪动，左拐右拐，在车缝中转向成功。上四环后，开始还顺利。突然，一辆银色小车从左边并入我的车道，我赶紧踩了刹车，但跟的已经很近了。这时车速很快，没想到这辆车带着刹车还往右并，我跟在后面很近，继续踩着刹车。车速降下来了，但眼看也就要撞上了。在这千钧一发之际，我稍愣了一下，看左边有空儿，果断向左打方向盘，终于和这个车错开了，没有撞上。太惊险了，我使劲儿按了一下喇叭，对这辆车严重违规、硬行并线穿插表示抗议。

我继续开着车，但心情久久不能平静。因为刚才太危险了。实在没有想到，旁边的车突然横插过来，使得我跟它太近，完全失去了安全距离。

真是“开车三分险”“驾车如驾虎”。如今，马路上的“杀手”太多了，你按规则开车，他不按规则开，怎么办？只有自己多加小心了，不仅注意前边的情况，还要留意两边的情况，及早发现问题，及早准备。惹不起，咱躲得起。他要超车，就让让路，让他先走；他要并线，就让开空间，让他并。总之，礼让为先，安全第一。

【评论】

进步源于自醒 2008－11－12 09：32 北京的交通是比较麻烦，你自己开车小心点啊！

石家庄金刚梅万明 2008－11－12 15：46 夏老师这里真是学问的天堂，棒！以后常来学习了。

清影 2008－11－13 20：10 有惊无险。祝好！

新浪网友 2009－1－6 12：31 夏老师，您太棒了！太有才了！

说说我家的“乖乖”

（2009－02－11　21：41：00）

“乖乖”是只小母狗，快两岁了。狗的品种也说不上来，是一个串儿，据说，她的同胎兄弟姐妹都死了，但她在我家活得却挺健康、挺活泼。我们也不知道如何训练她，一切由着她的性子，又上沙发，又上床。“乖乖”最爱出去撒欢儿，小区里的小狗数她跑得快。每天早上，我都要带她出去方便一下，有时又撒又拉，有时只撒不拉。以前，觉得遛狗是个苦差事，现在觉得遛狗也遛了人，让我也出去活动了活动。

“乖乖”是个好伴侣。在家里，你走到哪儿，她就跟到哪儿。你坐下来工作，她就趴在旁边陪你。你回家打开家门，第一个迎接你的一定是她，又闻你，又扑你，那高兴劲儿就别提了。你离开家，她送你到门口后，还要跳上窗台目送你一程。

“乖乖”没有狗窝，我们的床就是她的窝。她躺在我的脚下，把床也给焐热了。一般情况下，“乖乖”睡觉是安静的，但白天玩累了，有时睡觉也打鼾，声音跟人一样，挺好玩。

养狗有一个好处，就是小偷不敢光顾。生人一到家门口，“乖乖”就“汪汪”叫起来，尽起了看家护院的责任。但也有恼人的时候，亲朋好友来家，她也“汪汪”叫。不让她叫，她也摇着尾巴叫个不停。她的不听话，让我们很没面子。“养不教，父之过”啊！

“乖乖”的“狗缘”相当不错，因为小区里公狗多，她受到众多小公狗的追捧和宠爱，什么贝贝、欢欢、豆豆、毛毛、磊磊都喜欢跟她玩。遛狗时，遇到别的狗时，最动人的一幕就是“亲吻”。小公狗喜欢闻闻她的屁屁，她允许闻一两秒，时间一长，就飞快地跑开了。

【评论】

走南闯北 2009－2－13 17：17 好有意思哦！我也想养个，但是我出差了小狗狗就会没人管了。

杨柳：丝丝弄碧 2009－2－14 19：29 乖乖真乖。

院子 2009－2－17 15：49 是的，那只小白狗我还记得。回想起来，有时觉得它挺可爱，有时觉得蛮可怜的样子。

善待老师，创造一个宽松、自由、和谐的教学与科研氛围

——给北京工商大学校领导的几点建议

（2009－03－16　18：20：38）

一、科研问题

校领导很重视，这是对的，但要实事求是，不能拔苗助长，急功近利，应该创造一个宽松、自由、和谐的教学与科研的氛围，按照科研规律搞科研。

1. 要保证老师科研的时间，教学工作量应切实降下来。不能只停留在口头上，考核的时候还按以前人事处的文件，每学年究竟要完成多少课时应该在论证的基础上出台新的文件。

2. 要承认差异。能在核心期刊发论文最好，不是在核心期刊发的论文、编写不是教育部的指定教材也都应该给予相应的承认。

3. 要有些资金支持。除了发论文、出专著给奖金外，外出开会或参加培训也应给予资金支持。现在学院里掌握的差旅费有限，不能满足老师外出开会的需要。

二、教师问题

对教师不要一刀切，要区别对待。

1. 基础课老师和专业课老师要区别对待。对基础课老师，教学可以要求多一些；对专业课老师，科研可以要求多一些。

2. 老教师和中青年教师要区别对待。对老教师，教学可以要求多一些；对中青年教师，科研可以要求多一些。

3. 科研能力强的老师和教学水平高的老师要区别对待。对科研能力强的老师，科研要求多一些；对教学水平高的老师，教学要求多

一些。

4. 文科老师和理工科老师要区别对待。理工科老师报项目、搞课题相对容易些，科研方面的要求可以多一些。

三、生活问题

1. 尽快在良乡建教职工宿舍。

2. 启用文科实验楼上的招待宿舍，满足部分老师临时在良乡过夜的需求。

3. 尽快推进房产证的发放工作，该补钱的补钱，该发证的发证。

4. 降低班车的费用，或班车免费。

总之，复杂的事情复杂办，简单的事情简单办。不要复杂的事情简单化，简单的事情复杂化。善待老师，尊重老师，为改善教职工的生存环境多做些切实的工作，创造一个宽松、自由、和谐的教学与科研氛围，北京工商大学才有前途。

【评论】

一串心情 2009－3－16 19：49 拜读！祝朋友新的一周顺利开心！

牧鱼耕海 2009－3－16 19：51 好的建议，弱的声音，建议广为传播。

安安小巫女 2009－3－16 22：59 嗯，如果老师能留在良乡，是不是和学生的交流也能多一点。每次想要问老师问题，老师还要赶班车，挺郁闷的。

刘雪连 2009－3－17 13：53 这些意见有无提交呢？咱们学校的领导会重视吗？

新浪网友 2009－3－20 23：54 学校需要您这样敢于说话的老师，北工商现在有气势但太浮躁了！一味强调学科建设，但却不给更多实际的政策！

新浪网友 2009－3－26 20：44 支持！支持！顶！

讲个故事，从网上看的

（2009－03－29　09：51：00）

有一对儿夫妇，家里很穷，丈夫说：“我要出去工作，你在家里等着我，我一定会挣很多钱回来。”于是，第二天丈夫就离开了，这一走就是20年。

20年后的一天，这个男人对他的老板说：“我已经在这里工作了20年，我想回家了。”老板同意了，对他说：“我这里有两个选择，一个是你这20年的工钱，另一个是3个忠告，你只能带走一样东西。”男人回去想了一夜，第二天，他对老板说：“我选那3个忠告。”于是老板对他说：“第一，做任何事不要想走捷径；第二，不要对不好的事情产生好奇心；第三，不要在冲动的时候做出不冷静的事情。”然后给了男人三个面包，说：“两个面包你在路上吃，最后一个回到家和你的妻子一起吃。”于是男人踏上了回家的路。

走了一天，男人走到了一个岔路口，他不知道该走哪条路。于是坐了下来，吃了一个面包。一个路人经过，男人问道：“该走哪条路？”路人说：“走左边的那条，可以近一半的路。”男人刚想选择左边的路，突然想起了第一个忠告：做任何事不要想走捷径。于是他选择了另一条比较远的路。在途中，他听说左边的那条路经常有强盗、猛兽出没，于是他很庆幸自己听从了忠告。

又走了很长的一段时间，他看到了一户人家。于是他上前敲门请求留宿一晚。睡到半夜，他突然听到一声女人凄厉的叫声。他刚想冲出去看看，突然想起了第二个忠告。于是他躺回到床上，强迫自己不去管那叫声。第二天，屋子的主人对他说：“你是第一个在这里住了一晚还能活着的人。我的儿子得了一种怪病，会在半夜发出女人的叫声，每个出去看的人都会被他杀死。”

男人吃了第二个面包，又上路了。赶了一天的路，男人终于快走到家了。远远地，男人就看到自己的妻子在屋里和另一个男人拥抱。他非常气愤，刚想冲进去质问妻子，突然想起了第三个忠告：不要在冲动的时候做出不冷静的事情。于是，他决定先下山，第二天再来找妻子。第二天，他回到了家。他的妻子看到他回来了，非常高兴。男人对她说："昨天在这里和你拥抱的那个男人是谁?"妻子走进屋里，拉出了昨天丈夫看到的那个男人，说："你一走就是20年，这是我们的儿子，今年20岁。"男人很激动地看着自己的儿子，也很庆幸听从了第三个忠告。

他对妻子说："我出去工作了20年，却什么工钱也没有，只有一个面包，我们分着吃了吧。"于是他掰开了最后一个面包，里面赫然是他20年的工钱。

这是个寓言故事，作者编了这个故事是想讲人生的三个忠告：第一，做任何事不要想走捷径；第二，不要对不好的事情产生好奇心；第三，不要在冲动的时候做出不冷静的事情。这三点，说说容易，但做起来很难。因为人都有惰性，"走捷径"还自以为是聪明之举；人都有好奇心，越是不好的事情，越是不让看的东西越是要看；人都有气性，气来了就压不住。惰性、猎奇和冲动造成了多少悲剧?聪明人从无数悲剧中汲取教训，总结出了上面三个忠告。听人劝，吃饱饭。故事中的男人是个老实人，他听从了老板的忠告，没有走捷径，没有看怪事，没有冲动，最后平安到家，开始了新生活。

这则故事还有一个看点，就是故事中的男人不贪钱。出去工作本为挣钱，但他选择了"忠告"。试想，如果不会做人，不会处事，即使钱再多，也可能不得好死。钱是身外之物，学会做人才是立身之本。贪钱之人，欲壑难填，为富不仁，最终没有好结果。不贪钱的人，老老实实做人，踏踏实实做事，最后得到了钱。好人有好报啊!

【评论】

憬羽 2009-3-30 10：50 夏老师分享的这篇文章真有意义，呵呵。我一定牢记这三个忠告。祝夏老师身体健康。

一串心情 2009-4-1 09：48 拜读，受益！周三快乐，朋友！

支老师 2009-4-1 11：36 好啊，谢谢分享！

我是小小臭美牛 2009-5-13 21：47 我读了，有点懂了。

阿甜 2009-6-12 16：02 好文章，我也是名学生，收获很大。但是更重要的是学会吧。老师要多写此类文章，让学生们感悟，最好是设个专栏什么的。

新浪网友 2009-6-24 18：08 自省了一下，发现第三点是我有时无法做到的，冲动的时候会做出不冷静的事情。

母亲节与一位陌生母亲在QQ上的聊天

（2009－05－10　12：31：00）

7804811：25：52 你好（您的好友正在使用手机QQ，详情请咨询您的好友或点击：http：//mobile. qq. com/c）

夏老师 11：26：24 你好。

78048 11：26：59 今天母亲节啦！

夏老师 11：27：21 祝天下所有母亲快乐！

夏老师 11：27：38 你是孩子妈吗？

78048 11：28：20 这个问题好像有点……

夏老师 11：28：54 不答也没关系。

78048 11：29：18 应该是。

夏老师 11：29：26 我是孩儿他爸。

78048 11：29：47 噢，应该的。

夏老师 11：30：11 你怎么知道我的号的？

78048 11：30：41 不知道，随便加的，你同意的。

夏老师 11：31：05 是吗？

78048 11：31：36 怎么？

夏老师 11：31：56 我很盲目，来者不拒，都同意。

78048 11：32：21 很伟大呀！

夏老师 11：32：45 总觉得人家要加你，这是缘分。

78048 11：33：12 和缘分无关。

夏老师 11：33：43 是啊，我就是到处发善心。

78048 11：34：11 你是耶稣呀？

夏老师 11：34：28 觉得都是好人，警惕性不高。

78048 11：35：10 我很少上QQ。

夏老师 11：35：22 又有职业病，以为都是学生，好为人师。

夏老师 11：36：11 我也是跟学生学的，他们爱上 QQ。

78048 11：36：17 噢，正常人多。

夏老师 11：36：53 我挂在那儿，他们有什么问题，随时可以跟我联系。

78048 11：37：28 原来如此。

夏老师 11：37：45 有时也有我不认识的人来聊天，我也聊会儿，比如你。

78048 11：38：02 为什么今天是母亲节？

夏老师 11：38：20 有点好奇？

78048 11：39：15 你是老师，我在问你呀？我不知道，见老师总该问问题才好。

夏老师 11：39：35 母亲节作为一个感谢母亲的节日，最早出现在古希腊，时间是每年的 1 月 8 日，而在美国、加拿大和一些其他国家，则是每年 5 月的第二个星期天，其他一些国家的日期也并不一样。母亲们在这一天通常会收到礼物。康乃馨被视为献给母亲的花。而我国献给母亲的花是萱草花，又叫忘忧草。

78048 11：40：28 谢谢。

夏老师 11：41：00 在这一天，古希腊人向希腊众神之母赫拉致敬。到古罗马时，这些活动的规模就变得更大，庆祝盛况往往持续达三天之久。当然，古时人们对女神的崇拜只不过是一种迷信，它同今天人们对母性的尊敬是大不相同的。在 17 世纪中叶，母亲节流传到英国，英国人把封斋期的第四个星期天作为母亲节。在这一天，出门在外的年轻人将回到家中，给他们的母亲带上一些小礼物。

78048 11：41：54 噢！

夏老师 11：42：07 现代的母亲节起源于美国，由安娜·贾维斯（Anna Jarvis，1864—1948）发起，她终身未婚，一直陪伴在母亲身边。安娜·贾维斯的母亲心地善良，极富同情心，她提出应设立一个纪念日来纪念默默无闻做出奉献的母亲们，可是这个愿望尚未实现她就逝世了。她的女儿安娜·贾维斯于 1907 年开始举办活动，申请将母亲节定为一个法定节日。节日于 1908 年 5 月 10 日在美国的西弗吉尼亚和宾夕法尼亚州正式开始。她曾亲自在教堂安排仪式，组织活动，同时要求前来参加者胸前要佩戴白色的石竹花。这一活动，曾引起了不少人的关注和兴趣。翌年，便有更多的教堂纷纷组织同样的活动。

夏老师 11：42：32 这样回答你，满意吗？

78048 11：43：06 还好吧。

夏老师 11：43：34 你孩子多大了？

78048 11：44：21 又是职业病？

夏老师 11：44：56 虽是网上，我也喜欢与人真诚对话。

78048 11：45：53 七岁。

夏老师 11：45：59 相互了解，才好往下聊。

78048 11：46：27 是吗？也许是。

夏老师 11：46：59 辛苦了，但也苦中有乐。七岁是开始懂事的年龄。

78048 11：47：32 但愿。

夏老师 11：48：04 我好奇，你怎么有空聊天呢？

78048 11：48：31 你不是一样？

夏老师 11：50：49 我孩子都工作了，我已经解放了。

夏老师 11：52：23 送你一支康乃馨。

78048 11：53：05 恭喜！

78048 11：54：36 我用手机上的。

夏老师 11：55：04 乔治·赫伯特说："A good mother is worth a hundred schoolmaster." 一位好母亲抵得上一百个教师。

78048 11：55：51 有学问，老师就是老师。

夏老师 11：55：53 所以，我特别尊重母亲。

78048 11：56：08 应该。

夏老师 11：56：15 孩子的第一个老师就是母亲。

78048 11：56：49 本人才疏学浅。

夏老师 11：57：31 没有不好的孩子，只有不好的母亲。当然，爸爸也有责任。养不教，父之过。

78048 11：57：47 ……

夏老师 11：57：50 打住，又上课了。

夏老师 11：58：08 该吃饭了，下课。

78048 11：58：21 今天周日。

夏老师 11：58：36 玩笑，玩笑。

78048 11：59：13 是。

【评论】

一串心情 2009-5-10 12：47 欣赏！祝福天下母亲节日快乐！

杨柳：丝丝弄碧 2009-5-11 17：23 但我们还是把康乃馨送给母亲，而不是萱草花。

杨柳：丝丝弄碧 2009-5-11 17：24 夏老师真有爱心！

用户1596100947 2009-5-19 15：19 做一个称职的母亲是不容易的。做好孩子的第一位老师和第一位良友也是不容易的。

2006～2009 年聘期个人总结

（2009－09－13　16：37：00）

时间过得真快，2006～2009 年三年的聘期已经结束了，学校又要开始新一轮的聘期。这两天，填了 4 个表，对过去三年的教学与科研工作做了一个回顾。

一、政治思想

认真学习科学发展观，使自己在思想上跟上时代前进的步伐。工作中，坚持四项基本原则，遵纪守法，务实求真，教书育人，乐于奉献。不争名，不逐利，不怕苦，不怕累，踏踏实实，认真负责，做好教师的本职工作。2006～2007 学年度学院考核结果为称职，2007～2008 学年度学院考核结果为优秀。

二、教学工作

三年来，主要承担大学语文、应用写作、硬笔书法和初级汉语口语 4 门课程的讲授，共教学生人数达 3 630 人，主讲全日制本科生学时数：1 148 学时，完成总标时数：1 494. 54 标时，超过学校规定的教学工作量（340 每学年 ×3 学年 =1 020 标时）464. 54 标时。

在教学工作中，能根据教学大纲的要求，更新教学内容，反映本学科进展，善于调动学生的学习积极性和主动性，并注重培养学生的综合素质，教学效果良好。三年来“学评教”在全校和院系部的排名逐年上升。2009 年春季学期在学院 78 名任课老师中排名第 3，在全校 800 多名任课老师中排名第 58。

三、科研成果

教学之余，积极开展科研工作。聘期内发表了论文 11 篇，参加了

《财经实用写作》（修订第3版）和《大学语文》教材的编写。独立编著了《新编应用写作教程》（修订第2版）和《硬笔行书教程》两本教材。

论文名称	发表刊物	论文分类	发表时间	字数
硬笔书法课与情商培育	传媒：经济运营信息传播话语语境	一般期刊	2006年12月	4 000字
谈谈古典诗词教学中的几个环节	传媒：经济运营信息传播话语语境	一般期刊	2006年12月	6 100字
从套曲《不伏老》看关汉卿的“为人之气”与“为文之气”	传媒：经济运营信息传播话语语境	一般期刊	2006年12月	4 800字
硬笔书法课学习效果的调查与分析	北京工商大学学报增刊	一般期刊	2007年5月	4 000字
浅析申论考试的基本特点和命题形式	传播特色研究——经济新闻·广告经营管理论集	一般期刊	2007年11月	4 567字
试论鲁迅《野草》的艺术特色	传播特色研究——经济新闻·广告经营管理论集	一般期刊	2007年11月	4 276字
应用写作课写作练习设计的基本原则和题型	应用写作	一般期刊	2007年12月	4 458字
关于大学语文课堂教学重点的探讨	北京工商大学学报增刊	一般期刊	2008年5月	4 335字
博大精深　经世致用——选读顾炎武《日知录》之心得	传媒的经营与经济文化信息的传播	一般期刊	2009年2月	4 000字

续表

论文名称	发表刊物	论文分类	发表时间	字数
浅析《庄子》思想的文学特质	传媒的经营与经济文化信息的传播	一般期刊	2009年2月	4000字
评析一则开业启事	应用写作	一般期刊	2009年7月	1 200字

著作（教材）名称	著作类别	出版单位	出版时间	个人编写字数
《新编应用写作教程》（修订第2版）	编著	首都经济贸易大学出版社	2007年1月	38万字
《财经实用写作》（修订第3版）	参编	首都经济贸易大学出版社	2008年6月	16万多字
《硬笔行书教程》	编著	原子能出版社	2009年8月	13万多字
《庆祝八一建军节纪念新四军成立七十周年大型书画展作品集》		中国检察出版社	2007年9月	11幅书法作品

四、获奖情况

获奖名称	获奖级别	获奖日期	发证机关
《新编应用写作教程》（修订第2版）	2007年校优秀教材二等奖	2008年3月	校教务处
《汉语：远程教学》	“抓住奥运机遇”主题学术成果征集活动三等奖	2008年10月	研究生处
毛笔书法作品	首都教职工第二届艺术节高校教师书画摄影展“书法类”优秀奖	2008年11月	北京市教育工会

近三年对我“学评教”情况的汇总

（2009－09－11　17：01：05）

学　　期	学生评教人次	学生评教加权平均分	院系部排名	全校排名
2006 年下半年	389	4.48	第 25 名	第 321 名
2007 年上半年	703	4.66	第 11 名	第 175 名
2007 年下半年	678	4.73	第 10 名	第 132 名
2008 年上半年	544	4.75	第 7 名	第 93 名
2008 年下半年	423	4.78	第 8 名	第 131 名
2009 年上半年	406	4.83	第 3 名	第 58 名

进入“学校教学质量监控系统”，看到历年对我“学评教”的情况汇总。以前，对“学评教”在全校和院系部的排名不太重视，一是认为未必准确，二是觉得自己认真上课，尽力而为，无论排名多少，问心无愧即可。今天回过头来看，我还是很吃惊。我看到了自己的进步，看到了绝大多数学生对我的肯定。教学相长，感谢同学们对我的鼓励；自知之明，我深知我还有很多不足。我会不断努力的，学生的满意就是我的快乐。

接受学生对我的采访（1）

（2009－12－04　14：17：00）

昨天下午，硬笔书法公选课下课后，4名新闻系的学生为完成新闻专业课的作业，写一篇人物专访，对我进行了采访。下面是韩晓同学发给我的采访记录稿（略有修改）。

1. 如果满分是10分的话，请问您给您的书法打多少分？为什么？

打6分吧，因为我感觉自己的字和那些名人的字帖比起来差距很大，还有很多需要学习的地方。

2. 您是怎样写出这么好的字的？是自学成才，还是有名人指点？

没有人指导，1995年商学院派我去韩国教授汉语。在国外教学的时候，课余时间比较多，我利用这些时间练习毛笔字。练了有半年多，当时我宿舍的墙上贴满了我写的字。

3. 您最初练习书法是为了什么？仅仅是为了娱乐吗？

当时练字一方面为了打发时间，一方面用来修身养性，还有就是为了提高自己的书写水平。

4. 您刚才说到了练字是为了修身养性，我看过您的一篇叫作《书法与情商》的论文，文章里您举了许多学生的例子来说明书法与情商的关系，那么请问，练习书法也提高了您的情商吗？您觉得您的书法体现了您的哪些性格品质？

提高了，练习书法使我做事更加认真、严谨、踏实。比如上硬笔书法课，我对课程进行了精心安排，先讲笔画，再讲偏旁部首，然后是单字、篇章、签名法、临摹毛笔法帖等，循序渐进，按部就班，有条不紊。

5. 是什么让您想起开硬笔书法这门课的？

我开这门课不是因为我的字好，而是我觉得现在一些同学的字不好。社会需要大学生把字写好，作为大学中文老师，我有种责任感和使命感，所以我开设了这门选修课。相应的，教学相长，我的字也在教学的过程中得到了提高。我想这门课我可能会开到自己退休吧。

6. 您是怎样看待中小学开设硬笔书法这门课程的？您有没有觉得我们这么大了再去练字会有一些晚？

现在中小学当然应该开这门课，在大学开这门课有补课的意义，亡羊补牢，犹未为晚。其实，练字任何时候都不晚，有些老人退休了才开始练习书法，很多人也练出来了，所以这不是一个年龄的问题，而是练与不练的问题。

7. 那么您觉得在电脑很发达的今天，练字的必要性是不是可以减少呢？

签名需要手写，课堂笔记需要手写，记者采访可以录音，可以用手提电脑，但也常常需要手写，并不是随时随地都有电脑的。某些行业写字少些，某些行业写字多些，不同的行业有不同要求。作为个人来说，字迹更多的是一种素质的外化，字迹代表一个人的形象，体现着一个人的文化修养和独特气质。

8. 您几年前曾经在南非教授对外汉语，南非给您的印象是怎样的？

自然环境非常优美，但是社会治安不太好，总体上给我留下了很美好的印象。当时我在那儿除了教学，还搞展览，进行中国文化的推广，第二年还编了一本书，这本书是南非大学出版社出版的第一本中国内地老师编写的教材。两年的时间很快就过去了。

9. 您认为南非的学生和中国的学生最大的不同点在什么地方？

“南非大学”（Unisa）是远程教学，一般不直接接触学生，但是每学期会安排几次指导课，学生自愿参加。我接触的学生都是很好学的，他们大部分都已经工作，很珍惜进修的机会。

10. 您给那些外国学生讲课采用什么方法？

一般采用情景教学法，设计情景对话，练习他们的听说能力。

11. 在南非的这段教学经历对您回国后的教学有哪些影响？

我在国内教4门课，课程不同采用的方法也不同。大学语文是文学赏析课，和语言教学还不完全一样，我以讲课为主，但是也会搞一些课堂活动，比如演讲会、诗歌朗诵会之类。

12. 那些外国学生有没有很不听话的，就像咱们班上那些逃课的学生一样？

哪个国家的学生中都有好学的学生和厌学的学生。

13. 现在很多老师对于逃课这种现象都是睁一只眼闭一只眼，您对这些老师的做法是怎么看的？您觉得老师除了教给学生基本课程外，还应该教给他们什么？

老师对学生应该严格要求，不能放纵学生。老师的工作就是教书育人，既教给学生知识，也教给学生怎样做人。在硬笔书法课上，我希望培养学生好的书写习惯，好的性格，还有认真、踏实、一丝不苟、坚持不懈的好品质。

14. 对于那些逃课的学生您总是严惩不贷，即使是校领导求情都没有用，您这样负责，不怕得罪人吗？

是得罪啊，但是我问心无愧。

15. 在您的博客里有一篇名为《不思己过，好为人师》的文章，请问您怎样看老师和学生交换学术意见的？您的学生有没有青出于蓝胜于蓝的？

我很欢迎学生与我一起探讨，因为在学术方面，老师和学生之间是平等的，而且老师的知识也是有限的，和学生交流，我也能学到很多东西。大学任课老师和中学老师，大学硕导、博导不一样，学生毕业后很少与任课老师联系。学生毕业后的情况，我不是很清楚。只有少数毕业生通过博客或E-mail和我联系，这让我很感动，因为他们还想着我。我相信大多数学生会有很好的发展，“青出于蓝而胜于蓝”是肯定的。

16. 我们询问了一些您的学生，他们对您的印象大多是面带微笑，非常和蔼，喜欢摄影、旅游，请问除了摄影、旅游、书法，您还有什么爱好呢？

我的确喜欢旅游，旅途中摄影，了解当地的风土人情，然后整理成博文发表。我在新浪开的是实名博客，是自我生活的展示，也是我和学生课外交流的一个平台。我希望通过这种方式告诉学生，学生不应该只局限于校园，学习课堂知识，还应该了解社会，开阔眼界，所以我的博客不仅有课业上的内容，还有许多社会上的东西。

17. 您是不是每天感觉很快乐？您理想中的生活是什么样的？

理想的生活就是现在这样吧，就是说我很知足。我觉得自己比较快乐，因为我的欲望不是太高，如果欲望很高的话，就不会快乐了。

18. 除了满足，还有什么能让您这么快乐？

可能也是看开了一些事情，孔子说："三十而立，四十不惑，五十知天命。"我现在到了知天命的年龄了，有些事就看透了，名啊，利啊，这些都是身外之物。我喜欢弥勒佛，"大肚能容，容天下难容之事；开口常笑，笑世上可笑之人"。

19. 您现在已经满足了，您以后还会有什么发展吗？

一方面是物质层面的满足，另一方面又不知足，在精神方面，在事业方面还要不断地去追求，比如我的字帖，新帖和旧帖比就有很大的提高，但是我还不满意，还在练习。你们交课堂作业，我自己也会要求自己交家庭作业。另外，我还想系统地学习一下摄影知识，退休后还想学习画画，学学钢琴。

20. 如果有一天必须让您在生活和工作中做出抉择，您会选择工作还是生活？

就目前来说，我的工作占的比重比较大。我爱人经常抱怨我，说我给她的时间太少了，所以我现在也在调整，该休闲的时候就休闲。如果是两者选择一个的话，我还是觉得家庭更重要吧，毕竟工作是做不完的，家人是唯一的。

【评论】

不乖的猪 2009-12-4 16：06 采访稿我们看过了，真的非常非常感谢夏老师，稿子我会拿回去再做进一步的整理和总结。如果有问题，我们能否继续通过您的博客或者邮箱向您请教？

新浪网友 2009 - 12 - 4 20：24 您的字很漂亮！

杨柳：丝丝弄碧 2009 - 12 - 6 19：35 夏老师，难得的好老师！赞！

支老师 2009 - 12 - 26 09：10 豁达，真诚，睿智，涵和，有仁者之风！欣赏您的人生态度！

一条鱼 a 2010 - 1 - 6 00：23 非常认真的老师，非常儒雅的老师。

责无旁贷　有惊无险

（2009－12－21　18：49：00）

12 月 19 日，星期六，去良乡校区给四六级监考。

上午四级监考。快要开始考试了，一个男生说没带耳机，我马上从二楼跑到一楼考务组给他领了一个；另一个男生带了耳机，但没有电了，他要用收音机听，我把我领的耳机借他用了。

在发考卷时，出现了问题。考卷袋上注明 30 份，考场应考 28 人，实考 25 人。发完卷子只剩 4 份，少了一份 B 卷。由于考卷袋启封后没有再清点一下 B 卷，就自以为是地认为袋里可能少了一份卷子。考完试后交考卷时，说明了情况，也签了名。当时考务组的负责人于老师也没有说什么。

下午六级监考前的大会上，于老师在会上说上午丢了一份试卷，告诫监考老师一定要清点一下考卷。

考务组让我和李老师停止六级监考，马上找卷子。我们先找到辅导员孙老师的电话，然后请她通知考试的学生来开会。有的学生已经回家了。先来了 2 个学生，一男生，一女生，他们都说没有拿。女生打电话给已经回家的学生。后来，来了产品班的 4 个女生。1 个女生羞怯地打开书包，拿出了试卷，说："对不起老师，我看这份卷子没人拿，就拿走了。"我和李老师松了一口气，马上把卷子送给了考务组。

现在想来，是我的责任。首先，考卷袋启封后没有清点卷子；其次，多发了一份卷子却浑然不知；最后，当发现少了一份卷子后，应马上叫学生回到教室查找，而不是主观地认定袋子里少了一份。糊涂啊，幸亏找到了。不然，给个处分，吃不了也要兜着走。

感谢李老师积极联系辅导员老师，感谢孙老师及时联系学生来开会，感谢拿卷子的学生把卷子交了回来。

今天，我犯了错误，责无旁贷，好在有惊无险，没有形成后果。

这是一个教训，今后处事可要小心啊！

另外，说个个人看法。已经考完了，有必要回收考卷吗？如说要保密，考完了还保什么密。网上真题马上就有，很容易找到。考卷回收后，也就是送造纸厂打成纸浆。能不能不回收考卷，允许学生带走？好学的学生也许回去还能再看看，再学学，这对提高学生的英语水平有帮助，这也应该是四六级考试的初衷吧。

【评论】

lihailin118 2009-12-22 16：55 嘿嘿，夏老师，原来是您呀，我还以为是哪个老师缺乏责任心呢，看来我主观主义了，您的责任心无可挑剔。

月光下行走 2009-12-30 14：17 呵呵，夏老师您说得对。考完试以后的空卷子，没有再回收的必要了。支持您！

接受学生对我的采访（2）

（2009－12－24　22：08：00）

近日，又有新闻系的两个学生通过 E-mail 对我进行了采访，下面是采访问答：

1. 许多同学都说您和蔼可亲，那么，您是怎样认识自己的？

我是一个与人为善的人。不论是对同事，还是对学生，我都愿意以朋友相待。我不喜欢与人为敌，与人争斗。与人和谐交往，让我感到很舒服。

2. 是什么样的机缘让您开通了自己的博客，让您坚持写博客的动力是什么？

2003 年 12 月到 2004 年 10 月，我在南非每天都写日记，记录当天值得记的事情和心情。2006 年回国后，想将《南非日记》公开发表。于是，我在新浪网开通了自己的博客，开始主要连载《南非日记》。后来，我也写些教学或其他方面的博文，博客成了我与学生课外交流的一个平台。从 2006 年 9 月 16 日开博至今，已经三年多了，共写了 1 116篇博文。让我坚持写博客的动力是对生活的热爱，我愿意记录多彩的生活，愿意与学生分享我在生活中的见闻、思考和快乐。

3. 您开学之初曾经告诉我们四句话“色是刮骨钢刀，酒是穿肠毒药，财是下山猛虎，气是惹祸根苗”，请问在现实生活中您是否也摒弃这些东西，“洁身自好”呢？

是的，我尊重女性，欣赏美女，不做出轨的事。不喝白酒，只喝点儿葡萄酒和啤酒，知道控制酒量，从来没有喝醉过。对钱财的态度是够用即富。工资全部上交“领导”，不理财，财也不理我。性格平和，不爱生气。对不爱听的话，左耳进右耳就出去了。

4. 您曾经两次出国授课（1995 年去韩国，2003 年去南非），您在国外教授汉语有什么特殊的感受，比如有没有一种弘扬中国文化的使命感？

身在国外，才更深切地感受到个人的命运是和祖国联系在一起的。出国后更爱国。身为对外汉语老师，当然有弘扬中国文化的使命感。语言是和文化紧密相连的。外国人学习汉语，自然要受到中国文化的影响和熏陶。

5. 从您的历年“学评教”情况汇总来看，您在不断进步，您觉得您的进步与什么有关？

和虚心有关。虚心使人进步嘛。我喜欢老师这个职业的一个原因就是教学相长。要当老师，先当学生。教学生一杯水，自己要准备一桶水。活到老，学到老。备课，讲课，再备课，再讲课，日积月累，厚积薄发。现在知识更新很快，如不虚心学习，势必落伍。

6. 听您讲课，感觉您是一个特别乐观、豁达、率真又有点时尚的老师，那您在生活中也是这样的吗？能给我们举一个小例子吗？

应该说，你的观察是对的，我在生活中就是这样的。人生苦短，我觉得在有生之年应该快乐地生活。我喜欢听音乐，关注新歌。比如，最近王澜霏的《慢慢慢》、王蓉的《要抱抱》、张韶涵的《看得最远的地方》我都很喜欢。

7. 您觉得您这种性格是与生俱来的，还是后来慢慢培养的？如果是后来慢慢培养的，是什么样的一种经历让您慢慢形成了这种豁达开朗的性格？

应该是后来慢慢培养的。我的经历比较简单，高中毕业后，到农村插队，在延安当了两年知青。1977 年恢复高考，上了延安大学。大学毕业后，就一直在北京商学院（后合并为北京工商大学）任教。插队时，吃过苦。所以，以后遇到什么艰苦的事情都不在话下。另外，我曾在韩国任教一年，在南非任教两年。国外的工作经历也让我视野开阔，心胸豁达。

8. 练习书法让您的性格发生了怎样的变化？这么多年的书法练习，您觉得自己最大的收获是什么？

练习书法让我的性格更加平和，更能够体谅人，办事更认真、踏实。我觉得最大的收获是获得了工商大学学生们的普遍认可。有一个学期据说有上千个同学报名，有的学生因为没有中签，连续几个学期都报这门课。学生们的欢迎促使我把这门课开下去。长期开这门课又促使我不断地深入研究硬笔书法自身的规律，不断地提高自身的硬笔书写水平。

9. 您每节课都会给我们放音乐，从这些歌曲中能看出您很豁达也很时尚，同时您对学生的要求也十分严格，所以有同学说您是一个非常具有人格魅力的老师，您怎么看待这个评价？您觉得是您身上的什么特质打动了学生？

《三字经》里说："教不严，师之惰。"当老师的，应该严格要求学生。但只是严格要求还是不够的，还应该让学生感到你的真诚，你的爱心。严要求是为了学生好，是对学生的爱。建立在爱的基础上的严要求自然能够打动学生的心。爱是相互的，从学生说我很豁达、很时尚、有人格魅力的话语中我也真切地感受到了学生对我的爱。

10. 现在您已经教过很多年的硬笔书法了，那您对学生的整体印象怎样呢？能说一说其中您印象比较深刻的一些事情吗？

整体印象一个学期比一个学期好。以前逃课的比较多，现在相对少了些。以前课间的时候，学生爱在座位上聊天，现在有的学生主动到讲台前来请我对他的字提出意见，有的问问题，有的请我签字，设计姓名，表现出了学习的自觉性和主动性。印象比较深的是有个学生告诉我他现在写的字他的父母已经不认识了。还有个同学给外地的中学同学写信，人家夸他字写得比以前漂亮了。他回信说上了硬笔书法选修课，还把我的字帖复印给了他的同学。以前课后与学生交流不多，现在学生不仅上我的课，课后还看我的博客。这样课上课下都与学生有些交流。

11. 最后一个问题想问问您，在硬笔书法的教学和您的生活这两个方面，您对未来有什么样的规划？

在硬笔书法教学方面，我想加强与学生的互动和指导。特别是对不好的字做些研究，探讨尽快矫正字迹的方法。另外，我自己也想多加练习，争取四五年后再版字帖时能有较大的进步。在生活方面，加强体育锻炼，争取不得病，少得病。可能的话，每年出去旅游一次，拍拍照片，放松心情。博客还要继续写下去，不是为了点击率，而是利用这个平台，更好地与学生进行交流。

【评论】

小续 Meggie 2009-12-24 23：10 老师，圣诞快乐啊！

菊影兰香 2009-12-30 17：11 我也想采访您一个问题，就是请问您对90后的大学生（主要是2008年、2009年入学的）有什么印象呢？能感受到他们和80后学生的差距吗？

菊影兰香 2009-12-31 08：58 谢谢夏老师接受我的采访，我明白了，在同样的年龄，在同样的环境，行为方式、思维方式其实都差不多，人的成长和他所处的时代有关系，但更重要的是他自身的修养和经历。

说说洗碗

（2010－02－11　10：15：10）

家庭琐事，柴米油盐酱醋茶，说的是每天都少不了吃。吃完了呢，当然就是洗碗了。这洗碗看似简单的劳作，可也不是人人都爱洗的。说实话，我就不爱洗碗。我觉得，刚刚吃饱了肚子，马上就去洗油乎乎、黏兮兮的锅碗瓢勺，享受了一顿美食后的幸福感立刻也就消失了一大半。

每个家庭都要洗碗。有的人家请了保姆，自然保姆洗。有的老婆贤惠，既做饭又洗碗；有的老公勤快，做饭洗碗一身兼。更多的恐怕还是两口子分工，一方做饭，另一方洗碗。

近来，我对洗碗有了新的认识。夫妻恩爱，就应该为对方多做些事，区区洗碗，不必计较谁多干了，谁少干了。再说，洗碗能用多长时间啊，手脚利索些，家里这点儿碗筷盘锅，最多十分钟也就洗完了。还有，饭后实在不想洗，泡在碗池里也没关系。为什么一定要饭后马上洗呢？自己家里，可以随意些。今天早上我在洗昨天晚饭的碗筷时，心情就很平静，说不上喜欢，起码不厌恶。这和端正了态度、改变了习惯不无关系吧。

【评论】

新浪网友 2010－2－16 18：05 我也不爱刷碗，看完后决定刷！倩倩

新浪网友 2010－2－25 10：20 所有家务我都爱干，除了洗碗。

2009年下半年“学评教”

（2010-03-23　22：25：00）

教师姓名：夏京春　教师编号：19820501　所属院系部：艺术与传媒学院

评教情况：学生评教人次532　学生评教加权平均分：4.78

院系部排名：第14名　全校排名：第122名

被评价教师：夏京春　被评价课程：大学语文

评价项目：课程或教师讲课的主要特色

评价内容：

＊内容丰富，课堂互动、实践丰富。

＊非常生动，挺好的。

＊通俗易懂，讲解细致；教师平易近人；课堂内容丰富多彩。

＊语言幽默诙谐，吸引同学，同时通过生动的举例、论述，引导同学们积极思考，对课堂知识有了更深刻的记忆。

＊会安排许多课堂实践活动，锻炼我们的口语表达能力。上课很有激情，绘声绘色。

＊生动。

＊和蔼可亲，平易近人，善于与学生沟通。通过课堂实践调动大家学习的积极性并且从中掌握交流、表达等技巧。

＊互动性好，很热闹。

＊生动，形象，课堂气氛活跃。

＊教师富有激情，很好，专业知识强。

＊生动有趣，并将知识贯穿其中。

＊老师的教风比较开放，让大家轻松地上课。并且，老师注重与本科相关能力的培养，如组织过演讲、诗歌朗诵等。

*老师很有文采，书法很棒！

*认真。

*以不同形式讲语文。

*老师态度和蔼，教学方法很开放，给学生提供了很多提高自身能力的机会。

*注重学生的实践能力，幽默风趣。

*课堂活动丰富。

*课堂实践丰富，学习气氛活跃，能够很好地带动学生学习的积极性。

*讲课风格招人喜欢，风趣充实，上语文课总是很有动力。

*诙谐幽默，师生互动和谐，注重培养同学的实践能力。

*课堂生动活泼、不死板，学生能够全身心融入课堂，主动学习。老师风趣幽默、亲切和蔼，知识渊博，有经验，课堂气氛好。

*进行了较多次的课堂实践活动，对学生语言表达能力的提升具有一定的帮助。

*幽默风趣，有很多的课堂实践机会，提高了学生的分析能力与口头表达能力，讲课内容充实多样，能够调动学生的积极性。

*教师讲课比较生动、形象，能与学生积极互动。

*热情激昂，幽默风趣，与学生交流频繁。

*幽默风趣。

*讲课风趣幽默，教学积极性高，上课提供很多课堂实践机会。

*生动、形象、活泼，富有激情，给同学提供演讲和讨论的机会，激发学生的思考潜能。

*生动活泼，上课时很轻松，老师很幽默风趣。

*课堂气氛活跃，老师授课生动活泼。

*很好。

*很有趣。

*能带动同学，有自己的风格。

*上课风趣，能带动学生的积极性，课堂形式多样，平易近人，

教学方法和课堂内容都很好。

* 幽默，贴近生活，贴近学生。

* 老师很幽默，很风趣，讲课通俗易懂。

* 和蔼可亲，能和同学们打成一片，也能带动同学们的学习兴趣，很好！

* 生动，有激情。

* 讲课风趣幽默，能够运用多媒体、PPT、演讲等形式调动同学的课堂积极性。好！

被评价教师：夏京春　被评价课程：大学语文

评价项目：希望和建议

评价内容：

* 希望能总结一些文学基础知识让大家学习。

* 希望下学期能修上您的书法课！太欣赏您了，博大的胸襟！

* 希望能够更多地激发我们对文学的热爱，而不是死板地教学。虽然老师很亲切，但课程确实无聊。

* 多讲讲一篇文章背后的故事，如时代背景、作者当时的境遇等。

* 将这种寓教于乐的教学风格延续下去。

* 希望老师能保持下去。

* 希望老师继续将这种风格传扬下去。

* 能够多穿插一些文化知识。

* 希望以后能像本学期一样多举行一些诗歌朗诵和演讲等，这样很利于培养学生的能力。

* 多讲一些关于中国文化的知识。

* 能更多地向学生传授生活经验。

* 能够讲更多文言文知识。

* 希望能再增加几次学生讨论交流的机会，因为之前的几次都很成功，同学们都意犹未尽。

* 希望语文课时能够增加一些。

＊希望能更好。

＊希望继续保持。

＊已经很好了，不需要做什么改动了。

被评价教师：夏京春　被评价课程：硬笔书法

评价项目：课程或教师讲课的主要特色

评价内容：

＊讲话风趣幽默。

＊幽默。

＊太逗了。

＊可爱的老师，可爱的课，这学期下的功夫最大的就是这门课。

＊为人和蔼。

＊绝对对得起我这个分数的好老师，上课一丝不苟，真的为了学生的未来着想而教授知识。

＊老师上课特别认真，对我们每个同学都很负责，认真教授我们书法，一笔一画，足以显示老师的人格魅力。

＊幽默。

＊老师风趣幽默，我特喜欢夏老师。

＊老师很和蔼可亲，耐心地解答学生问题，非常喜欢这个老师。

＊夏老师好幽默，心态很年轻，课堂氛围轻松愉悦。

＊幽默风趣，课堂气氛活跃。

＊老师讲课很生动。

＊幽默，能够引导学生学习，让同学们对硬笔书法产生兴趣，因材施教。

＊课堂气氛活跃，老师幽默风趣，内容丰富多彩。

＊字写得不错，教学认真，对学生负责。

＊上课不但学到东西，还很开心。

＊与实际相结合。

＊课堂轻松愉快。

*音乐很好听。

*课堂很活跃，善于与学生沟通，内容很丰富。

*生动。

*语言幽默风趣，能带动学生的学习积极性。

*认真，一丝不苟，公正，很喜欢。

*和蔼可亲！

*课堂很有趣。

*生动。

*轻松教学，快乐课堂，既不紧张也学到了东西。是个好老师，可爱的老师。

被评价教师：夏京春　被评价课程：硬笔书法

评价项目：希望和建议

评价内容

*考试别放音乐。

*老师的课，太有意义了，应该多开些！

*老师继续加油，支持您。

*课下布置些作业以督促学生练字。

*希望老师的字越写越好。

*希望老师别讲得太死板。

被评价教师：夏京春　被评价课程：硬笔书法

评价项目：该教材的突出风格是什么？

评价内容：

*里面的内容是老师亲笔所写，这种精神很值得我们去学习，它涉及的内容比较广，比较丰富，将书法和做人紧密地联系起来，很好！

*内容由浅入深，划分得当。

*老师的作品集。

*内容比较全面。

＊就是老师总用新版的，旧版不很重视。

被评价课程：硬笔书法　评价项目：该教材的不足之处并提出改进意见。

评价内容：

＊印刷得有点不清楚。

＊印刷质量应提高。

＊字帖最好附上临帖的纸。

（引自北京工商大学教务处网站）

学生来信：硬币书法

（2010－04－16　07：40：00）

来信：硬币书法

发件人：×××××@×××

时　间：2010年4月15日 20：22（星期四）

收件人：xiajingchun@126.com

夏老师您好，我是您硬币书法课的学生，我是周二下午7，8节的。我想和您说一件事，就是本周二上课后交作业时，由于我们还有事，所以下课走得很急，结果几个人把作业交给我，让我一起交给您，可是当时临时有活动，所以一着急我们三个人的课堂作业就都没有按时交给您。真的很抱歉。我就是想和您说一声，我们真的不是有意的，是真的疏忽了，所以您看能不能原谅我们这一回，我们下节课把这次写的作业给您带过去。还有其他同学和我们一起上的，她们可以作证。希望您可以原谅我们这一回，真的是太着急了，在这里先谢谢您了。如果您觉得可以的话，我们下节课当面和您说。真的太谢谢您了。对于给您添的麻烦，我也深感歉意！

回信：Re：硬币书法

发件人：xiajingchun@126.com

时　间：2010年4月15日 20：45（星期四）

收件人：×××××@×××

没署名的同学：

怎么写成了“硬币书法”，我还以为是新的书法品种。太搞笑了。

作业的事可以原谅，下次交就行了。

夏京春

来信：硬笔书法
发件人：×××××@×××
时　间：2010年4月15日 21：53（星期四）
收件人：xiajingchun@126.com

老师，谢谢您，非常感谢您的理解。我是打字疏忽了，呵呵，是硬笔书法。那下节课再交给您，非常感谢。我叫×××。很喜欢您的课，也会一直支持您。下节课要给您的作业分别是×××、×××和我的作业。您注意身体，哈哈。再次谢谢您！

感想：

这学生很可爱，对学习是认真的，对老师是尊重的，就是有点小马虎，打字疏忽，写了错别字，写信也不署名。其实，这也不是她一个学生的问题。现在很多学生都这样，打字很快，打完后也不看一遍，结果常常有错别字。如果相互熟悉，不署名也还说得过去，但第一次写信不署名就让人莫名其妙了。因此，我把这封信传上来，希望其他同学引以为戒。

【评论】

奥特曼 2010-4-22　21：04　发邮件不署名之我见。现在的学生是很少发邮件的，一般都QQ什么的。当与老师联系时，他们的心里其实很微妙，不留名，是因为不敢面对，他们认为这样很不好意思，认为老师是神圣的，是除了上帝站在讲台上唯一的主，所以就害怕老师。其实，不应该这样。

又挨学生骂了

（2010－06－11　16：28：00）

昨晚，进入我的博客，发现了7条骂我的评论和留言，全是污言秽语，这里就不引述了。

虽然用的是匿名和网名，但我也大体猜到了他是谁，于是分别在评论和留言下面写了回复：

博主回复：2010－06－10 21：09：57

同学，我并不是为难你，而是你为难我。学校规定无故缺勤超过总课时三分之一的，取消考试资格。既然你缺了那么多课，就要承担由此产生的后果。我按照学校的规定去做，是对你负责。希望你接受教训，改正自己的错误。

博主回复：2010－06－10 21：24：32

因为你缺勤太多，被取消了期末考试资格，就在这里骂人。其实，这样解决不了什么问题。如果你想不通，可以找我面谈。希望你能理智地面对自己的问题。有错误不可怕，改了就好。这学期这门课没有“混”到学分，端正态度，以后按时上课，还怕“学”不到学分吗？如果你下学期还报这门课，我也是欢迎你的，但你必须按时上课，按时完成作业，这是我对每一个上我课的同学的要求，不是特别针对你的，这点还请你能够理解。

夏京春老师 回复 lucky：2010－06－10 23：00：01

同学，学校规定无故缺勤超过总课时三分之一的，取消考试资格。我按照学校的规定，取消了你的考试资格。你有怨恨，我也可以理解。希望你冷静地想一想，这件事究竟是谁的错。

因为按照学校的规定取消学生的考试资格而挨骂，已经不是第一次了。不过，这学期这个同学骂得比较厉害。为什么不睁一只眼闭一只眼，让学生都过了呢？为什么那么耿直，要得罪为学生说情的某些领导呢？为什么自找麻烦，那么较真呢？没办法，性格使然，为师我还有一点儿“师道尊严”。

这学期硬笔书法公选课开了3个大班，注册学生676人，据说报名就报了1 200多人，后来抽签决定能不能上。学生告诉我，这门课太“火”了，很难报上。学生们欢迎这门课，这对我是很大的鼓励，我更要认真上好每节课，不辜负同学们的期望。

也许有个别同学是抱着不正确的态度报这门课的。“写字有什么难的，肯定好及格。”“人那么多，老师不可能堂堂课点名，逃课比较容易。”“平时不去上课，考试时去，怎么也能混两个学分。”想的没错，我上课确实不点名，但我仍然掌握学生的考勤情况。我的办法就是当堂交作业。写字课是实践课，当堂交作业，既督促学生练字，也掌握了学生的出勤情况。临近期末，《课程成绩记录单》已经满纸飘红。18页的A4纸共记录了7 436人次的考勤和平时测试成绩。

《北京工商大学公共选修课管理办法》（北工商教字〔2006〕5号）“考勤及考核”第1条规定：“修读学生应按规定的时间、地点准时上课。凡无故缺勤超过该课程总学时1/3者，取消本课程考核资格，并记零分。”经过统计，本学期（2010年春季学期）硬笔书法公选课共有34位同学无故缺勤12学时以上，超过该课程总学时的1/3，故取消该课程的考试资格。

在我的博客留言骂我的同学就是取消考试资格的学生之一。什么也不说了，成年人要对自己的行为负责。学写字先要学做人。如果该同学能从取消考试资格这件事中“悟”出些做人的道理，那也算没白报这门课。

最后，请看到本文的同学，转告下学期要报这门课的同学，如果抱着“混学分”的想法最好就不要报这门课了。挨骂对我没什么影响，但对“逃课”的同学影响可就大了，一是将被取消考试资格，二是将影响该年度的绩点，三是期末的时候会很生气，对自己的身体不好。

【评论】

杨柳丝丝弄碧 2010-6-11 17：35 支持夏老师！顶！

天津贵金属交易所 2010-6-11 19：41 夏先生，人人都有难处嘛，干吗跟自己过不去呢，有些事情不说就好了，说了就成大事了。一部分学生对学什么是没有计划的。俗话说，十五志学，三十而立。他们年轻，容易犯错误，可以理解，大家都平常心对待。我看了你这篇粘贴的学生骂言，看来你是权力人物啊，那我就建议你找相关院系的主管谈话，主管再找相关的老师谈话，给予学生适当的教育，事情就解决掉了。给这些学生点面子。但事情违反规定了，就只处理事情，让他们能够接受就好。

lucky 2010-6-11 23：01 夏老师，我错了，希望您能原谅我。仔细想想，真是我的不对。我现在很后悔，对不起啊，夏老师。

lucky 2010-6-11 23：02 夏老师，不管我能不能得到这学分，我记住这个教训了。今后我一定好好学习，好好反思。真的，夏老师，我内心真过意不去，对不起！

lucky 2010-6-11 23：05 夏老师，我不是怕什么，只是真的觉得对不起你，不该这么冲动骂您。夏老师，再次向您道歉。虽然以后我不再上您的课了，但是我会记住还有这么个老师，谢谢您！我现在真的挺后悔的，再向您说一句，抱歉！

lucky 2010-6-11 23：11 请问夏老师那些评论可以删除吗，看到后我觉得自己真丑。

lucky 2010-6-12 11：10 夏老师，您是个好老师，我再次向您致歉。

魔麽呜宇 2010-6-12 16：57 牛。

骑士精神 2010-6-12 19：15 有必要把这些东西写在博客里吗？有必要把这些写在公共场合吗？老师严格管理学生是应该的，但是也要尊重学生。您这样表达这个学生如何不遵守纪律，自己如何严格管理，这样一来会给大家一个什么印象？至少我愿意看到的是老师能发表一些学术性的文章，或者发表一些关于您对社会现状的看法的文章，这才是一个老师应该做的。

新浪网友 2010－6－13 11：29 夏老师 我太敬佩您的心胸了。刚才看到一半儿我气得直发抖！您做得对！倩

Meggie 2010－6－13 16：31 顶老师，我支持您，我原来选修过您的课，您是个好老师！

新浪网友 2010－6－15 00：09 夏老师，您是位好老师！支持您！希望那位同学能真正认识到错误，再怎么样也不能对老师出言不逊！

新浪网友 2010－6－15 17：33 老师一直是本着公平的原则，您在我们心中一直是个好老师。

新浪网友 2010－6－17 14：56 夏京春老师是个有责任感的称职的老师！我为我们国家有这样的老师感到荣幸和自豪！这件事反映了我国的教育存在着严重的教学失衡问题，特别是德育教育的缺欠。在这里我们应该共同向国家有关部门呼吁：加强青少年的德育教育！不然，像夏老师这么优秀的人才就会越来越少！中华民族几千年的文明势必毁在我们手中！

新浪网友 2010－6－18 15：07 看起来工商大学的学生素质太差了！这事儿在我们听来，简直是天方夜谭！别忘了头上三尺有神明！记住，做人是要有约束的！

General 2010－6－18 22：26 感动啊！夏老师真是我的楷模！向您学习！

新浪网友 2010－6－19 15：17 顶！我们都喜欢上夏老师的课，向辛勤的园丁致敬！

新浪网友 2010－6－19 15：22 夏老师是工商大学的骄傲，是最称职的教授。希望同学们要尊敬他。

新浪网友 2010－6－21 23：22 老师，看了这个学生的话，开始我特别气愤，但越到后面越平和。您告诉我们做人要心平气和，心胸要

宽广些，我感受到了！谢谢您的言传身教！我也是您的一名学生，上学期我就选了您的课，受益颇多，但这学期因一门选修课不可选两次，非常遗憾没能去上您的课！我只是悄悄地去听您的课，然后回来继续认认真真练字，字也写得更好看了。谢谢老师！老师的做法是非常正确的，严正而又不缺乏宽容。

听课心得

（2010－06－21　11：43：00）

2010年6月19日至6月20日，在首都师范大学北一区国际文化大厦参加了由北京市高等学校师资培训中心（教育部全国高校教师网络培训中心北京市分中心）举办的“国家精品课程大学语文骨干教师高级研修班”的学习。东南大学王步高教授主讲了《大学语文教学改革的理论与实践》和《长恨歌》的示范课，白玉芳老师主讲了《大学语文课程网站与多媒体课件制作》。两天的听课收获颇丰，对大学语文教学改革的基本理念和方法有了新的认识和思考。

一、大学语文的功能

大学语文是高等学校的基础课程和文化素质教育的主干课程，大学语文应是较高层次的语文课，不是对中学语文“欠账”的“补课”或“补差”。大学语文重在对学生进行文学素质教育，既提高阅读鉴赏能力，也提高口头表达及写作能力。同时还注重教书育人，使学生在古今文学精品的感化教育下，着重培养学生具有爱国爱乡的感情，能关心民生疾苦，具有仁者爱人的思想，具有刚正不阿的品格，具有潇洒旷达的人生态度，并注重提高学生的审美趣味与艺术品位，把文学教育与人生教育有机结合到一起。

二、大学语文的教材

大学语文的教材要在五个方面区别于中小学的语文教材。一是帮助学生“梳理”和“激活”中小学所学的文学知识，了解中国文学史的简单架构，将新老知识系统化。二是传布中华人文精神，使学生在古今文化精品的熏陶下，促成思想境界的升华和健全人格的塑造，培养高尚与和谐的一代新人。三是拓宽学生的视野，继承宋以来的“疑古”传统，不迷信书本和老师，敢于独立思考。四是提高学生的自学能力。叶圣陶先生曾指出，语文教学最终要做到“学生自能读书不待老师讲，学生自能作文不待老师改”，“教”是为了“不教”。大学语文课是学生语文课堂学习的终结，其教材应定位于课堂用书与自学用书之间。五是要有利于提高学生的学习兴趣，克服多年应试教育形成的对语文的“厌学”情绪。教材编写应精品化、系统化、立体化、大信息，内容超过课堂教学所需，难度超过较多学生的接受能力。从终身教育出发，使编写的教材让学生“白首亦莫能废”。

三、大学语文的教法

大学语文在教学中应实行：

1. “题内话”与“题外话”结合，“教书”与“育人”相结合，培养高尚与和谐的一代新人。

2. 贴近学术前沿，“浅化”与“深化”相结合，“求甚解”与“不求甚解”相结合，以适应学生千差万别的特点。

3. 与写作教学“链接”，选择若干创作点。提倡学生学写文言文，写诗填词，写对联。

4. 安排好大学语文的延伸教学。请名家来校讲座，让学生有高峰体验。

5. 建设大学语文音像教材，融声音、图像、电子课本、课堂教案于一体。

6. 开展网络教学，开辟第二课堂。我校目前还没有建设这方面的网站，但我们可以推荐学生上东南大学的大学语文的网站（http：//www. dxyw. cn)，资源共享。

四、大学语文的考试

大学语文的考试主要考查学生对简明中国文学史的了解，对名家名作的理解与欣赏能力以及写作能力。题型有简答题、选答题、概述题、赏析题、作文题等。每个题型可以多出几道小题，供学生选答。

赏析题一般不提供原文，考查学生平时的阅读。作文题可以将原文印在卷子上，请学生写读后感。大学语文的考试可以开卷，也可以闭卷，关键是题要出得活，能考察出学生平时的学习水平和实际的语文能力。

大学语文课已经开设了多年，其重要性也越来越为人们所认识。作为任课老师，我们有责任明确课程定位和功能，编写优质教材，改进教学方法和考试形式，加强教学规律的研究，把这门课教好。

【评论】

卓玛 2010-6-21 12：14 学习……

慧心慧语 2010-6-21 21：03 哈哈，夏老师才思敏捷啊，作业都写好了。

新浪网友 2010-6-27 21：05 慧心慧语，夏老师是我的语文老师，哈哈！

钢铁男人 2010-6-30 21：40 顶！

在学院学术艺术周上秀书法

（2010－06－28　18：04：00）

2010年6月9日，北京工商大学“2010艺术与传媒学院学术艺术周”在良乡校区艺术楼B座举办展览。我提交并展出了两幅硬笔书法作品，还受邀在现场进行书法演示。我请参观的师生自拟喜欢的文字，然后我当场书写，赠送给他们。当天共赠送了66幅字，大家都很高兴。

书写的文字主要有：“虎虎生威”“家人安康”“智者不惑，勇者不惧，仁者无忧”“天道酬勤”“家和万事兴”“自强不息”“开心奋斗”“乘乐而翩”“心想事成”“读万卷书，行万里路”“龙马精神”“道法自然”“大道至简，大智若愚”“父母安康”“海阔凭鱼跃，天高任鸟飞”“视微知著，海纳百川”“自强不息，厚德载物”“马到成功”“生意兴隆”“逢考必过”“宁静致远，淡泊明志”“诚爱勤勇”“敬静竞净”“尊严来自实力”“天行健，君子以自强不息；地势坤，君子以厚德载物”“气有浩然，学无止境”“学业有成”“长风破浪会有时，直挂云帆济沧海”“宠辱不惊，看庭前花开花落；去留无意，望天外云卷云舒”；等等。书写着这些文字，我也接受着中国传统文化的熏陶与滋养。

感谢王章旺教授拍摄的照片，捕捉住了我写字时平静而又愉快的心情。

【评论】

雨打芭蕉 2010－7－1 20：29 你的书法与传统文化结合，让人看到了大家风范。

雨打芭蕉 2010－7－1 20：32 你的照片照得很自然，表现了你的神采。正如你所说，捕捉到了你写字时平静而愉快的心情，很好！

朝外一条街 2010－7－9 20：06 若干年前我就对字写得好的人格外有一种好感，对书法家更是敬重。在电脑高度普及的今天，许多人把写字这门起码的功课给丢了，有些人尽管很有水平，可动笔一写字，真的很难让人与他的学识对上号。悲哀啊！书法，这是中华文明的一块瑰宝，需要传承，更需要发扬光大。老师，您的责任重大啊！

我与学生的聊天

（2010－07－21　22：09：00）

××学生：老师，我刚看到成绩，这次期末考了88分，但平时成绩只有70分。作业我都补上了，我只是觉得有点可惜。这学期我下了不少功夫，最后却有种得不到别人认可的感觉。不过还是谢谢您。虽然上您的课不多，不过还是觉得受益匪浅。

我：作业仅占平时成绩的50%，一般仅得40分。3次课堂实践活动共30分，你缺少的可能就是这个，虽然你后来，但考勤都给你满分了。对你的照顾还请你体会。分数并不能说明所有问题，还请你想开些，快乐些。

××学生：哦，谢谢老师，如果是这样真的很感谢您。您的这番话让我明白我是来学习而不是要分的，分数只是学习的证明和得到的认可。

我：分数有时也不一定就是学习的证明和得到的认可。公平、公正都是相对的，不公平、不公正是绝对的。有自知之明，尽力而为，问心无愧即可。

【评论】

流连忘返 2010－7－22 17：02 顶！

小鹏鹏的大世界 2013－3－5 19：31 老师，您这些话也是我经常提醒自己的，好有缘啊！

学习《教育规划纲要》，更新人才培养观念

——2010 年第五期北京市哲学社会科学教学科研骨干研修班学习论文

（2010 - 09 - 07　09：39：00）

2010 年 8 月 9 日至 9 月 3 日，我受学校选派参加了 2010 年第五期北京市哲学社会科学教学科研骨干研修班的学习。在海淀区委党校，第五期研修班安排了 8 场现场报告，3 场录像报告，2 次分组讨论，4 次自学，1 次学员论坛，组织观看了电影《第一书记》，还组织了到西柏坡等地考察。国防大学公方彬教授的《核心价值观与民族精神》、国防大学战略所原所长杨毅少将的《国家安全战略运筹》、国家发展和改革委员会经济研究所常修泽教授的《中国经济发展转型研究》等报告，视野开阔，论述深刻，听后很有启发。

百年大计，教育为本。在研修班期间，我学习了《国家中长期教育改革和发展规划纲要》（以下简称《纲要》），对教育改革和发展做了一些思考。教育是民族振兴、社会进步的基石，是提高国民素质、促进人的全面发展的根本途径。《纲要》从我国现代化建设的总体战略出发，规划描绘了我国未来十年教育改革发展的宏伟蓝图，科学规定了到 2020 年我国教育改革发展的战略目标、工作方针、总体任务、改革思路和重大举措。这是进入 21 世纪以来我国第一个教育改革发展规划纲要，是指导我国教育改革发展的纲领性文件。贯彻落实《纲要》，要做的事情很多，其中重要一条，就是更新人才培养观念。人才培养观念是人们对于人才培养及其发展规律的总看法或根本观点。人才培养观念是一切教育行为的先导，更新人才培养观念是深化教育改革的前提。根据《纲要》精神，本文拟就更新人才培养观念的问题谈谈自己的认识。

一、树立全面发展观念，促进德智体美的有机融合

联合国教科文组织在1996年的一份报告中指出，一个人的全面发展，就是“身心、智力、敏感性、审美意识、个人责任感、精神价值等方面的发展”。全面发展观念是针对片面发展观念而言的。人的全面发展，就个体的人而言，就是应该在德育、智育、体育、美育等各方面全面而协调地发展。重智育，轻德育，或重德智育，轻体育，或重德智体，轻美育，都是片面发展，而不能称之为全面发展。在教育史上，人的全面发展是一个永恒的主题，或者换一个角度说，人类的历史就是人类逐步实现自身全面发展的历史。人类从诞生的那一天起就在不停地探索周围世界，同时也从来没有停止过对自身全面发展的追求。我国古代教育家孔子、古希腊哲学家亚里士多德、捷克教育家夸美纽斯、苏联教育家苏霍姆林斯基都提出过全面发展的理念，我们应该继承这些宝贵的精神财富。

全面发展是一种教育过程，必须把学校教育、家庭教育和社会教育密切结合起来；把课堂教学和丰富多彩的课外活动结合起来；把文化知识学习与思想品德修养结合起来；在传授知识的同时培养学生的动手能力，培养学生的兴趣和特长；把学生的德、智、体、美、劳和谐发展与培养他们的个性结合起来。换句话说，就是既重视学生心灵的成长，也关注学生身体的健康；既重视学生知识的获得，又培养学生良好的审美情趣和人文素养；既要加强体育，确保学生体育课程和课余活动时间，又要加强劳动教育，培养学生热爱劳动、热爱劳动人民的情感；既要加强美育，又要重视安全教育、生命教育、国防教育、可持续发展教育。总之，全面发展的观念就是要促进德育、智育、体育、美育的有机融合，提高学生综合素质，使学生成为德智体美全面发展的社会主义建设者和接班人。

二、树立人人成才观念，促进所有学生成长成才

人人成才观念有两个层面的含义，一是教育人才观，就是面向全

体学生，促进所有学生成长成才。二是社会用人观，应当不唯学历，不唯职称，不唯资历，不唯身份，以能力和业绩为导向，树立大人才观，不拘一格选人才。思想是行动的指南。只有克服在人才问题上的片面观念，才能把人才强国战略变成自觉的实践。

人人都可以成才，需要教育、社会和个人多方面的努力。首先要发展社会教育。人只有通过学习才能成才。目前我国人均受教育年限为8年，而发达国家为11～14年。为此，政府要加大教育投资，企业要舍得花钱对职工进行培训，个人为了成才，也要重视对终身教育的投资。其次，要加快体制创新，营造开放、宽松、宽容的社会气氛，形成育才、聚才和用才的良好环境。最后是个人的努力。“天生我才必有用”。个人既要有成才的强烈愿望，又要选择适合自己的成才类型；既要善于抓住成才的机遇，又要敢于突破种种传统的、保守的、惰性的习惯势力的束缚；要持之以恒，勇于竞争，不怕失败。努力实现个人的成才，既是献身中国特色社会主义事业的需要，也是实现个人价值和全面发展的体现。

三、树立多样化人才观念，尊重个人选择

所谓多样化人才观念，就是尊重个人选择，鼓励个性发展，不拘一格培养人才。应试教育造成我国大批学生“高分低能”的现象。高考传导的升学压力依然阻碍着素质教育的实施。改革以高考为代表的人才评价制度势在必行。《纲要》提出，根据培养目标和人才理念，建立科学、多样的评价标准。做好学生成长记录，完善综合素质评价。强化人才选拔使用中对实践能力的考察，克服社会用人单纯追求学历的倾向。

为了创新人才培养模式，《纲要》提出：在教学方式和方法上，注重学思结合，倡导启发式、探究式、讨论式、参与式教学，帮助学生学会学习；注重知行统一，坚持教育教学与生产劳动、社会实践相结合；注重因材施教，关注学生的不同特点和个性差异，发展每一个学生的优势潜能。《纲要》提出的教育教学改革思路直指应试教育的

弊端，有助于进一步提升素质教育的理念，树立多样化的人才观。

四、树立终身学习观念，与时俱进

所谓终身学习，就是说终其人的一生，都必须要不停地学习、学习、再学习，“活到老，学到老”。新技术革命带来知识的突变，不但知识总量增长速度惊人，知识的更新周期更是大大缩短。人类文明已发展到了一个新的转折点。学习为生存之道。学习的能力，就是个人将来生存的能力、生活的能力。对所有人来说，终身学习都将成为一种回报无限的投资。党的“十七大”报告指出，要构建全民学习、终身学习的学习型社会，促进人的全面发展。这既强调了人的全面发展过程中学习的全民性，又强调了个人学习的终身性，只有全民族的个人终身学习，才能实现整个社会人的全面发展。

学生在学校以学习为主，作为老师不仅要教给学生知识，更要教给学生学会学习。学会学习，就是培养学生的自学能力，使学生获得科学的思维方法、收集整合知识的技巧和大胆创新的精神。为提高课堂教学效率，必须改变“以教为主，以学为辅”的教学方式，做到“以学为主，以教为辅”，“以教师为主导，以学生为主体”，以“学”为中心开展教育教学工作，为终身学习打下良好的基础。

五、树立系统培养观念，形成体系开放的人才培养体制

“致天下之治者在人才，成天下之才者在教化。”教育是个系统工程，涉及方方面面，必须统筹安排。首先，小学、中学、大学要有机地衔接起来，不仅是知识的衔接，更重要的是对学生素质的全面培养，循序渐进，持之以恒。第二，教学、科研、实践要紧密结合起来。学校是教学单位，但也要重视科研，以科研促教学，在教学中体现科研成果，特别是世界上最先进的教育理念应该体现在最前沿的课堂教学之中。学校既要传授知识，也要培养学生的动手能力，为学生的实践创造良好条件。第三，学校、家庭、社会要密切配合，要加强学校之间、校企之间、学校与科研机构之间合作以及中外合作等多种联合培

养方式，形成体系开放、机制灵活、渠道互通、选择多样的人才培养体制。

在上述“五个观念”中，有的其实是“老”观念，如第一个观念是新中国教育方针一贯倡导的核心教育观念，第一、第二、第四个观念也是多年来我国素质教育重点倡导的观念。之所以仍然称之为“更新人才培养观念”，是因为自 20 世纪 80 年代中期以来，由于多种缘故，这些观念没有得到真正落实，中小学“应试教育”倾向愈演愈烈，严重妨碍了学生的全面发展和高素质人才的培养。所以，我们有必要超越现实，坚决纠正“应试教育”倾向，牢固树立全面发展的观念、人人成才的观念、终身学习的观念。“五个观念”中的第三、第五个观念真正体现了近年来我国教育研究的新成果、新思想，同时也触及了教育改革的深水区——教育体制和机制的改革。《纲要》为教育改革指明了方向，现在关键的问题就是要排除阻力，认真落实。

【评论】

sui15 2011 -1 -1 15：31 作为这次培训工作的组织者，我很高兴在网上看到你的这篇文章。希望将来有机会你再到市委党校来。

我的博客今天4岁1天啦

（2010－09－16　09：06：25）

2006年9月16日，在新浪博客安家。

2006年9月16日，写下了第一篇博文：《夏京春老师的简历》。

这些年来，新浪博客，陪伴着我一点一点谱写生活。

文章数：1 247篇。

访问人数：338 068次。

过去4年的总结：

4年前，我在新浪网注册了实名博客，开辟了一个个人写作、发表的平台。最初，主要是发表我在南非写的日记和拍摄的照片。后来，和教学结合起来，发表一些教学资料，供学生参考。另外，就是写一些随笔，发一些旅游照片等。没想到，已经累计发表1 247篇博文了。

我今天的心情：

昨天是我的生日，今天是我博客的生日。我的博客4岁了，我把她当作我的女儿。不是很漂亮，但是很可爱；不是很聪明，但是肯努力；不是很富有，但是很快乐。女儿是我的掌上明珠，我爱她，宠她，保护她。有时我的夫人都嫉妒了，因为我陪她玩的时间比陪夫人多。

向未来许下一个愿望：

女儿还小，还在成长，她会有成长中的烦恼，更会有成长中的快乐。从年龄上说，我不想她长大，因为她长大意味着我变老。但大自然的法则是不可抗拒的，我希望在女儿身上看到我的年轻的心。

2009～2010 年第二学期硬笔书法课“学评教”

（2010－10－12　11：44：10）

评教信息	课程名称	硬笔书法
	评教总人次	576
	加权平均分	4.76
	教研室排名	
	院系部排名	第 26 名
	全校排名	第 193 名

各项指标被评价情况

序号	评价内容	单项得分（5 分制）	单项评价
1	按时上下课，不随意调课、停课	4.84 分	优秀
2	对每堂课的教学内容和教学方法都做了精心准备	4.8 分	优秀
3	注重对学生进行学风教育，对学生严格要求	4.75 分	优秀
4	教材和参考资料对本课程的学习帮助很大	4.75 分	优秀
5	理论联系实际，举例恰当，注重应用	4.74 分	优秀
6	因材施教，注重学生知识运用及创新能力的培养	4.72 分	优秀
7	有效利用教学媒体（如黑板、投影、多媒体等）	4.79 分	优秀
8	讲课富有启发性、互动性，鼓励学生发表不同观点或提出疑问	4.73 分	优秀
9	教师的讲解激发了学生的求知欲，提高了学生分析解决问题的能力	4.72 分	优秀
10	我对本课程教学的总体评价	4.78 分	优秀

教材评价情况

序号	项　目	评价人数	平均分	单项总分
1	教材实用性	546	4.72	5 分
2	教师引导学生使用教材	546	4.76	5 分
3	教材印刷质量	546	4.63	5 分
4	对该教材的总体评价	546	4.7	5 分

开放式问题汇总

被评价教师　夏京春　　被评价课程　硬笔书法

评价项目　课程或教师讲课的主要特色

评价内容

＊非常注重将实际和理论结合起来。

＊课堂气氛轻松幽默，很吸引人，在不知不觉中把字练好了。

＊幽默感极强。

＊特幽默，特乐观，给人感觉轻松、亲切，非常喜欢他，分数公平合理。

＊认真。

＊生动、激昂。

＊幽默，老师做到了和学生没有距离。

＊生动、风趣、严格。

＊思维活跃。

＊讲课风格诙谐幽默，课堂气氛活跃，充分调动学生的积极性。

＊幽默风趣，有气氛。

＊老师性格真好，对学生很负责。

＊诙谐幽默。

＊很风趣。

＊注重实践。

＊老师诙谐幽默，又有耐心。

* 幽默风趣。
* 夏老师的授课风格很受学生喜欢，很好。
* 讲课很好，内容实用性强。
* 幽默。
* 精练。
* 注重培养实际应用能力。
* 生动。
* 风趣。
* 幽默，帮助学生。
* 活泼幽默。
* 老师待人和蔼可亲。
* 好！好！好！
* 生动有趣、诙谐幽默。
* 互动性强。
* 好！
* 老师上课时很风趣，很能够调动学生的积极性，而且这门课程非常实用，能够练得一手好字！
* 很幽默，上课有情趣，字也写得好。
* 与实际相结合，与学生产生共鸣，课堂气氛活跃。
* 各种教学方式的结合，激发学生兴趣。
* 关心学生，教学认真，能力突出。
* 让学生感兴趣。
* 上课气氛和谐，讲课风趣，学生上课心情愉悦。
* 很有趣的一个人。
* 幽默风趣。
* 风趣幽默。
* 诙谐，幽默，很吸引人。
* 上课内容丰富多彩，老师很有激情。
* 有激情，幽默。

＊老师讲课很幽默，经常讲一些有趣的故事，还放音乐陶冶我们的情操。我非常喜欢这位老师。

＊夏老师真的是一个好老师，讲课很生动，内容很丰富。

＊冷笑话多。

＊非常风趣。

＊耐心。

＊太幽默了。

＊老师注重学生能力提高。

＊老师很不错，负责任。

＊注重练习，让我们充分掌握所学到的知识。

＊真的很有用啊！

＊老师很幽默，课堂气氛很轻松，收获也很大，应该多开一些这样的选修课。

＊讲课幽默，教学认真负责。

＊老师很幽默，很可亲。

评价项目　希望和建议

评价内容

＊保持就好，嘻嘻。

＊顶一个。

＊多多指导大家。

＊在调动学生积极性的同时及时对学生的当堂练习加以点评。

＊能够再多一些作品欣赏，教我们设计签名。

＊上课不要总讲一些自己认为很好笑的笑话，太俗。

＊老师字写得再好看点。

＊测试分降低一些。

＊上课内容再丰富些。

＊多交流。

＊希望在练字之余能维持一下课堂秩序。

* 望更加严格。
* 再接再厉。
* 希望以后还能够上您的硬笔书法课。
* 挺好。
* 无，已经很好了。
* 多讲一些写字的手法。
* 希望可以减少考试量。
* 希望老师越活越年轻。
* 希望夏老师能开设更多的选修课，让更多的学生学习知识。
* 冷笑话少点。
* 希望老师做得更好。
* 平时课上考试有点多了。
* 保持本色吧。
* 上课时间把握不太好。
* 可不可以一周两次每次一节课啊?
* 继续这样，很不错啊。
* 老师是一个有趣的人。

（引自北京工商大学教务处网站）

几点说明

在教务处网上，看到上学期对硬笔书法公选课“学评教”的信息，特复制于此，提醒我发扬优点，克服缺点，尽职尽责，再接再厉。有几点想说明一下：

1. 我不认为我写的字很好。我希望能教学生把字写好，当然，我自己也应该拿出些时间把字练得更好。

2. 4 次平时测试只是手段，目的是督促学生练字。学生可能更看重成绩，我却更看重教学过程。测试时学生会更认真写，也更能感受到自己的进步。测试合格对学生是极大的鼓励和鞭策。

3. 由于严格要求学生，所以得罪了一些想“混”学分的学生。我不认为他们给我的打分是客观公正的。我不会因为个别学生骂我，或给我低分而降低对学生的要求。

4. 关于笑话、冷笑话的意见，我会注意。课堂上我没有特别有意地要讲笑话。自己不笑，别人听了觉得可笑，也许这就是幽默吧。课堂讲话还是要注意分寸，不能口无遮拦，随心所欲。

5. 关于开更多选修课的要求，我会尽力。如条件允许，我可以开设应用写作公选课，满足学生的学习要求。

最后，感谢同学们对我的肯定和鼓励。同学们的收获和进步让我感到十分的欣慰和愉悦。教学相长，我愿和同学们一起，把字写得更好，把课上得更棒！

【评论】

肥肥的肉肉 2010－12－19 15：33 我觉得幽默是夏老师的一个特点啦，憨憨的笑声听起来就让我也觉得很开心，哈哈。

昨天我收礼了

（2010－12－14　12：25：03）

昨天上午1，2节给电信101～103班上大学语文课。课后，在同一个教室（文2－201），电信10－3班邀请我参加他们班的“回忆过去，展望未来”主题班会。按理说，这应该是辅导员的事，但同学们盛情邀请，我也想看看同学们的课外活动，于是就答应了。

这是我第一次参加学生班会。班干部做了充分准备，制作了PPT，总结了入大学以来班集体的活动。以“展望未来”为主题的PPT，有配乐，有动漫，还有英语。有两句英语给我留下了印象：一句是“Don’t waste the time!”（别浪费时间），一句是“Future is in your hand”（未来掌握在你的手中）。班长请我说几句话，我引用了上面两句英语，希望同学们珍惜时间，以阳光心态过好大学的每一天。最后，班长代表全班同学赠送给我一个礼物——一个小纸盒子包装的礼物。我收下了这个礼物，当时没有打开看。

中午吃完饭，在办公室，我打开了小纸盒。原来里面是一个淡蓝色的玻璃瓶，瓶子里面放有各种颜色的纸条棒和彩纸叠成的纸鹤、纸人和纸灯笼等，这可都是学生们的手艺啊！我有点感动，然后打开看一个个的纸条：

▲ 早日发财，桃李满天下。

▲ 祝夏老师博客浏览量剧增。

▲ 祝夏老师健康长寿，越活越年轻。

▲ 祝老师身体健康，阖家欢乐，天天开心！

▲ 祝多赚钱买照相机。

——看到这条，我会心一笑。课上我曾说过我的相机过时了，但好相机很贵，要1万多元钱，我要加油挣钱，买个好相机。学生知道了我的心愿，于是就有了这样的祝愿。

▲ 愿夏老师一年四季，天天开心（“心”字画了一个“心”图形），生活无忧。

▲ 祝夏老师工作顺利，身体健康，天天开心（“心”字画了一个“心”图形）（下面还画了一个笑脸）。

▲ 祝夏老师天天开心！

▲ 我们永远都不会忘记夏京春老师带给我们的快乐，我们享受夏老师的每一节课程！夏老师，我们爱您！

——我也爱你们，我也享受给你们上课的过程。

▲ 希望当我从大学校园走出的时候，没有留下太多遗憾。

▲ 祝老师工作顺利，事事顺心，电信 103 幸福成长。

▲ 祝夏老师万事如意，电信 103 集体祝福您快乐健康！

▲ 祝天天开心！（下面还画了一个笑脸）电信 103 陶光钰。

▲ 感谢老师这几个月来对我们的关心，祝您身体健康事业顺利！

▲ 上课风格幽默、活跃，很受同学们的欢迎。上课内容丰富多彩，能很好地调动同学们的学习兴趣，课堂活动形式多样，充分留给同学们锻炼自己的机会。喜欢与学生们交流，始终贯彻微笑教学的理念，是一位很受学生喜爱和尊敬的优秀老师。

——学生的肯定让我感到十分的欣慰。

▲ 祝老师天天开心，事事顺心！每一天都活得有滋有味！（下面画了一个笑脸）

▲ 很好！很强大！（下面画了一个笑脸）

▲ 坏天气，好心情，因为遇到了您！

——有意思。看到学生，我也高兴。

▲ 我爱你！

▲ 希望电信 103 班越来越团结，越来越和谐！

▲ 祝老师身体健康！

▲ 我很正式地说：“……”老师你好，我喜欢你。

——这个同学标点符号的用法很特别。

▲ 祝老师身体健康，万事如意，阖家欢乐，步步高升！

▲ 祝夏老师工作顺利，阖家幸福，身体健康，越长越帅，万事如意，天天笑呵呵，一生平安！

——看到这条，又让我会心一笑。我这年龄还能“长”吗?

▲ 祝您早日买个新相机!

▲ 祝夏老师博客人气越来越高，社会地位越来越高，培养的人才越来越多，挣的钞票越来越多，哈哈哈，早日买到好相机!

▲ 我要吃饭!

——估计这是对班长说的。班会中间，搞了一个“打击黑板传递气球”的游戏。游戏中班长请一位同学说一个愿望，他说“班长请大家吃饭”，引起哄堂大笑。

▲ 祝夏老师桃李满天下。

▲ 希望我两年后能随意地投三分。希望我能当领导。希望大家开心每一天。

▲ 希望夏老师身体健康，永远开心，快乐活力无极限！（下面画了一个笑脸)。

▲ 夏老师，你永远是我们的老师，我们爱你。

▲ 老师，您辛苦了!

▲ 祝身体健康，事业顺心！感谢老师参加我们班的班会。

▲ 祝夏老师摄影技术不断提升。

▲ 祝夏老师身体健康，万事如意!

▲ 很喜欢老师上课的风格，很幽默，让人感觉很亲切。感谢老师教给我们知识，和我们一起度过大学的日子!

▲ 安好如昔。

打开一个个小纸条，看完后再一个个给卷起来，套上小圆环。这个过程真是一种享受。打开每一个纸条之前，都有一种期待和好奇——这张纸条写的是什么；卷上每一个纸条之后，都有一种感动在心头。亲爱的同学们，谢谢你们！你们送我的这份厚礼，我收下了。这份礼物再次让我感受到了当老师的意义。

【评论】

新浪网友 2010－12－14 15：08 夏老师，我想这是您教学中最大的收获吧。我是07级的学生，也上过您的课，您真是一个好老师。

新浪网友 2010－12－14 15：22 夏老师：您好！能否拜读您编的应用文写作的书？

新浪网友 2010－12－17 14：32 谢谢，还想拜您为师，我也是一名教应用写作的老师。

兔子嘛嘛 2010－12－17 21：14 老师您真是可爱，哈哈，喜欢！

乎乎 2010－12－30 23：04 我也选修过跨专业的大学语文。不过讲的都是古文，老师就给你分析古文怎么写的，她说要有个写作的思路。呵呵，感觉还是有点收获的，但不是自己期待的大学语文课的样子。我觉得工商大学的老师很让人无奈，上课便是念PPT，老师也无个人魅力可言，看一个老师跟其他很多个老师都没什么差别。

行者前行 2010－12－31 23：26 与夏老师相识是在夏天，想念并怀念，走进您的文字，留恋……羡慕像您这样的老师！

骑夜骐的boleyn 2011－1－20 00：56 我很正式地说："……"老师你好，我喜欢你。哈哈，我也好想这么说，夏老师，谢谢您！

2010 年度个人总结

（2010－12－22　11：08：00）

马上就要到年底了，学校人事部门要对全校教职工进行年度考核。教职工填写的《考核登记表》上面有“个人总结”一栏。我知道，交上去了也未必有人看，但我还是认认真真地写了总结。不说空话、大话、套话，用事实说话，总结了一下一年来自己在教学、科研、校内社会活动和学习进修方面做了哪些事，有哪些不足。下面就是我 2010 年度的个人总结。

个人总结

2010 年度，主讲大学语文（必修课）和硬笔书法（全校公选课）两门课，教授本科生 1 345 人（春季学期 788 人＋秋季学期 557 人），共给全日制本科生讲课 238 学时（春季学期 136＋秋季学期 102），完成总教学标时数为 418.2（春季学期 241.4＋秋季学期 176.8）。我认真备课上课，尽职尽责，教书育人，受到学生们的好评。

大学语文课，注意将祖国优秀的人文精神寓于教学之中，弘扬传统文化的精髓，陶冶学生的情操。在教学方法上，运用启发式教学方法，引导学生赏析作品；多次组织讨论会、演讲会、诗歌朗诵会等活动，调动学生的学习积极性。硬笔书法课，学生人数多，作业次数多，判作业，登成绩，工作量很大，但我在教学中找到了乐趣，学生的进步让我感到欣慰。除课堂教学外，我还利用网络（博客、论坛、电子邮件等）课下与学生进行交流互动，为学生提供教学资料，答疑解惑。全年在博客上发表的有关大学语文（17 篇）、应用写作（26 篇）、硬笔书法（50 篇）方面的博文，共计 93 篇。

在科研方面，本年度修订了 1 本教材《新编应用写作教程》（修订第 3 版），共 38 万字，首都经济贸易大学出版社 2010 年 7 月出版；

新编了 1 本教材《应用写作新编》，36.4 万字，首都经济贸易大学出版社 2010 年 9 月出版，在教学理念、例文选编、教材体例上都突出了“新编、实用、好教、有趣”的特点；在《中国钢笔书法》2010 年第 9 期发表了 1 篇论文《阅卷有感》，3 500 字；参编了 1 本教材《大学语文》，撰写其中的专题一和专题九，共 2 万字，中国传媒大学出版社 2010 年 6 月出版。

在校内社会工作方面，主要做了九件事：一是作为评委参加学院艺术周的有关工作；二是为校庆和学院艺术周提交了 4 幅硬笔书法作品，并在艺术周上进行现场书法秀；三是推动成立了学生社团“硬笔书法社”，作为顾问指导他们开展活动；四是作为任课老师受邀参加了电信 103 班的主题班会并发言；五是为大学语文课的考试改革建言献策；六是作为党员积极参加党组织的活动；七是向新教师传授教学经验；八是出了 5 份试卷；九是参加了校庆教职工太极拳表演。

在学习进修方面，2010 年 6 月，在首都师范大学参加了教育部人事司、高等教育司主办的“全国大学语文骨干教师高级研修班”培训。2010 年 8 月 9 日至 9 月 3 日，利用暑假时间参加了在海淀区区委党校举办的 2010 年第五期北京市哲学社会科学教学科研骨干研修班的学习。

总结一年来的工作，成绩是主要的，但也有许多不足之处。比如，科研方面没有课题，发论文少，学术性不高，进修学习和锻炼身体的时间明显不够等。

2011 年，我希望能够发扬成绩，再接再厉，虚心学习，尽力而为，在教学和科研上都能有新的收获。

本人签字：夏京春

2010 年 12 月 22 日

【评论】

Zcy86360 2010 - 12 - 22 18：25 支持老师一下。

杨柳丝丝弄碧 2010 - 12 - 25 16：52 夏老师已是硕果累累。圣诞快乐！圣诞快乐！

更新教学观念　提高教学质量

——“汉语言文学专业教学方法与创新人才培养专题”培训考核作业

（2011－05－21　20：01：00）

更新教学理念，改进教学方法，提高教学质量，培养创新人才，是课程建设的一个永恒的话题。两天来，参加教育部“汉语言文学专业教学方法与创新人才培养专题”的学习，听了王步高、骆玉明、刘洪涛和周志强4位教授的讲课，收获颇丰，这里仅谈两点体会。

一、备课“博而通”，讲课“少而精”

一堂成功的课程，要求老师做好充分的准备，包括课程内容的选取，内容的编排、扩展，教学设计，板书，PPT等。以前我在备课时总想将内容细致化，唯恐学生理解不透彻，由于太细，显得宏观把握不够，教学效果不甚理想。4位教授的授课体现了“少而精，博而通”的教学理念。比如，骆玉明教授以教学实例向我们展示了文学作品的解读方法。这种教学方法就要求老师对文学史有整体的把握，备课时讲究“框架”的构筑，要“博而通”，讲课时则“少而精”，要正确处理“理解掌握”和“了解知道”的内容，重点讲解一些难点和深层次的问题。

二、教学为主，科研为本

王步高教授和周志强教授向我们展示了几年来他们团队的“教学科研成果”——系列大学语文教材。4位教授都强调，教学与科研要互动，教学与科研要一起抓。学科理论作为科研基础，科研成果又反哺教学，从而建立起互动的机制。教师以教学为主，但教学不是简单地传授知识，而是要在传授知识的同时，善于思考，善于研究，从学科内容中提取和归纳出若干重要课题，从教学中要科研成果。另一方面，好的教师也一定善于把科研成果向教学转化和移植，向课堂转化和移植。4 位教授所以课讲得好，原因就在于他们都有深厚的学术造诣，对所讲的内容有深入的研究。

最后，感谢 4 位教授精彩生动的授课，感谢教育部全国高校教师网络培训中心的老师们对我们学习的帮助。以后有机会，我还愿意来这里参加培训。

【评论】

lillianren 2011 - 5 - 21 21：08 哈哈哈，夏老师生活越来越有情调了。

关于补登和更正学生成绩的通信和后来发生的事

（2011－09－07 23：12：13）

给高老师的信

高老师：

你好！硬笔书法课的成绩已经提交。有两个同学反映没有他们的成绩，我查了一下，发现他们没有在注册的周一晚上的班上课，而是在周二晚上的班上课和考试。我登录成绩时，周二晚上的班（公选080149）没有他们的名字，所以也就没有登记。现在发现，他们的名字在周一晚上的班（公选080155）的记录单上。由于我工作不够细致，给你添了麻烦，深感歉意。为了学生，请予补登成绩。在此表示非常感谢！

硬笔书法（13028203 BK） 公选080155

序号 144 0905030241 谢×× 注会091 平时成绩90 期末考试88 总评成绩 89

序号 145 0905030249 赵×× 注会091 平时成绩90 期末考试90 总评成绩 90

补登后，麻烦通知我一下。

顺祝工作顺利，假期愉快！

夏京春

2011.7.7

高老师：

你好，昨天发了一个邮件，请补登2个同学的硬笔书法成绩，今天又有1个同学反映没有他的成绩。我查了一下，确实没有登。原因可能是学期初我打印的“课程成绩记录单”的排序与期末的“课程成绩记录单”的排序不同，登录600多人的成绩，我不得不一一查找，尽管很费时间，但还是把1个学生给落下了，这是我的错，请予补登成绩。在此表示非常感谢！

硬笔书法（13028203 BK）　公选 0801554

序号 75 0904030338 赵× 计算 093 平时成绩 65 期末考试 80 总评成绩 74

夏京春

2011. 7. 8

高老师：

你好，收到 1 个学生的反映，说她的平时成绩有误。我查了一下，在“课程成绩记录单”上，她第 4 次平时测试没有来，扣了 15 分。但是她说她来了。我重新翻找他们班的第 4 次平时测试的卷子，结果发现了她的试卷，看来是我登录成绩时落登了。这是我的错，请给我改正错误的机会，将她的成绩更正，谢谢！

硬笔书法（13028203 BK）　公选 080149

序号 75 0903010427 王×× 机械 094 平时成绩 75 改为 90 期末考试 88 总评成绩 83 改为 89

夏京春

2011. 7. 8

高老师的回复

成绩是杨帆老师负责，有关成绩问题请发她邮箱 yangfan@ btbu. edu. cn。

高　磊

2011. 7. 11

给杨老师的信

杨老师：

您好！今天收到高磊老师的信，说您负责有关成绩事宜。由于我工作不细致，落登了 3 个同学的成绩，错登了 1 个同学的成绩，希望给予补登和更正。《成绩更正单》见附件。由于不便去良乡见教学秘书、去教研室主任家和院长家签字和盖章，可否先登录成绩。如需要，下学期开学后，见到有关人员再签字盖章。十分抱歉，给您添麻烦了，在此表示真挚的感谢！

顺祝假期愉快！

艺术与传媒学院中文教研室　夏京春

2011 年 7 月 11 日

杨老师的回复

夏老师：

你好！成绩更正请找教学秘书，填写《成绩更正单》，现在成绩更正需要找主管处长审核才能批准。请找教学秘书填写《成绩更正单》，并找主管教学院长签字盖章。谢谢！

杨帆

给杨老师的信

杨老师：

谢谢您的及时回复。这样的工作效率是值得赞赏的。我已给我院教学秘书王富军老师发了邮件，走程序，希望能尽早补登和更正成绩。

夏京春

2011. 7. 11

给王老师的信

王老师：

又一个学生反映落登了成绩，我翻找试卷，找到了她的卷子。记录单上落登了她的期末成绩，请予补登。《成绩更正表》见附件。加上以前的 4 份，共有 5 份《成绩更正表》需要签字盖章，报教务处。添麻烦了，谢谢。

夏京春

2011. 7. 11

后来发生的事

学院教学秘书童老师把《成绩更正表》拿给学院沈院长签字，然后在 7 月 14 日送到阜成路校区教务处。童老师说，当时教务处的人都去开会了，有一个学生值班。他把《成绩更正表》给了这个值班学生，请她转交给教务处负责老师。

两天后就放暑假了。9月1日开学后，学生陆续给我打电话或发短信反映成绩还没有更正的问题。于是，我给童老师分别打了三次电话，询问这件事。今天（9月7日）童老师回电话说：在教务处值班的学生没有把《成绩更正表》转交给教务处老师，现在《成绩更正表》找不到了，需要重报。这个学生也太不负责任了。

怀着愤慨与无奈的心情，我在微博上发了一帖：

上学期期末成绩上传教务处网后，发现有4个同学的成绩漏报，1个同学的成绩错报，我7月11日填写了《成绩更正单》，学院院长签了字，在放假之前交教务处。当时教务处的人去开会，有一个学生值班，请他转交给教务处负责老师。谁想到这个学生竟然没有转交。现在《成绩更正单》已经丢失，需要重报。

【评论】

夏京春老师 回复@甜小恬_：（9月7日 16：00）现在这个学生把《成绩更正单》丢了，将来就可能像深圳沙湾派出所梁警察那样糊里糊涂地就把犯罪嫌疑人给放了。

夏京春老师 回复@dminq：（9月7日 14：57）不想这样的事发生，不幸这样的事就发生了，你能怎么办，无语向东流……

dminq（9月7日 11：15）事情有缺陷，才会显得可爱。

v精灵（9月7日 10：52）这么不靠谱的学生竟让在教务处这样与学生关系最重要的部门值班！

甜小恬_（9月7日 10：50）老师真负责任，您辛苦了。

夏京春老师（9月7日 10：35）回复@Weis爱做梦：教务处怎么请这样的学生值班啊！

白小那（9月7日 10：33）责任心啊！

抹了茶的泡芙（9月7日 10：33）责任！

Weis爱做梦（9月7日 10：33）靠谱的老师遇到了不靠谱的学生，辛苦老师了啊！

程诺s（9月7日 10：32）我也遇到过老师错报的情况，不过很顺利地解决了，夏老师辛苦了！

王忠凯（9月7日 10：31）责任心！

好吧，我们再走一次程序，童老师拿《成绩更正表》请沈院长签字，然后再送到教务处。教务处杨老师请处长签字，然后在网络上把学生的成绩更正。这件事情什么时候能够解决，我和学生一样在焦急而又耐心地等待着……

后记

给杨老师的信

杨老师：

您好！今天学生又来短信问成绩的事。这件事我在上学期期末都按照您的要求通过学院给你们报了《成绩更正单》，为什么到现在还没有给学生补登？为此，我写了一篇博文 http：//blog. sina. com. cn/s/blog_ 4acc89400102dtb7. html，有空的话，您也可以看看。希望这个问题早点给学生一个交代，人家考试了，我们没有理由不给人家登成绩。

夏京春

2011. 9. 19

给杨老师的信

杨老师：

你好！昨天听王富军老师讲，《成绩更正单》没有批准。上学期末就报了，你们教务处的人把单子丢了，现在又不批，让学生怎么办？难道白学一门课没成绩吗？可否将我的意见转告给处长，或者将张晓堂处长和祝均副处长的邮箱地址给我，我与他们联系。这事不行，最后就找校长和书记，学校应以学生为本，事关学生的正当权益，我们必须负责任。希望能予回复。

希望这事早日解决！

夏京春

2011. 9. 21

我发的微博

下午在阜成路校区教务处找到祝副处长，说补登学生成绩的事。他说："再分析研究一下。"我就不明白了，老师给学生落登了成绩，教务处补登上不就行了，有什么好研究的。教务处不是为老师和学生服务的单位吗？何年何月，教务处成了"教学衙门"、官僚机构，补登个成绩这点儿事都这么难办，实在令人费解。

【评论】

tumibear（9月26日 10：35）太对了！太对了！

魏超_ Zoe（9月25日 20：24）说得太对了！

Singing仔白又白（9月23日 10：04）转发此微博：老师，您可说了实话了。

没想好前就这个（9月21日 19：42）@夏京春老师：谢谢夏老师，哈哈！

夏京春老师（9月21日 18：55）回复@没想好前就这个：到教务处问问负责学籍管理工作的顿丽娟和杨帆老师。

王忠凯（9月21日 18：55）官僚主义害死人，像您这样敬业的老师已不多矣。

小筱绎（9月21日 18：53）有一个合理的程序是没有错的，但把这个程序变成了自己偷懒和拖延的借口就是罪大恶极。

花甲桥（9月21日 18：41）是的，教务处特别难缠，什么都听他们的，出了问题却找不到人了，就会躲，而且几次改放假的日期都是他们的事，害得我们外地生老得退票买票。老师啊，我们是不是很凄惨？

A安腾T同学微博达人（9月21日 18：14）顶起来！

李小思er微博达人（9月21日 18：07）上次咨询补二级准考证的事给我转了七八个部门……

李晨Tiki－Taka微博达人（9月21日 17：48）就喜欢这样的老师啊！

嗯屁稀（9月21日 17：47）这样来满足他们渺小的“存在感”。

没想好前就这个（9月21日 17：46）老师，请问学历确认函在哪里开啊？

吴冠达的BLOG微博达人（9月21日 17：43）老师支持您，现在像您这样的良师太少太少了，太负责任了！

川夜_ Paris（9月21日 17：40）还没出大学呢就开始领略社会的那套，好难过！

杨老师的回复

夏老师：

您好！很抱歉这么晚回复您的邮件，成绩的事情是这样的，学校现在严格控制更正成绩的事情，首先我要和您说的是，您提交的《成绩更正单》教务处没有丢，《成绩更正单》现在还在，学校需要每一位任课教师将每一份《成绩更正单》附有详细的情况说明。

教务处、杨帆

2011年09月22日

给杨老师的信

杨老师：

您好！谢谢您的回复。情况说明见附件，希望能尽快补登和更正学生的成绩。我们是为学生服务的，工作中有失误，改正就好。您说呢？

夏京春

2011.9.23

附件：

关于补登谢××同学硬笔书法考试成绩的说明

谢×× 学号：0905030241 2011春季学期参加硬笔书法（13028203 BK）公选课的学习。该学生属于开学后注册报名的学生。开学后打印的《课程成绩记录单》上没有他的名字。开课后该学生说教务处已经给他注册了。为方便登录成绩，拿到《课程成绩记录单》

后，我已经分别在3个班向600多个学生公布了每个学生的课程编号。因此，我没有再次打印教务处后来加入的《课程成绩记录单》，而是在原单后面手写上后加的学生名字，并开始记录平时成绩。谢××同学一直在周二晚上的班（公选080149）上课和考试。但最后在网上登录期末成绩时，周二晚上的班（公选080149）没有他的名字，故没有登记。据该学生说是教务处给登错了，把他们注册在了周一晚上的班（公选080155）。遗憾的是，登成绩时我并不知道这个情况。我不知道是不是教务处登错了班级，也不知道是不是学生走错了班级，我知道的是这个学生学习了一个学期，并参加了考试。由于参加学习并考试的班级没有他的名字，而不能登他的成绩。他的名字在周一晚上的班（公选080155），建议给予补登：

平时90　期末88　总评89

我将接受教训，今后工作更加认真细致，杜绝此类问题再次发生。

特此说明。

夏京春

2011年9月23日

关于补登赵××同学硬笔书法考试成绩的说明

赵××　学号：0905030241　2011春季学期参加硬笔书法（13028203 BK）公选课的学习。该学生属于开学后注册报名的学生。开学后打印的《课程成绩记录单》上没有他的名字。开课后该学生说教务处已经给他注册了。为登录成绩方便，拿到《课程成绩记录单》后，我已经分别在3个班向600多个学生公布了每个学生的课程编号。因此，我没有再次打印教务处后来加入的《课程成绩记录单》，而是在原单后面手写上后加的学生名字，并开始记录平时成绩。赵××同学一直在周二晚上的班（公选080149）上课和考试。但在网上登录期末成绩时，周二晚上的班（公选080149）没有他的名字，故没有登记。据该学生说是教务处给登错了，把他们注册在了周一晚上的班（公选080155）。遗憾的是，登成绩时我并不知道这个情况。我不知道是不是教务处登错了班级，也不知道是不是学生走错了班级，我知道的是这个学生学习了一个学期，并参加了考试。由于参加学习并考试的班级网上《成绩单》没有他的名字，而没有登他的成绩。他的名字在周一晚上的班（公选080155），建议给予补登：

平时90　期末90　总评90

我将接受教训，今后工作更加认真细致，杜绝此类问题再次发生。

特此说明。

夏京春

2011年9月23日

关于补登赵×同学硬笔书法考试成绩的说明

赵×同学　学号：904030338　2011春季学期参加了硬笔书法（13028203 BK）公选0801554班的学习。本学期硬笔书法公选课共有600多名学生注册，开学初教务处公布的《课程成绩记录单》的学生名单排序和期末网上的《课程成绩记录单》的排序不同，由于我工作不够细致，不小心落登了这个同学的成绩。对该同学深表歉意，希望教务处能给我一个改正错误的机会，给赵×同学补登成绩：

平时65　期末80　总评74

我将接受教训，今后工作更加认真细致，杜绝此类问题再次发生。

特此说明。

夏京春

2011年9月23日

关于补登赵××同学应用写作考试成绩的说明

赵××同学　学号：813010139　2011春季学期参加了应用写作（13027202 BK）公选080148班的学习。开学初教务处公布的《课程成绩记录单》的学生名单排序和期末网上的《课程成绩记录单》的排序不同，由于我工作不够细致，不小心落登了这个同学的成绩。对该同学深表歉意，希望教务处能给我一个改正错误的机会，给赵××同学补登成绩：

平时 90　期末 90　总评 90

我将接受教训，今后工作更加认真细致，杜绝此类问题再次发生。

特此说明。

夏京春

2011 年 9 月 23 日

关于更正王××同学硬笔书法考试成绩的说明

王××同学　学号：0903010427　2011 春季学期参加了硬笔书法（13028203 BK）公选 080149 班的学习。这学期硬笔书法公选课共有 600 多个学生，为搞好教学，开学初就公布了平时成绩的记录办法，每节课都要交课堂作业，并记考勤。考勤以交作业为凭证，一次 5 分。此外，还组织了 4 次平时测试，合格者 10 分，不合格者扣 10 分，共 40 分。这些措施对督促学生上课和练字，效果十分明显。由于判试卷、登录成绩工作量很大，不小心落登了王××同学的一次平时测试的成绩。期末考试成绩网上公布后，该同学提出平时成绩不准确，《课程成绩记录单》上显示有一次平时测试没来，按规定没来参加测试按不及格扣分，所以扣了 10 分，加上考勤扣 5 分，共扣了 15 分。王××同学说她参加了这次测试。由于所有测试卷子我都保留了，于是我翻找了这次测试的卷宗，发现了王××同学的测试卷，卷面打了及格分。显然，在登录成绩时落登了这个成绩。这是我的失误，对王××同学我深表歉意，希望教务处能给我一个改正错误的机会，给王××同学更正成绩：

原平时 75　期末 88　总评 83　改为平时 90　期末 88　总评 89

我将接受教训，今后工作更加认真细致，杜绝此类问题再次发生。

特此说明。

夏京春

2011 年 9 月 23 日

最后结果

学生短信

夏老师您好！我是赵××。成绩已经更正过来了！感谢您的帮助！

2011/09/29/16：22

我发的微博

刚看到学生的短信，说上学期落登的考试成绩教务处已经给登上了。此事历经两个多月，终于解决了。学生谢谢我，我却感到很惭愧。以后，登成绩的事一定要认真、再认真，防止此类问题再发生。

【评论】

云南九天 2011-9-7 23：20 一分耕耘，一分收获！九天祝愿您心想事成！

信缘分的小怪兽 2011-9-8 09：00 支持老师！

藤疼 tengteng 2011-9-8 09：13 老师真好！

浸月 2011-9-8 10：27 您是个负责任的老师！

对案例课堂练习教学的几点思考

——全国高校教师网络培训中心秘书实务课程培训作业

（2012－03－19　08：46：33）

2012年3月16～17日，教育部全国高校教师网络培训中心举办秘书实务培训课程，主讲教师是上海外国语大学的杨剑宇教授。杨教授讲授了秘书实务课程的建设思路、教学设计和教学方法。在讲课中，杨教授演示了两个课堂练习的案例：一个是“排出上司接见表”，一个是“修正会议日程表”。我认为，这种以案例为基础的课堂练习非常好，教师扮演着设计者和激励者的角色，学生开动脑筋，积极参与讨论，在案例课堂练习中掌握知识，提高能力。由此，我思考了以下几个问题：

一、案例课堂练习的优点

1. 生动具体，直观易学。案例课堂练习的最大特点是它的可操作性。由于练习内容是具体的实例，加之采用形象、直观、生动的形式，给人以身临其境之感，易于学习和理解。

2. 能够调动学生学习的积极性和主动性。教学中，由于不断变换教学形式，学生大脑的兴奋点不断转移，注意力能够得到及时调节，有利于学生精神始终维持在最佳状态上。

3. 能够集思广益。教师在课堂上不是“独唱”，而是和大家一起讨论思考；学生在课堂上不是忙于记笔记，而是共同探讨问题。由于调动集体的智慧和力量，容易开阔思路，收到良好的效果。

4. 能够实现教学相长。一方面，教师是整个教学的主导者，掌握着教学进程，引导学生思考，组织讨论研究，进行总结、归纳。另一方面，在教学中共同研讨，不但可以发现自己的弱点，而且从学生那里可以了解到大量感性材料。

二、案例课堂练习应注意的问题

1. 处理好案例课堂练习与系统知识教学的关系。知识教学是“纲”，案例课堂练习是“目”，纲举目张。在教学中，可以先讲解知识，然后做练习，通过练习巩固知识，培养能力。也可以先搞一个案例练习，引出问题，然后用知识分析问题。案例课堂练习要在系统理论知识的指导下进行，不然，学到的知识就是零碎的、不全面的。有了知识的指导，学生做案例课堂练习时才能有的放矢，提高效率和能力。

2. 案例课堂练习要精心设计。内容要有可练性、启发性、典型性和丰富性。正面的案例要有，启发学生应该怎么做；反面的案例也不可少，告诉学生不该怎么做。既有赏析练习，也有修改练习；既有情景写作练习，也有文体写作练习。案例课堂练习的多样性，可以保证知识的涵盖面和多种能力的训练。

3. 教师要灵活掌控案例课堂练习的现场。教师要引导案例课堂练习的方向，注意知识的复习和能力的培养，不要走过场，摆花架子。案例课堂练习耗时较多，教师要抓住重点，掌握好进度和节奏。要鼓励学生多方面、多角度地考虑问题，鼓励发表不同意见，把学生的兴趣引导到提出问题、分析问题和解决问题的过程中，而不是给什么标准答案。

【评论】

不倒翁 2012－3－19 10：57 是案例为主，还是知识为主，久有争论。我觉得先搞案例，然后分析，可能更好。案例教学不同于举例。你说对吗？

在网上与某学生的沟通

（2012－05－01　08：45：29）

近日，在网上接到某人的质疑。通过沟通，了解到他曾参加过我的硬笔书法公选课，因为家庭困难，上课打工，缺勤较多，期末成绩不佳，影响了绩点。他把原因归咎于老师，就教材收费和考试泄题问题投诉我。我向他做了解释。下面就是我们的对话。本着就事不就人的原则，我将他的网名改为“某学生”。

某学生：2012年4月23日 17：30 您收学生书钱是真的吗？求解。

我：4月24日 09：16 你是谁啊，什么书钱？

某学生：4月29日 19：45 我是一个关注这事的人，你上课收学生书钱了吧？

我：4月29日 20：38 你去书店买书可以不交钱吗？

某学生：4月29日 21：55 别忘了2003年的痛啊！哈哈，收学生的钱，有你受的……低调些，别给学校添麻烦。

我：4月30日 07：26 谈不上高调低调，都是正常收费，而且是优惠学生、方便学生的。个别学生因为平时不来上课，期末取消考试资格，以此作为攻击我的理由。主持正义的人都知道谁是谁非，问问绝大多数同学就知道真相。不知你是学生还是老师，如果你真关注这件事，可以直接找我面谈。这学期如果有学生无故多次旷课，我还会按照学校规定取消考试资格。个别学生还会骂我，投诉我。不是我给学校添麻烦，而是我按学校规定办，反而遭诬陷。

某学生：4月30日 09：45 那你微博题目2与考试几乎一致违反规定吗？

某学生：4月30日 09：47 我诬陷你？书店有人工，有成本，你卖书给学生开发票了吗？

某学生：4月30日 09：48 我的观点就是自己不正派，要求别人。呵呵，我会向有关部门反映的。

某学生：4月30日 10：13 http：//t. cn/zOYEFr0，夏老师也是党员，看看网页中对您的行为是怎么定义的，还提到了工商大学，就是针对您这种行为。

某学生：4月30日 13：31 你就等着相关领导找你谈话吧。

某学生：4月30日 13：37 另外，取消考试是一回事，收书钱是另一回事。谭校说过期末考试泄题问题的，你明知故犯，证据我这儿都有。你也别删，没用的。书钱的事你也别不承认。

我：4月30日 15：55 告诉学生考试题型和泄题不是一回事，就像四六级考试，我们都知道题型一样。硬笔书法考试是能力测试，知道题型并不能保证你就能考好。要想考好就要平时多练习。谢谢你关注我，有什么问题，欢迎批评和交流，有空的话，也欢迎来听我的课。

某学生：4月30日 18：05 您是中文老师，我就班门弄斧一句，孔子曰“其身正，不令而行”，后面的我就不说了。欲有求于人，必先礼下于人，两句话送给您，至于反映，我已经反映了，我也光明磊落。我觉得人有时都可能犯错误，您也插过队，青年人的特点您也是知道的，剩下的我就不多说了。

我：4月30日 18：15 你光明磊落吗？请问，你叫什么名字，哪个班的？不用害怕，我不会告你的。只是我们平等地认识一下，这也是人际交流的基本礼貌吧。

某学生：4月30日 18：17 到时您会见到我的。

我：4月30日 18：20 好吧，期待中。

某学生：4月30日 18：21 至于我的姓名您不必知道，但由于绩点问题，对我一项人生评分造成了很大影响，我只是承认我以前确实有错误。我想，您可能会想为什么有那么多人给您实名表扬，我宿舍一哥们跟我说你也表扬几句，我没这么干。

某学生：4月30日 18：22 我是很坦率地和您交流。

某学生：4月30日 18：24 先申明，我给您评分都是5.0啊，我也买了您的书啊，您站在我的角度想想，我承认我心态不好，可是自从学分改革后……

我：4 月 30 日 18：32 虽然我不知道你是谁，其实，我处理问题都是就事不就人的。对你的情况，我只能表示遗憾。我们都是成年人，成年人做事就要负责任。我对我做过的事情负责，你对你做过的事情负责。往者不可谏，来者犹可追。希望你能接受教训，向前看。人生的道路还长，与其怨天尤人，不如发奋自强。谢谢你给我评高分。对你与我的坦率交流，我也给你高分。想开些吧，朋友。

某学生：4 月 30 日 是啊，我觉得我还是有点光明磊落的，否则，我不会告诉您我投诉您。您要当时早通知我就好了，我家庭困难，在外边打工，以前对您不了解。其实，对人宽容又何尝不是一种境界呢？宰相肚里能撑船嘛。

某学生：4 月 30 日 18：44 针对我以前过激的行为，我向您道歉，打扰您了。

我：4 月 30 日 18：44 没关系，可以理解。你还真是懂事的孩子啊！

某学生：4 月 30 日 18：46 确实就差一点，否则，我也不会那么急。耽误您时间了，不打扰您了。

我：4 月 30 日 18：48 好，祝“五一节”快乐！

某学生：4 月 30 日 18：49 嗯，同乐！

【评论】

一缕霞光 2012－5－1 09：41 问好！“五一劳动节”愉快！幸福永伴左右！

振衣亭 2012－5－2 18：13 汗……真无语。

宓家奕 2012－5－3 21：58 这学生真是无理取闹，鄙视之。

新浪网友 2012－5－3 22：24 楼上的想必是北京工商大学学生吧？呵呵。

xiongkuangkuang 2012－5－30 18：59 晕了！这也太激动了！

硬笔书法课的教学内容、方法与“教字育人”的效果

（2012－06－18　15：07：21）

一、硬笔书法课的开课情况

硬笔书法课是北京工商大学面向全校各专业学生开设的公选课之一，开课已有十多年的历史。2006 年以来，基本上每个学期都开课，少则 2 个班，360 个同学，多则 4 个班，720 个同学。从 2008 年秋季学期至 2012 年春季学期，四年累计授课 22 个班，共 4 372 名学生，平均每年 1 000 多名学生。

硬笔书法课 2008 年秋季学期至 2012 年春季学期的开课情况表

学期	班数	名额	报名人数	实际人数
2008 年秋季学期	2	360	436	360
2009 年春季学期	2	360	1 290	367
2009 年秋季学期	2	400	1 033	459
2010 年春季学期	3	600	1 405	678
2010 年秋季学期	2	400	969	451
2011 年春季学期	3	600	1 733	617
2011 年秋季学期	4	720	1 134	720
2012 年春季学期	4	720	1 619	720
合计	22 个班	4 160	9 619	4 372

随着电脑文字录入技术的广泛应用，人们用笔写字的机会越来越少，学生提笔忘字、书写潦草的情况日趋严重。开设硬笔书法课，有

助于学生书写规范、优美、流利的汉字，有利于传承中华优秀的书法艺术，提高语文应用能力和人文素质。这门课不是书法理论课，也不是书法艺术课，而是定位在实用写字上面。因此，要求学生课上课下临摹字帖，力求把字写规范、写流畅。这门课既是写字能力训练课，同时也是素质教育课。通过写字训练，培养学生认真、踏实、耐心、平和以及坚持不懈、持之以恒的好品质。

这门课教学目的明确，定位清楚，“教字育人”效果显著，受到同学们的欢迎和好评，成为全校公选课中报名人数最多的一门课。2012 年春季学期开 4 个班，每个班 180 人的名额，共 720 人的名额，网络报名竟有 1 619 人。很多同学因为抽签不中，连续多个学期报名，有的同学从大一开始报名，一直报到大三，反映了同学们对这门课的执着与喜爱。

学生们认为这门课是北工商的“公选课中的必修课”“最火的选修课”“最拼人品的一门课”。学生对任课老师的评语是：“夏老师是我大学见过的最可爱的老师，我不仅从老师这里学了如何写行书，更重要的是夏老师的人生观和做人的高尚精神更值得我学习。”“课程设计独特，令人敬佩的现场书写教学。”经济学院财金 093 班李祎然同学说：“硬笔书法是我在北京工商大学所修的所有课目中课堂气氛最为活跃、到勤率最高的选修课程。”计信学院工实 08 班安孟夏同学说：“这次的硬笔书法课是我所有的选修课中上得最满意的一门。”

二、硬笔书法课的教学内容

中国书法源远流长，字体众多。在篆、隶、楷、行、草诸字体中，北工商硬笔书法公选课，主要学习行书的写法。这是因为行书比楷书写得快，比草书易于辨认，最具实用价值。

教学内容分为前后两大部分：

前一部分，主要是基本功训练，包括：

1. 行书基本笔画的写法。笔画是汉字形体的最小书写单位。学习行书，首先就要掌握行书基本笔画的写法。

2. 行书常用偏旁部首的写法。偏旁部首是汉字构成的重要组成部分。与楷书比较，行书的偏旁部首具有笔画减少、写法约定俗成、书写简便快捷的特点。掌握行书常用偏旁部首的写法，可以举一反三、事半功倍。

3. 行书1 000个常用汉字的摹临。摹临行书的单字是写好行书的必经程序和有效方法。“摹”是为了建立新的书写习惯，“临”则是为了切实掌握新的写法。

4. 行书整篇文章的摹临。语言的运用是由字组词，由词造句，由句成段，由段成篇。因此要善于处理字与字、词与词的关系，善于把握“行气”。

后一部分，主要是讲练专题，包括：

1. 怎样把字写快。学习这门课的目的就是要把字写得又好又快。只快不好，不行；只好不快，也不符合要求。

2. 行书常用签名法。在日常工作和生活中，常常需要签名。把名签好，把字写得流畅、生动，可以反映出一个人的精神面貌和文化修养。

3. 行书毛笔法帖的摹临。“他山之石，可以攻玉”。用硬笔摹临毛笔法帖，汲取毛笔书法的菁华，是提升硬笔书法品格的有效方法。

4. 行书作品的章法与创作。这一部分主要介绍整幅书法作品的格式，包括字与字、行与行之间的关系处理，总体视觉效果的表现，以及题款、印章位置的安排等。

为丰富教学内容，这门课还安排了两次纪录片的播放：

1. 8集大型人文纪录片《汉字五千年》第1集《人类奇葩》（50分钟）。这是国家汉办（孔子学院总部）国庆60周年的献礼巨片，对了解汉字的历史和价值很有启示。

2. 《千年书法》第1集（50分钟）。观看这部纪录片，对了解中国书法的历史和翰墨精神很有帮助。

硬笔书法课使用的教材是任课教师夏京春编写的《硬笔行书教程》（2009年原子能出版社出版），使用方法是：读帖、摹帖、临帖和背帖。读帖，主要读笔顺，读笔法，读结构。摹帖，即用一张可以透过字的薄纸压在字帖上，描摹字帖上的字。临帖，是将字帖放在习字纸旁，照着帖上的字写。背帖，就是不看字帖，也能写出像字帖的字来。总之，“写得像”是摹、临、背帖的基本要求。如果书写时不能“忘我”，还写成自己原有的字体，那就不叫练字了。

三、硬笔书法课的教学方法

硬笔书法课的教学内容相对比较固定，但教学方法的改革却不断在摸索与创新。在“教字育人”“循序渐进”“因材施教”“寓教于乐”等理念的指导下，由于采取了适当的教学法，极大地激发了学生学习硬笔书法的兴趣。计信学院电信092班王文同学说：“非常喜欢这门课，很感谢夏老师对我们的悉心教导。这门课不仅仅让我学到了行书的写法，而且还让我对中国的书法产生了浓厚的兴趣。在课上可以完全感受到老师对中国书法的无限热爱和崇敬，老师授课的热情也深深感染了我们，使我们沉浸于写字的乐趣中。”

1. 课堂讲授、演示，学生跟着模仿。硬笔书法公选课每周2课时，共34课时。课堂讲授、演示是主要的教学形式。任课老师在投影仪上，一边手写演示行书的写法，一边讲解行书笔画的特点。课堂上要求学生：耳听、眼看、心领、神会、手写。这门课是写字技能训练课，所以十分强调“笔不离手”，要求学生模仿老师演示的字体，多写多练。

2. 师生互动，现场讲评。除了面对全班讲授、演示行书的写法外，还请同学到讲台来在投影仪上写字，任课老师当场讲评，有针对性地指导。这种课堂互动教学，受到同学们的欢迎。

3. 考勤管理。因为学生人多（每班180人），这门课课上不点名。每节课都有课堂作业，交课堂作业是记录考勤的凭证。考勤（包括课堂作业，下同）记录办法：考勤12次，每次5分，共60分。缺勤（包括事假、病假）但补交上一次作业，每次5分的考勤分中可得2分，扣3分。

根据《北京工商大学公共选修课管理办法》（北工商教字〔2006〕5号）规定，凡无故缺勤超过课程总学时1/3者，这门课缺勤6次课，即12学时，取消考试资格，并记零分。每个学期都有个别同学被取消考试资格，我一视同仁，不迁就姑息，一律按规定办理。

4. 课后作业。这门课要求学生每天临摹字帖不少于半小时。课后作业自我保存，不交。课堂练字与课后作业结合起来，保证了一定的练字时间和训练强度。

5. 平时测试。为检查学生每天练字成果，本课程随堂进行4次平时测试，并在《课程成绩记录单》上记分，每次10分，5分（含5分）以上“合格”，4分（含4分）以下“待合格”。因病、因事未能参加平时测试的，可以补交平时测试。无故不参加平时测试的，记0分。第一次测试，大部分同学不及格，对学生震动很大。严格要求的结果是学生更加重视这门课，更加努力地练字，进步也更快。

6. 平时成绩。平时成绩100分由考勤（包括课堂作业）60分+平时测试40分组成。平时成绩（包括取消考试资格名单）于期末考试前一周向学生公示。平时成绩占总评成绩的40%。

7. 期末考试。本课的期末考试采用开卷形式，有填空题、选择题、临摹单字题、单字书写题、短文书写题、贺卡设计题和作文题七道大题，共100分。卷面成绩占总评成绩的60%。本课程没有补考，期末考试零分和不及格，会影响当年的绩点。

8. 播放音乐，创造氛围。为创造心平气和的练字环境，我在学生做课堂作业和平时测试时，播放一些轻音乐和歌曲，学生很喜欢。伴随着优美的音乐练字，学生认为是一种享受。财金096班张晓萌同学说：“我最喜欢的就是放着轻音乐，大家一起练字的时候。无比的放松与舒畅，这种感觉我想只有在硬笔书法课上找到。这不是一种肆意的放松与懈怠，它是一种心情的放松，一种压力的释放。”

9. 课间辅导。课间十分钟，我基本不休息。有的学生拿来自己写的字请我评点；有的同学请我设计签名，我都来而不拒。

10. 网络教学。在硬笔书法第一节课上，我就公布了我在网上的联系方式：新浪博客、新浪微博、人人网（均实名，在“百度”搜索我的名字即可找到）、飞信（956037130）、QQ（784452950）、E-mail：xiajingchun@126.com，告诉学生课后可以通过网络与我交流。我在新浪开的博客（http：//blog.sina.com.cn/xiajingchun），左边“分类”一栏里，有“硬笔书法”文件夹，已有上百篇博文，都是有关硬笔书法方面的教学资料，供同学们浏览自学。另外，我还在新浪微博开了一个“写字门诊”，帮助写字不好的同学找到病因，开出处方，提出改进建议。

四、硬笔书法课“教字育人”的教学效果

在每学期结课后，我都要求学生写一篇学习硬笔书法课的心得体会，并填写“硬笔书法课学习效果问卷调查表”。根据同学们的心得体会和问卷调查，笔者发现，硬笔书法课不仅仅是一门写字技能训练课，同时也是一门情商培养课：通过写字训练，同学们不仅写字水平有了提高，而且在如何做人上也有了很大的进步。实践证明，教字育人，书法教学中渗透着“情商”培养，练字对一些不良习性是有矫正作用的。具体说来，有以下几个方面：

1. 练字可以使人的心态趋于平和，克服急躁情绪和烦躁情绪。书写是在大脑支配下的一种身体的和精神的活动，练字的时候伴随着注意、感知、记忆、思维、想象等心理过程，一方面是在练字，一方面也是在培养性格，培养心情。计信学院工实092班宋瑜同学说：“我的脾气没有以前那么急躁了，我在柔和的音乐和书法的双重熏陶下，学会了控制自己的脾气。”计信学院信管092班刘刊同学说：“以前的我是个脾气暴躁的人，和家人或和男朋友都是三天两头吵架，但上了书法课后，看到夏老师如此乐观、开朗的生活态度，我想了很久，为什么自己不能变得积极一些、阳光一些呢？从那以后，每当我与人发生冲突，我都会想想夏老师的那种对生活积极与乐观的态度，就这样，朋友们说我可爱多了，我也很久没和别人吵架了。”事实说明，练字可以让人变得平静。性急的人是一定练不好字的，而最终能练就一手好

字的人，必定是心平气和之人。

2. 练字可以培养认真、细致的品质，克服马虎、粗心的毛病。练字方法有很多，最基本的方法就是临摹字帖。从能力培养的角度讲，临摹字帖培养和训练的就是观察力和模仿力。一个字与帖上的字像不像，细节很重要。重视细节就必须要认真、专注、沉稳与踏实，来不得半点马虎、粗心和浮躁。

3. 练字可以培养持之以恒的品质，增强恒心与毅力，克服懒惰和松懈情绪。许多同学以前也都练过字，但大都“三天打鱼，两天晒网”，半途而废。上硬笔书法课后，有老师的督促和鼓励，有同学共同练习的气氛，还有2个学分的吸引，加上学生自身的成熟与自觉，这都为学生坚持学下来创造了条件。练字的过程就是练意志、练恒心、练耐心的过程。认真地写好每一个字，完成每一天的作业，看起来只是练字，其实培养的却是做事有始有终、坚持不懈的好习惯。财金094班秦志刚同学说：“记得有一次，白天我没有练字，晚上睡觉时想起来了，就觉得手非常‘痒痒’，硬是从床上爬起来练了半小时，这才去睡觉。”这应该是“习惯”的力量吧。当练字成为习惯，成为生活的组成部分，你说能不练好字吗？

4. 练字可以提高心理承受能力，克服软弱、娇气等毛病。硬笔书法课教学过程中有4次平时测试，考察学生的阶段练字效果。一次测试就是一次加油站，督促并鼓励学生抓紧练习，同时也是对学生心理素质的一种考验。字写得不好，得不到老师或别人的承认，平时测试不合格，学生就会有挫折感。挫折一次，不言放弃，继续努力，心就坚强一次。事实证明，不是所有报名参加本课的学生都能经受得起挫折的。每学期都有少数同学在第一次或第二次测试中因为得了“不合格”的成绩而放弃了这门课的学习，但大多数同学经受住了挫折的考验，胜不骄，败不馁，刻苦学习，加倍努力，终于取得了“合格”的成绩，同时，在心理素质上也得到了锻炼，增强了抗挫折的能力。

5. 练字进步使人具有成就感，可以增强自信心，克服自卑情绪。刚刚进入大学校门的大一学生对大学的学习、生活有一个适应过程。

有些同学感到不适应，学习跟不上而产生厌学情绪。有的同学因为字写得难看而产生自卑感，但上了硬笔书法课后，随着字体的不断改进，他们对自己也就越来越有信心了，内心世界也变得丰富多彩起来。

6. 练字可以增强美的感受，促使人去追求美好的东西。硬笔书法是一门艺术。它不是画却有画的美感，它不是歌却有歌的旋律。练字体现了人们对美的事物的追求。练习书法的过程实际上是领悟美和表现美的过程。在反复的比较与揣摩中，艺术的审美鉴赏水平就会逐步得到提高。而审美鉴赏水平的提高，也必将带动书写水平的提高。写好字是一种文明，也是一种心情，一种美好的意境。当你写出漂亮的字时，会暗自欣喜，并仔细欣赏一番，体味其中的美，日久天长，你对美的这种追求，或许还会改变你对生活的态度，改变你的人生观，使你更加热爱生活，热爱生命。

经济学院财金 092 班谢忱同学说：“从小长至现在，从未见过老师能在课堂上带来这么多的欢声笑语。现在还记得我在夏老师‘长亭外，古道边……’的歌声中深有感触，可以看出他对中华文化的热爱与敬仰。……以后，我会带着夏老师的笑声活着，生活很美好，我们要学会努力，懂得享受。”在课堂上，我没什么烦恼，全心投入到教学过程中，给同学们展示书法美，自己也享受书写的快乐。也许正是这种情绪感动了学生，甚至影响了他们的人生观。作为老师，这也正是我所乐见的。

【评论】

写字与考试 2012-6-18 17：25 向夏老师学习！

在大学语文课教学中加强“语”的训练

——教育部全国高校教师网络培训中心演讲与口才培训作业

（2012－06－20　11：48：00）

2012年6月15日和16日，在高等教育出版社教育部全国高校教师网络培训中心听了北航姚小玲教授讲授演讲与口才示范课，很受启发。姚教授开的演讲与口才是校际公选课，30课时，主要介绍演讲与口才的基础知识，并通过各种课堂活动，培养和训练学生的口头表达能力。目前，我没有开这门课，但我一直觉得这是一门值得开设的、很有实用价值且一定会受到学生欢迎的课。

多年来，我一直开设大学语文课，34课时。语文，本来就是培养和训练口头表达能力和书面表达能力的课程。但现在的大学语文课定位在人文素质教育上，对“语”和“文”的训练都显得不够。如果把“语”和“文”比较来看，又有“重文轻语”的倾向。那么，大学生口头表达能力的现状又是如何呢？仅从课堂发言来看，很多同学不善于提问，有的不敢发言，有的不会发言，不能完整地表达自己的思想，说不了几句话就坐下了。在演讲会上，很多同学念稿子，不善“讲”，也不会“演”，手不知道放在哪里，没有和听众的眼神交流。在日常人际交往中，不会说话，不会好好说话，不会说得体的话，这不仅仅是口才问题，更多的还是教养问题。应该说教养包括口才的培养，家庭教育是一个方面，学校训练也不容忽视。学生都是可塑的，相信学校重视学生口头表达能力的培养，学生走向社会后，就会更好更快地适应社会的需要，成为合格人才。

在没有专门开设演讲与口才课程的情况下，我觉得大学语文课也应该加强学生口头表达能力的培养和训练。加强“语”的训练，可以采用以下几种方式：

1. 朗读和背诵。大学语文课重在赏析，但适当安排一些朗读和背诵可以增强学生的语感，加强课堂的互动。朗读和背诵要求发音正确清楚，不漏掉音节，不拖长尾韵。要确定适当的语调，句读要分明。要用声音的高低、轻重、快慢表达出诗文的思想情感，这对提高口语的表达能力很有好处。

2. 课堂发言。大学课堂老师不能“满堂灌”“一言堂”，要鼓励学生发言、提问、质疑。现在学生不善于发言，老师可以专门拿出点儿时间，请学生发言，谈看法，谈体会，这样在即席发言中对学生的口才和胆量也是一种训练。

3. 课堂讨论。利用一定的教学时机，适当地组织学生讨论，可以培养学生的自学能力、思维能力、辩论能力，也能训练学生的口头表达能力。这种课堂讨论可分为两种形式：一种是富有探讨性的小组讨论；一种是带有辩论性的全班讨论。

4. 演讲会。选择一个学生有话可说的感兴趣的题目，组织专题演讲会。请学生写出演讲稿，自我彩排，课上规定时间，要求辅以体态语言，最后老师要讲评。这种实战的训练方式对提高学生的演讲能力帮助很大。

总之，可以采用的训练口语的方式是很多的，关键是教师的教学理念要更新。大学语文课应该在语文的工具性、人文性和审美性的融合上做文章。学生上这门课学有所获，能力提高，这门课就有存在的价值。

【评论】

梦翔超 2012-6-21 17：08 小学时“抢着”发言，中学时“看着”发言，大学时“躲着”发言，走向社会……

在大学语文期末总结与教学改革研讨会上的发言

（2012－07－09　20：56：52）

学校开展教学改革很有必要。教务处和有些院系拿大学语文课开刀，准备取消大学语文的必修课地位，我们完全不必担心，这是好事。这对我们既是挑战，也是机遇，可以推动大学语文课的深化改革。我想讲3点：

1. 名称问题。有人一听是“大学语文”就烦，以为是“高四语文”，认为没必要开，这是误解。语文是有关母语的听说读写的综合的文化素质教育课，是学好任何课的基础。中学语文有中学语文的讲法，大学语文有大学语文的讲法。大学语文课可以上得很精彩，很生动。我的学生就跟我说：“没有想到语文课可以这样上。”他们很有兴趣，期待着上每周二的大学语文课。别的课点名，学生旷课的还是很多；我的课不点名，可是出勤率却非常高。这说明什么？不是名称问题，而是任课老师怎么教的问题。改成“中国文学与文化”学生就爱上了吗？讲不好，学生照样不爱上。所以，我觉得“大学语文”的名称没问题，将工具性、文学性、人文性融为一体，培养学生的阅读欣赏能力、口头表达能力和书面表达能力，陶冶情操，提高素质，是“教书育人”很有意义的一门课，名和实是相符的。

2. 必修还是选修的问题。我主张选修，把选课的权力交给学生。大学生不是傻瓜，他们会选有用的、有意思的课程。就拿我教的硬笔书法公选课来说，这学期720人的名额，有1 600多同学报名。不就是写字吗，学生为什么这么欢迎？所以我认为不是课程的问题，而是老师的问题。与其说学生在选课，不如说学生在选老师。当然，这对老师是个挑战，改革将倒逼老师认真备课上课。说到底，这将有助于提高教学质量，有益于学生。

3. 大学语文课程本身的问题。大学语文课本身必须改革，包括教学内容、教学方法、考试形式等，都必须改。其实，这些年我们也一直在改，但教务处统得太死，所以改的步子不大。现在由上面推动改革，我们应该解放思想，大胆实验。

首先，能不能给任课老师“自由”。讲什么，怎么讲，怎么考，任课老师发挥自己的特长，不要一刀切。在教学方面，不要总想管老师，管的结果，老师按照统一的教学大纲、教材、课文、考试去教学，势必越教越死。

其次，教学方法要改革。不能“满堂灌”，要加强师生互动，要有“说”和“写”的实践环节，要利用学生喜欢的互联网进行教学。比如，这学期我讲宋词的时候，就请同学给我发微博，140 字谈感想。对学生的微博，我也给评论，将教学延伸到了课下网上。

最后，考试的改革。取消统考，任课老师自我出题，开卷考，以考查语文能力为主。期末考试占总评成绩的 40%，平时成绩占总评成绩的 60%，强调平时的学习和考核。比如，开演讲会，可以请同学当评委打分。开通“大学语文”课网页，学生网上提交作文，学生都可以上网阅读评点，这都可以算成平时成绩。总之，要调动学生学习的积极性、主动性，变“要我学”为“我要学”。

关于提高本科生写作能力的一点思考与建议

（2012 - 07 - 19　11：40：50）

一、现状：本科生写作能力普遍较低

举两个我经历的事情。四月份我收到了两封陌生人发来的电子邮件。一封写道："夏老师，可以给一份新编应用写作教程的课后习题答案吗？谢谢。"没有分行，没有标书名号，也没有落款。我给他回信说："来信的朋友：你好！你是谁啊？是不是应该先自我介绍一下？既然在学应用文，就要把书信的规矩搞明白，格式写准确。"另一封写道："夏老师，您帮忙给看看，谢谢啦！"这位同学用附件发来他（她）写的钢笔字，想让我指点一下。我给他回复："同学：你好！给你看看没问题，但至少应该让我知道你是谁吧？写信应该有抬头，有问候，有落款，这规矩还是要遵守的。"写信是最普通的应用文写作，可是现在的学生竟然不知道正确的写信格式。从大学语文课书面作业的情况来看，现在学生的写作水平普遍不太高。他们习惯于看动漫，上 QQ、人人聊天，熟悉网络语言，打字快，但常写错别字，驾驭长篇论文的能力差。据专业课的老师反映，现在学生写论文就是上网查资料，然后东抄抄，西抄抄，拼凑一篇交差。当然，这和大环境有关系。社会上的急功近利、投机取巧、浮躁虚假之风不能不影响到学生。

二、意义：提高本科生写作能力势在必行

写作是人类传递信息、交流思想、传播知识的重要手段，是每一个现代人必备的基本素质之一。从本科生毕业的出路来看，不外乎工作、考公务员、考研和出国留学。不论走哪条路，没有一定的写作能力支持，都是不可想象的。著名教育家叶圣陶先生曾说过："大学毕业生不一定会写小说诗歌，但是一定要会写工作和生活中实用的文章，

而且非要写得既通顺又扎实不可。”美国未来学家约翰·奈斯特在《大趋势——改变我们生活的十个新方法》一书中指出：“在这个文字密集的社会里，我们首先比以往任何时候都更需要具备最基本的读写技能。”这里所说的“读写技能”，首先就是足以应付日常和生活所需要的写作能力，也就是应用写作能力。国家公务员考试的两个笔试科目——“行政能力测试”和“申论”，都与写作有关。写作能力不仅仅是遣词造句的能力，而是思想水平、知识积累、生活阅历、思维习惯、性格气质等多方面的综合反映。写作能力低下的人想考取公务员或考研，想在事业上有大发展，都是不大可能的。

芝加哥大学商学院教授 John Cochrane 对研究生说：“大多数优秀经济学家来做一项研究时，至少有 50% 的时间花在写作上；而我自己，大约有 80% 的时间花在写作上。”由此可见写作对于科研的意义。写作的过程就是思考的过程，思考的过程就是科研的过程。在人文社科领域，尤其如此。即使在自然科学领域，写作对于科研人员来说也很重要。菲尔茨奖得主、数学家 Michael Atiyah，曾经应邀给年轻学者传授经验，在谈到写作时他说：“记着，数学也是一种文学形式……写得好的论文成为经典，被未来的数学家们广泛地阅读。写得不好的论文会被忽视，或者是，如果文章涉及的问题或思想足够重要，将来会被别人重写。”大学是培养学者和科学家的摇篮，而具有较强的写作能力是学者和科学家的基本素质之一。因此，提高本科生的写作能力势在必行。

三、建议：提高本科生写作能力的几点措施

1. 加大应用写作课的开课力度。目前，我校公共选修课的开课目录中有应用写作课，由艺术与传媒学院中文教研室的老师承担。但从实际开课情况看，因为任课老师都兼有别的课程，应用写作公选课不能保证每学期都开。鉴于应用写作的重要性，建议加大应用写作课的开课力度，将应用写作作为各专业的必修课开设。有关资料表明，美国有 123 个专业开设应用写作知识、应用写作技能课。在哈佛大学所

在的常青藤高校联盟内，哥伦比亚大学、达特茅斯学院、纽约州立大学、乔治梅森大学等高等院校已将写作与分析性推理（主要是应用文写作）从必修课上升为“核心课程”。国内的有些院校，如华中农业大学、东北师范大学等，也将应用写作课作为必修课开设，我校可以借鉴。

2. 改革和创新应用写作课的教学方法。目前，在应用写作课的教学中，有的教师仍然采用传统、陈旧的教学方法，重讲授，重理论，忽视写作能力的培养与训练。这在很大程度上影响着应用写作课的教学效率。因此，改革和创新应用写作课的教学方法也是当务之急。

首先，要改变课堂教学填鸭式的单纯传授的教学方式，善于运用互动式、交流式、启发式的教学。其次，要加强应用文的“读和写”的教学与训练。例文阅读是感受、理解和学习应用文写作知识的手段，写作练习是将知识转化为能力的关键。重视“读写”教学，不是轻视知识教学，而是用知识指导阅读和写作练习，把知识、阅读和写作练习有机地结合起来。最后，在教学时数有限的情况下，可采取归纳表述和比较分析的教学方式。如在讲公文写作的特征时，可以与科技写作、文学写作进行比较；讲请示与报告的区别时，可以进行同行方向文种的比较；引导学生通过比较挖掘知识点的内在含义。

3. 各门课程的老师均应重视对学生写作的指导。提高本科生的写作能力不只是写作课老师的任务，也是各个专业的教师的责任。各专业课上都有论文作业，或调查报告，或实验报告，学生毕业时要写毕业论文，除了专业内容上的指导外，写作上的问题也要有要求。提高论文的质量，就是提高学生的综合素质。只有所有老师“齐抓共管”，学生才能更加重视写作，学生的写作能力才能不断提高。

4. 经常性地举行征文活动，为学生提供写作实践的平台。应用写作是实践性很强的活动，缺少实践环节，只能是“纸上谈兵”。因此，要取得良好的教学效果，就必须创设条件，为学生提供写作实践的平台。经常性地举行征文活动，使枯燥抽象的应用文写作教学空间变为具体形象的现实生活空间，能够启发学生联系实际，对现实问题进行深度研究和思考，使课堂教学内容得到延伸和扩展。由于征文活动接近学生的生活体验，可以充分调动学生的感受力和积极性，使其由“不愿写”变为“乐于写”，从而真正实现应用文的实用性。在游泳中学会游泳，在写作实践中提高写作能力。

5. 各学院设立专项基金，对学生在期刊发表的论文予以奖励。鼓励学生向社会上的期刊投稿。凡在社会上的期刊发表的论文，以年度为单位，由本人申报，学院审核，从学院的专项基金中支付一定的奖金。这是一种导向，可以鼓励学生重视写作，重视写作能力的培养，为成为高素质的复合型人才打下良好的基础。

答学生采访问

（2012－10－23　22：54：24）

（一）工作

1. 并没有自幼立志做教师，是怎样的原因让您选择教师这个职业？过了这么多年，想法有什么改变吗？

小时候也没有想过将来自己做老师，但一直觉得老师是令人尊敬的职业。大学学的是中文专业，毕业后，不想走仕途，觉得高校老师比较适合自己，于是从1982年开始就一直当老师，至今从教已经30年了。俗话说，女怕嫁错郎，男怕入错行。回顾30年的教师工作，自己觉得我没有入错行。走进大教室，面对上百名学生，教书育人，年复一年，受到学生的尊敬和喜爱，我很有成就感。

2. 什么时候开始教授硬笔书法课的？

在商学院的时候就开设了硬笔书法选修课，后来合并为工商大学后，这门课继续开设，算起来，也有10多年了。

3. 给学生上课时的心态是怎样的？有没有学生不喜欢您的书法课呢？对于那些不喜欢您课的学生怎样对待？

我的心态一直是很平和的。硬笔书法课是一门修身养性的课。要写好字，就不能急躁，不能浮躁，必须心平气和，有耐心。硬笔书法课是门公选课，不喜欢可以不报，既然报了，应该是喜欢的。报一门不喜欢的课是自己和自己找别扭。有个别同学不来上课，也不是不喜欢我的课，所有的课他都不喜欢。个别学生迷恋于网游，习惯性旷课，混学分。对这样的学生，我用制度惩罚他，缺课超过1/3的，取消考试资格。这对学生也是教训，让他明白，学分是学出来的，不是“混”出来的。

4. 您还在课上唱过歌呢，这挺需要勇气的。您还记得第一次唱的时候，您当时的想法吗？

硬笔书法课可以陶冶情操，唱歌也可以陶冶情操。硬笔书法课不是音乐课，我唱歌都是在课间，放点音乐，让学生轻松一下。有时遇到我会的歌，我也就跟着唱起来。我没有学过声乐，都是瞎唱，纯属自娱自乐。同学们很宽容，给我鼓掌，我很高兴。

5. 大部分学生都很喜欢您，您是怎样拉近与学生之间的距离的，有什么秘诀吗？

从心里来说，我有时把学生当学生，有时不把学生当学生，而是当成朋友，甚至当成自己的孩子。我愿意和学生像朋友一样交谈。“教学相长”，从学生那里，我也学到了很多东西。比如，有的学生向我推荐好听的歌，有的学生指出我微博中的错误。

6. 您在课下是怎么和学生交流的呢？

一个是课间的交流，一个是网上的交流。课间，学生请我给他们设计签名，我都来者不拒。网上则有问必答。有时也对学生的微博发表评论。在网上与学生互动，没有时空的限制，很方便。

7. 大约在十年前去南非进行汉语教学，是怎样一种机遇？

2003 年，南非大学招聘一名中国汉语老师。在国家汉办的网上我看到了这个信息，于是就报了名。经过学校批准、专家审查、南非大学校方电话面试，我有幸被国家汉办选派到南非大学教授汉语。作为中国内地第一位公派到南非的汉语老师，我感到非常高兴。

8. 当时的主要工作内容是什么？组织的“中国文化周”活动是什么情况？

当时的主要工作是教授汉语。南非大学是远程教育，我的工作主要是批改作业、判试卷和面授辅导。此外，我还分别在南非大学和比勒陀利亚大学组织了“中国文化周”活动，有中国风情图片展、中国旅游风光录像播放、中国图书展和毛笔书法演示，受到南非大学生们的欢迎。

9. 当地的风俗文化、风土人情和历史传统是怎样的？有哪些新鲜见闻？

南非是个多民族、多种族的国家，仅官方语言就有 11 种，所以，南非也叫“彩虹之国”，象征着民族团结，种族融合。南非是非洲经济最发达的国家，矿产丰富，自然风景非常美丽。南非是野生动物的天堂，在国家公园内，野生动物自由自在地游玩，游人则必须在专门的游览车内。可以说，南非是度假胜地，开普敦、德班等海滨城市旅游设施都非常齐备。

10. 南非行最大的收获是什么？

最大的收获是由南非大学出版社出版了我编写的一本汉语教材。以前，南非有中国台湾老师编写的汉语教材，我编写的汉语教材是南非正式出版社出版的中国内地老师编写的第一本汉语教材。

11. 两年多的时间远赴南非，两国之间语言与文化存在很大差异，去之前做了怎样的准备？

去之前的准备主要还是语言方面。语言是人类交际的工具。只有熟练掌握这个工具，才能更好地与人沟通。我学英语，主要是为了实用，不是为了考试。所以，侧重点在口语，最起码日常的生活用语要能够听得懂，说得出。

12. 毕竟离开家两年多的时间，家里人有没有反对过您这次南非之行？

家里很支持，在9年前，毕竟这是一次很难得的机会。我爱人也去了一趟南非。利用假期，我们去旅游，一起爬上了开普敦地标性的山——桌山，在美丽的植物园内漫步，好像度蜜月一样。

（二）生活

1. 家人也都像您一样是个乐天派吗？（每天快乐的工作、锻炼身体、唱唱歌……保持一种阳光的生活）

我母亲是个热情的人。工作时人缘好，爱帮助人；退休后，也不闲着，里里外外一把手，把家料理得很好。我爱人也喜欢锻炼，我们经常晚饭后一起在公园里快走。

2. 可以用一句话概括一下自己的生活态度吗？

活一天，乐一天，快乐每一天。

3. 您是如何保持这种乐观的心态的呢？

也许是岁数到这里了。我已到了“知天命”的年纪，对名利已经看得比较淡了。日出东方落西山，愁也一天，乐也一天，为什么不快快乐乐呢？

4. 如果有人质疑您的工作或生活，比如说觉得您这个年纪了还在做广播体操什么的，您会怎样对待呢？

还是那句话，走自己的路，让人家去说吧。锻炼身体有很多方式，我觉得广播体操很好，可以在5分钟内把身体的各个关节都活动一下，是个简便易行的健身方式。

5. 如果一些事影响了您的心情，您会做点什么呢？会不会练一会儿书法？还是心情好时才会练书法？

心情不好的时候，我喜欢去公园散步。边走边听听歌，一会儿心情就好了。练书法还是在正常的情况下去练习，不大喜，不大悲，气和心平。

（2012年10月22日在良乡校区艺B楼演播室接受新闻系学生的采访）

参训学员代表在全国高校教师网络培训中心成立5周年庆祝大会上的发言

（2012－11－21　21：45：34）

尊敬的各位领导、各位来宾：

今天，我们怀着无比喜悦的心情欢聚在这里，隆重庆祝全国高校教师网络培训中心成立5周年。请允许我代表所有参训学员向教育部各位领导和网培中心全体工作人员，向所有的主讲老师表示热烈的祝贺和衷心的感谢！

当今中国，教师职业正在经历由经验化向专业化发展的历程，社会对教育和教师提出了越来越高的要求。高校教师面临教学、科研和社会工作等多重任务，要胜任工作、适应社会的需要，就必须不断学习。在互联网普及的今天，教育部构建覆盖全国的基于网络进行互联互通的培训体系，聘请教学名师网络授课，及时而又便捷地满足了高校教师特别是青年教师渴望学习和发展的迫切需求。

5年来，我共参加了5次网络培训课程，充分领略了教学名师的风采。每一次培训都是一次愉快的经历。我是一名中文老师。大学语文是我讲授多年的课程，但这门课讲什么、怎么讲，我一直存有困惑。东南大学王步高教授的授课，让我明确了大学语文课应该定位为人文素质教育课，把文学教育与人生教育有机地结合起来。上个月应用写作课程的培训，让我了解到党政机关公文格式的最新国家标准，学习了授课技巧和方法，拓宽了科研思路，对我很有启发和帮助。

参加网络培训，不仅仅是听课，更多的收益还来自与教学名师的互动和全国同行老师的交流。网络同步课堂可以即时在线文字、语音和视频交流，一下子就拉近了全国各地的学员与教学名师的距离，让我们备感亲切。

课堂讨论是每次培训都安排的环节。我们学员来自不同的学校，大家通过网上论坛和本地实体班级在一起讨论，集思广益，各抒己见，互相学习，取长补短，开阔了视野，也结识了朋友，为课后进一步交流与合作奠定了基础。

除了听课和讨论外，网络培训课程还包括在线自学和提交书面作业。平时都是给学生布置作业，参加培训自己也要写作业，开始还有点儿抵触情绪，后来发现主讲老师布置的作业题都是本专业的重点问题，要写成文章就要认真思考和梳理，结合听课心得，将自己平时的教学实践上升到理论的高度来认识，就是说，不只是“埋头拉车”，还要“抬头看路”，这对提高教学理论水平与科研能力，都具有特别重要的意义。

我想用四个字来概括参加培训的感受，那就是“受益匪浅”。在北京工商大学，我主讲的课程越来越受到学生们的欢迎和好评。去年我获得了学校教学优秀奖二等奖，今年又获得了学校教育教学成果奖一等奖。

5年来，网络授课与交流平台的建立不仅大大提高了教师的教学能力和职业精神，而且促进了学校和教师更加关注和投入教学。我们希望，网培中心继续组织更多更好的课程，提供更多的教学交流研讨机会；我们也希望，教育部能推出更多惠及高校教师的培训计划和项目。

“雄关漫道真如铁，而今迈步从头越”。我们相信，在党的十八大精神的指引下，在各级领导的关怀和帮助下，在网培中心工作人员的努力下，网培中心一定会越办越好。我们相信，在国家加强教师队伍建设和全面提高高等教育质量的政策鼓舞下，广大高校教师一定会奋发进取，爱岗敬业，为高等教育的改革和发展做出更大的贡献。

谢谢大家！

学生给我的一句话

（2012－12－24　21：33：03）

▲ 老师您辛苦了。从您的身上看到的是幽默、风趣、向上的正能量，潜移默化地对我起到了激励的作用。总之一句话，很庆幸可以选到硬笔书法课，很庆幸可以听您的课。Thanks！

▲ 谢谢夏京春老师！这一学期学到了很多，无论写字还是心态，真心舍不得老师。

▲ 尽管您的很多笑话我都觉得很冷，但不得不说您还是很有一套的。

▲ 选课选对了！

▲ 您是一位多才多艺的老师。

▲ 谢谢夏老师！上您的课让我觉得特别开心！

▲ 要是所有的老师都像您一样风趣幽默就好了，感谢您的教育，谢谢！

▲ 夏老师，您是我见过教学方式最特别的一位老师。

▲ 老师教的字对我的书写水平有很大提高，老师不仅教字，还教了做人。

▲ 夏老师，您是我见过的最乐观、最平易近人的老师，喜欢听您唱歌，喜欢看您笑。上您的课收获很大，感谢您。祝您身体健康，桃李满天下！

▲ 老师您是最可爱的人！

▲ 老师，您的字很好看。

▲ 老师很认真负责，建议您去老年合唱班练练。

▲ 老师，我爱你。

▲ 老师你太有才了！

▲ 谢谢老师，×100 遍。

▲ 受益匪浅。

▲ 老师，你的心态好好啊，值得学习。

▲ 愿老师天天开心，童心永驻。

▲ 寿比南山不老松。

▲ 感谢，铭记，祝福。

▲ 老师好文艺，老师辛苦了！

▲ 老师，您教得很棒！

▲ 夏老师，我很喜欢您的课，气氛活跃，学有所获；我也很喜欢老师本人，性格和蔼开朗，乐观积极，热爱生活。

▲ 老师是一位非常认真负责的老师，深得同学们的尊敬与喜爱，感谢老师对我的教导。

▲ 敬爱的夏京春老师，很开心上您的课，我的字在您的教导之后有了很大的提高。

▲ 老师，您好幽默！还想上您的课。

▲ 夏老师，您教会了我认真写字，认真做事，认真生活。谢谢！

▲ 这门课程是我上过的最好的一门选修课。

▲ 夏老师，您好自信、开朗。

▲ 谢谢老师，您讲的课我们很喜欢。

▲ 夏京春老师是一位十分可爱的老师，特别好！

▲ 我对您最佩服的一点是公正的态度，以及乐观且认真的人生态度。衷心希望您继续保持下去。

【评论】

大联很快乐 2012－12－26 09：13 想念您的课，想念您的歌。

新浪网友 2013－1－13 03：47 夏老师，您收到我从布拉格寄给您的明信片了吗？

硬笔书法公选课的教学内容和有关事项的说明

（2013 年春季学期）

（2013－02－20 08：56：09）

一、教学内容

第一讲　硬笔书法概说

第二讲　楷书的基本笔画

第三讲　楷书的字体结构

第四讲　楷书的用笔技法

第五讲　楷书的章法

第六讲　楷书毛笔法帖摹临

第七讲　行书的基本笔画

第八讲　行书的偏旁部首（1）行书 1 000 常用汉字摹临（1）

第九讲　行书的偏旁部首（2）行书 1 000 常用汉字摹临（2）

第十讲　行书的偏旁部首（3）行书 1 000 常用汉字摹临（3）

第十一讲　行书的偏旁部首（4）行书 1 000 常用汉字摹临（4）

第十二讲　行书的偏旁部首（5）行书 1 000 常用汉字摹临（5）

第十三讲　行书的偏旁部首（6）行书 1 000 常用汉字摹临（6）

第十四讲　行书的偏旁部首（7）行书 1 000 常用汉字摹临（7）

第十五讲　行书的用笔技法

第十六讲　行书的快写法

第十七讲　行书毛笔法帖临摹（上）临王羲之的《兰亭序》

第十八讲　行书毛笔法帖临摹（中）临苏轼的《黄州寒食诗帖》

第十九讲　行书毛笔法帖临摹（下）临天下第四行书到第十行书的部分字

第二十讲　篆书欣赏与练习

第二十一讲　隶书欣赏与练习
第二十二讲　草书欣赏与练习
第二十三讲　笔迹分析与签名设计
第二十四讲　硬笔书法作品欣赏与练习
第二十五讲　硬笔书法考试说明

二、有关事项的说明

1. 请做好课前准备，上课要带笔、纸、教材或练字资料。使用钢笔要灌满钢笔水。使用圆珠笔、签字笔也行，不要用铅笔和彩色笔。摹临帖选用较透明的纸张。每节课都要带教材或练字资料来。

2. 本课教材：夏京春编写、原子能出版社出版的《硬笔行书教程》。因该教材已脱销，可向师哥师姐借用。也可进入我的博客，下载打印有关内容，如“常用汉字楷书和行书对照字帖”“硬笔书法行书字帖——篇章（歌词）摹临”等。也可去书店买你喜欢的老师的字帖，比如田英章老师、吴玉生老师的等。没有字帖，课上课下练字都将十分不便，而且直接影响学习效果。请同学们充分利用教材或打印的练字资料。

3. 上课时边听，边看，边写，并交课堂作业。课堂作业主要是临摹字帖。因为学生人多（每班200人），课上不点名。交课堂作业是记录考勤的凭证。课堂作业，在《课程成绩记录单》上记录“√”（交）和“×”（未交）。来上课但未交课堂作业，按缺勤记录。

4. 请同学们在课堂作业、平时测试卷和期末考试卷上注明“课程编号”（即《课程成绩记录单》上的序号，课上会公布，也可课间来查询），以便于登记考勤和登录成绩。

5. 鉴于存在个别同学缺勤请别的同学代交课堂作业这种不讲诚信的情况，课堂作业、平时测试和期末考试卷一律由本人提交，不允许代交。当堂一个同学只允许交一份作业或测试卷，代交的作业或测试卷不予承认。

6. 考勤（包括课堂作业，下同）记录办法：考勤14次，每次5

分，共70分。因事、因病缺勤不必提交请假条。缺勤（包括事假、病假）补交上一次作业每次得2分，扣3分。连续缺勤补交作业，只记录1次补交作业分。

7. 本课程总学时51，根据《北京工商大学公共选修课管理办法》（北工商教字〔2006〕5号）规定，凡无故缺勤超过课程总学时1/3者，即缺勤9次课、17学时，取消考试资格，并同时取消“学评教”资格，记零分。取消考试资格名单报教务处备案。

8. 课后作业：每天临摹字帖不少于半小时。课后作业自我保存，不交。任课老师将抽查部分课后作业。

9. 为检查学生每天练字成果，本课程将随堂进行3次平时测试，并在《课程成绩记录单》上记分，每次10分，6分（含6分）以上“合格”，5分（含5分）以下“待合格”。未参加平时测试的，在成绩记录单上画横线。因病、因事未能参加平时测试的，可以补交平时测试。无故不参加平时测试的，记0分。平时测试不得由别人代写，一经发现，将按缺勤和“待合格”处理，扣15分。

10. 本课程每个班聘请若干名志愿者，主要任务是登记课堂作业及考勤，共11次，两人一组，每人一次，约半个小时的工作量。志愿者自愿报名，填写《志愿者名单》，要认真负责登记，不错登，不漏登。登记后保留学生的课堂作业，以备查。

11. 平时成绩评定办法：考勤（包括课堂作业）70分+平时测试30分=100分。平时成绩（包括取消考试资格名单）将于期末考试前一周向学生公示，请同学们利用课间时间主动前来查询。

12. 期末考试采用开卷形式，有填空题、选择题、临摹单字题、楷书单字书写题、行书短文书写题、贺卡设计题和作文题七道大题，共100分。平时成绩占总评成绩的50%，卷面成绩占总评成绩的50%。

13. 本课程没有补考，期末考试0分和不及格，会影响当年的绩点。

14. 为提高同学们的签名水平，利用课间时间，我可以为每个同学的名字设计签名，请同学们在课间的时候主动与我联系。

15. 在我的新浪博客左边“分类”一栏里，有“硬笔书法”文件夹，现有200多篇博文，都是有关硬笔书法方面的教学资料，欢迎同学们浏览自学。

16. 除课上教学外，课后同学们有什么问题、意见和建议，欢迎通过网络与我联系。与我联系的方式有：新浪博客、新浪微博、人人网（均实名，在“百度”搜索我的名字即可找到）、飞信（956037130）、QQ（784452950）、E-mail：xiajingchun@126.com。

17. 为了有针对性地个性化教学，我在我的新浪微博设立了一个“写字门诊”栏目，帮助写字不好的同学找到病因，开出处方，提出改进建议。这个门诊不用挂号，不用交费，想看“写字病”的话，就把你写的字拍成照片给我传过来。人多的话，请候诊。

任课老师：夏京春

2013年2月20日

【评论】

小胖子 2013-2-20 10：19 夏老师，太帅了！请问没有报您的课程的学生可以联系您看“写字病”吗？

关于教师职业的几点思考

——全国高校教师网络培训中心大学教学法的培训作业

（2013－04－21　05：38：19）

2013年4月19日和20日，在高教出版社参加全国高校教师网络培训中心的培训。华东师范大学高等教育研究所韩映雄教授做了题为“大学教学法”的讲座。韩老师曾是美国哥伦比亚大学访问学者，主要研究高等教育评价和质量管理。在两天的讲座中，韩老师就教师职业、课程目标、教学策略与行为、课程教学评价等问题做了清晰而生动的讲述。培训作业之一是列举5点你认为需要认真思考且需切实改变的有关教师职业或教学方面的认识或观念，并说明理由。下面我就做这个作业：

一、关于“以学生为本”的问题

韩老师大学教学法的讲座，最中心的观点，我认为就是“以学生为本”。作为老师，首先要研究自己的工作对象——学生。只有了解学生，研究学生，才能制定出正确的课程目标，写出合适的教学大纲。目前，国内的教学大纲比较重视写教学内容，即教什么，国外的教学大纲常常写的是学习目标。这是个立足点问题，“以学生为本”就是立足于学生，研究学生的现状和条件，研究学生想学什么和社会需要学生学什么。教学实践证明，每节课明确告诉学生学习目标，学生才会更好地完成学习任务，从而达到有效教学。

二、关于“以学生为友”的问题

了解学生，研究学生，目的是更好地教学。而学生是活生生的人，不是流水线上的产品。要提高教学效果，就要与学生交朋友。现在学生民主平等意识越来越强，恃强凌弱，以势压人，只能适得其反。只有尊重学生，平等相待，学生才更愿意听你的课。以学生为友，不是不批评学生。当学生出现问题时，必须及时指出来。因为老师以学生为友，所以学生就能体会到朋友的真诚，虚心接受老师的意见。教学实践证明，老师以自己的人格魅力吸引学生，必将大大地提高教学效果。

三、关于“教学的教育性”问题

教学的教育性，实际上就是我们经常说的“教书育人”。记不得是哪位大师说的：“任何科目的老师都承担着对学生人格的教育。”教育不是生硬的说教，教师的世界观、人生观、价值观肯定会在教学过程中显露出来，教师应该给学生正能量，而不能“毁三观”。另外，教师本人的为人处世、以身作则本身对学生来说也是很好的“道德教育”。教学实践证明，好的老师的工作态度、教学风范以及生活习惯和方式都会成为学生学习的楷模。

四、关于“师生观”的问题

在韩老师的讲座中，提到老师与学生关系的三种认识：一是教师是主动的，学生是被动的；二是教师是主导，学生是主体；三是教师与学生是共同主体。我认为第一种情况是师生的不同身份决定的，关键是主动的老师要让被动的学生变主动，老师不能以自我为中心，而必须以学生学习为中心，教是为了不教。第二种认识承认学生的主体地位，同时也不忽视教师的职业特点就是指导学生学习。主导得好，学生就学得好；主导得不好，就是误人子弟。第三种认识是孔子所倡导的“教学相长”的那种状态，师生在教学过程中共同进步，共同提高。

五、关于“教师职业的成就感”问题

一直以来，对高校老师的职业成就的认定是通过职称制度来完成的。但近年来，重科研、轻教学的倾向非常严重。一些科研成果少，但上课受到学生欢迎、教学效果非常好的老师则在高级职称方面不予承认。这是职称制度需要完善的地方。换个角度讲，作为教师个人，是以职称为本位，还是以学生为本位，这是一个问题。我倾向于后者，既然教师以学生为本，那么教师职业的成就感也应该来自学生。教学实践证明，学生对老师的尊重和喜爱、学生的成长与进步都使老师感受到了极大的欣慰和教师职业的价值。

《新编应用写作教程》（第4版）编写说明和目录

（2013－07－13　12：32：09）

编写说明

随着社会主义市场经济的迅速发展，应用写作越来越受到人们的重视。各高校纷纷开设了应用写作必修课或选修课。为便于应用写作课的开设，培养和提高大学生的应用写作能力，我们编写了这本教程。

本着知识性、实用性和可教性的原则，本教程概括介绍了应用写作的基础知识，较系统地讲授了公务文书、事务文书、财经文书、司法文书、公关文书、学术论文和申论等的写作知识，要求学生掌握在实际工作中使用频率较高的近40种应用文体的概念、作用、特点、结构和写法。

本教程自2002年出版以来，受到广大读者喜爱，销量已达13万多册。为进一步突出以应用写作能力培养为本位的教学理念，吸收新的教学成果，体现“新编”的特点，本版在第3版的基础上对以下内容做了修订：

1. 更新知识。2012年4月16日中共中央办公厅、国务院办公厅发布了《党政机关公文处理工作条例》（中办发〔2012〕14号），2012年6月29日国家质量监督检验检疫总局、国家标准化管理委员会发布了《党政机关公文格式》国家标准（GB/9704－2012）。这两个文件是党政机关公文处理工作的最新的、最权威的文件，自2012年7月1日起施行。本版的有关章节体现了这两个文件的精神。

2. 更换例文。在文体规范的前提下，大部分的例文更换为近年写的。这样便于将写作知识与当前的客观实际结合起来，有利于学生理解与学习。

3. 增加练习。应用写作是一门技能性、实践性很强的课程。光讲写作知识，并不能解决“写”的问题。这门课要想收到实效，非“精讲多练”不可。因此，在“思考与练习”环节里设计了简答题、比较题、改错题、评析题、给材料作文题、给情境作文题、命体作文题等多种题型，供教学时选用。

4. 更新附录。《国家行政机关公文处理办法》（国发〔2000〕23号）已经停止执行，更新为《党政机关公文处理工作条例》（中办发〔2011〕14号）。《标点符号用法》的国家标准 GB/T 15834—1995 更新为 GB/T 15834—2011。《出版物上数字用法的规定》的国家标准 GB/T 15835—1995 更新为《出版物上数字用法》GB/T 15835—2011。

秉持“教师为主导，学生为主体”的教学理念，任课教师要精心组织教学，改变满堂灌、注入式的教学方法，倡导和实施学生主动参与、乐于探究、勤于动手的学习方式。课堂上可以请学生朗读“例文”，老师结合例文讲授知识点；可以请学生自学“知识部分”，然后回答“思考题”；可以请学生当堂做练习，然后组织学生讨论，并讲评学生的练习；也可以布置课后练习，请学生交书面作业。总之，教师发挥主导作用，充分调动学生学习的积极性、主动性和创造性，让教学“活”起来，让学生“动”起来，才会收到良好的教学效果。

本教程的例文和小笑话大多选自报刊和网络，引用时略有删改，在此对原作者表示衷心的感谢。在本书的编写过程中，责任编辑赵颖君做了大量工作，陈晓明、袁立、夏鹏和崔衎给予了大力支持和帮助，在此一并表示诚挚的谢意。

由于水平所限，书中难免有不妥之处，恳请专家、同行和学生提出宝贵意见。

为便于教师授课，按照本教材的章节制作了可修改的 PPT。任课教师可进入首都经济贸易大学出版社网页（http：//www. sjmcb. com）免费下载。使用本教材的任课老师，可以给我发电子邮件，商讨教学中的有关问题，索取部分“思考与练习”题的参考答案。学生在学习中有什么问题，也可以通过下列方式与我联系：

我的电子邮箱是：xiajingchun@126.com，

我的博客是：http://blog.sina.com.cn/xiajingchun。

祝大家学有所获，心想事成！

夏京春

2013年7月1日

目　录

【评论】

夏京春老师 2013 - 7 - 13 14：18 根据14号文件的规定，“公务文书”这章有大的改动。要与时俱进，必须看新版本。第3版还是扔了吧。软件有升级，版本有更新，喜新厌旧是必需的。// @小_托：您之前版本的这本书，我们学完了跳蚤市场脱不了手啊！

评论家王美春 2013-7-13 18：13 祝贺夏教授的大著再版又再版！

充分利用教材　组织课堂教学

——应用写作课教学法小结

（2013－07－23　20：51：12）

近两年来，我分别修订了两本教材：一本是《应用文读写教程》（修订第2版），人民日报出版社2012年7月出版；一本是《新编应用写作教程》（第4版），首都经济贸易大学出版社2013年7月出版。《应用文读写教程》比较适用于大专、高职高专，而《新编应用写作教程》比较适用于本科。针对不同层次的学生，我选用不同的教材，课上充分利用教材，组织课堂教学，收到了较好的教学效果。

一、知识部分的教学

上课肯定要讲些知识，但“满堂灌”肯定是不行的。这时，可以利用教材，使知识讲授“活”起来。比如，《应用文读写教程》的知识部分采用了“知识问答”的编写方式。上课时，可以向学生提问，学生阅读教材，就可以回答出来。这样，既督促学生阅读教材，又帮助学生记忆知识点。《新编应用写作教程》每节“思考与练习”的前几个题目一般都是关于写作知识的问答题，对这些问题，有时是先讲后问，有时则可以先问后讲。学生被提问和思考问题后，更容易集中注意力听老师的讲授。

二、例文部分的教学

写作知识讲授最忌讳一个“空”字，所以在讲授知识时，最好和例文结合起来。《应用文读写教程》从书名就可以看出来，比较重视“读”的教学。我认为，例文阅读是感受、理解和学习应用文写作知识的重要手段，那种重知识讲授、轻例文阅读的教学法是不可取的。在课上，我采取的做法是：

1. 讲中有读，读中有讲，知识和例文结合在一起。比如，在讲会议通知的写法时，就可以一边读一篇会议通知，一边讲会议通知的格式和写法，这样，写作知识不空泛，例文具体可观，有利于学生对写作知识的理解和掌握。

2. 请一个学生朗读例文，其他同学默读例文。这样，可以保证全班阅读速度的统一。这种方式，一般用于比较短的例文。

3. 请同学们自学例文。这种方式，一般用于比较长的例文。为了防止有的学生不认真阅读全篇，可以在阅读前结合例文布置几个问答题，学生带着问题去阅读，就会比较认真仔细。

三、练习部分的教学

应用写作是一门规范性、技能性、实践性很强的课程。光讲写作知识和例文，并不能解决“写”的问题。这门课要想收到实效，非“精讲多练”不可。因此，必须重视并加强应用写作课练习部分的教学。在教材中，我设计了大量的写作练习，如填空题、比较题、改错题、简答题、评析题、给材料作文题、给情境作文题、命体作文题等多种题型，供任课老师选用。我是这样处理这些练习的：

1. 当堂练习，当堂讲评。比如，填空题、比较题、简答题、分段题、改错别字题、添加标点符号题等，用时不多，当堂做就可以。然后，请几个学生说答案，老师当堂讲评。这种讲评，立竿见影，学生印象很深。

2. 当堂练习，下堂讲评。有些改错题、给材料作文题、给情景作文题等，可以在下课前的一刻钟或20分钟布置，请学生当堂做，下课后交。这样的练习有时间限制，可以迫使学生集中注意力，抓紧时间做，也可以保证学生独立完成。

3. 课堂布置，课后练习。有些命题作文，需要搜集一些材料，课上写不太容易，时间太仓促也写不好，所以就布置学生课后做。比如，《新编应用写作教程》（第4版）第93页的题：“结合工作或学习的实际情况，以某单位办公室的名义，按照简报的格式，编写一期情况简报。”这道题就是布置学生课后完成的。

今年，我还尝试了一种请学生课后练习的方式，就是写微博。请学生针对社会的热点问题发表自己的看法，一方面培养学生关注社会、积极参与的责任感，另一方面也是写作基本功的训练。用140字言简意赅地表达自己的观点，多写多练，写作水平就会不断提高。

总之，教师发挥主导作用，充分利用教材，充分调动学生学习的积极性、主动性和创造性，课上课下相结合，让教学“活”起来，让学生“动”起来，应用写作课就会收到实效。

做好人　写好字

（2013－09－03　14：56：53）

又到一年开学时。学校还是那个学校，教室还是那个教室，但学生不是原来的学生。面对新的面庞不免产生新的期盼。

教育的本质是育人。作为老师，我最大的期盼就是学生学做好人。也许有人说学生的任务是学习知识，错，学习做人永远比学习知识更为重要，所谓“未学做事，先学做人”。做什么人？当然是好人。好人的标准有很多，但善良有爱、诚实守信、追求真理、脚踏实地、文明礼貌、遵纪守法等应该是最基本的要求。在功利主义盛行的当下，思考人生的意义，培养健全的人格和素质，具有人文情怀和精神追求，显得尤其重要。

心灵的净化、性格的塑造需要陶冶，不是强制、灌输就能实现的。作为硬笔书法老师，我期盼着通过硬笔书法的练习培养学生的好心情、好习惯和好性格。字是一个人的门面。现在很多学生字写得不好，门面需要修整。这是从实用性方面说的。从教育方面说，练字的过程也是修身养性的过程。练字需要心静，需要认真读帖，需要持之以恒，这对学做好人是很有帮助的。“字如其人”，内外兼修，做好人，写好字，青春无悔，人生无怨。

【评论】

和平 2013－9－3 17：10 锦绣文章美妙言，如花似玉靓博园。园丁辛苦也知乐，一路耕耘忙不闲。和平祝朋友秋安！

夏京春老师 2013－9－4 20：00 因为不稳重所以字写得很乱。因为练字可以静心，所以练字既把字写好看了，也能使性情变得平和、稳重。加油，你能行！

2013 年上半学期应用写作课“学评教”

（2013－09－16　14：47：27）

课程编号：13027202BK　课程名称：应用写作　课程得分：4.71
评价人数：103　各子项平均分（5 分制）

序号	评价内容	子项平均分
1	按时上下课，不随意调课、停课	4.76
2	对每堂课的教学内容和教学方法都做了精心准备	4.73
3	注重对学生进行学风教育，对学生严格要求	4.70
4	教材和参考资料对本课程的学习帮助很大	4.69
5	理论联系实际，举例恰当，注重应用	4.69
6	因材施教，注重学生知识运用及创新能力的培养	4.69
7	有效利用教学媒体（如黑板、投影、多媒体等）	4.72
8	讲课富有启发性、互动性，鼓励学生发表不同观点或提出疑问	4.70
9	教师的讲解激发了学生的求知欲，提高了学生分析解决问题的能力	4.69
10	我对本课程教学的总体评价	4.73

开放式问题汇总

1. 课程或教师讲课的主要特色。

把现在大家都喜欢的微博与应用写作课联系。

比较轻松，令人高兴的老师之一。

风趣幽默。

和蔼亲切，让我们在轻松的环境中很好地去学习；讲课有重点，尝试不同的创新的教学方法。

很棒，幽默。

很幽默，很和蔼。

讲得好。

讲课很有趣。

课堂很活跃，授课内容丰富。

老师风趣幽默的教学风格能让学生每节课都受益匪浅。

老师很负责任，每次课下问问题都能耐心解答。

老师很和蔼。

老师教学认真，课堂效率高，授课内容详细，我们学生大部分都能跟着老师思路学习，气氛活跃，整节课学下来有收获、欣喜，使人对此门课程兴趣浓厚。

老师上课能充分调动课堂气氛，善于将实际运用到理论中，讲课生动。

老师上课幽默风趣。

老师十分幽默可爱，讲课比较严谨。

老师幽默风趣。

特别好啊！

夏老师很和蔼、很时髦，听他课的每一位同学都是快乐的。

夏老师是一个客观、开朗、很会生活的人，心有阳光，天天晴天，境界很高。

幽默，讲解知识清楚。

幽默。

幽默风趣，有问必答。

有趣，生动。

专业性强。

2. 希望和建议。

不错哦！

不要老放同样的歌曲呀，老师。

都挺好的。

对于各文体的讲评如果更详细点会更好。

多跟学生互动。

多互动。

很好。

希望上课的时候给我们看点关于本课的视频，不至于太枯燥。

考前有复习提纲。

可以对我们再严厉一些。

没有什么建议，讲得不错。

挺好。

希望可以继续延伸自己的教学范围，开更多的课。

希望老师多搞些课堂互动，积极参与者平时成绩有所体现，以此调动学生的积极性以及拉开不同层次同学之间的档次。

希望老师多推荐一些课外读物，或者影视作品。

希望老师讲解再详细点。

希望老师开卷考试。

希望能更多地利用课外知识来阐述理论知识。

希望能够讲课更生动。

（引自北京工商大学教务处网）

学生对我说（2013 年秋季学期）

（2013－12－18　10：39：46）

硬笔书法公选课最后一节课上，请学生填写无记名硬笔书法课学习效果问卷调查，最后一题是“课程结束了，你想对老师说的话是______”，下面是部分同学对我说的话：

▲ 非常感谢老师的辛苦讲授。通过一学期的课程，我对书法产生了浓厚的兴趣。今后我还会继续练字。老师的课堂生动有趣，乐观的人生态度感染了我们。祝老师身体健康，工作顺利！

▲ 感觉您上的课生动有趣，一点也不枯燥乏味，以后选不了您的课，我也会来旁听的。

▲ 老师有一颗孩童般的心，平易近人。希望下次能再选中您的课。

▲ 书法课让我修身养性，比以前为人处世沉静许多，收获很大。感谢老师一学期的努力和付出，让我写字好多了。

▲ 您阳光般的笑容深刻地感染着我。此间，冬天很温暖。春春老师，给您充满活力的课大大的赞！

▲ 春春，我喜欢你！

▲ 老师上课时很可爱，字写得非常好看，歌唱得也很好听。老师在课堂上讲的一些名人名言，对我们有很大的警示作用。

▲ 老师辛苦了，感谢您的无私付出。愿您身体健康，万事如意！

▲ 夏老师，辛苦了！祝您永远这么乐观，充满活力。望您身体健康，万事如意，扎西德勒！（这是一个藏族女生写的）

▲ 老师讲授方法很适用，也让我们扩展了视野，开阔了眼界，也认识到了写得一手好字的重要性，而且对中国书法有了一个大致的了解。很感谢老师的教诲。

▲ 感谢老师为同学们的无私服务，老师辛苦了！

▲ 老师写的字太漂亮了，特别是今天上课投影仪记录了您写字的全过程，惊艳！谢谢这学期老师的付出！

▲ 夏老师，十分喜欢您豁达的生活态度！

▲ 夏老师，您的风趣和幽默深深打动了我，让我渐渐喜欢上写字这个我原本认为枯燥的事。时光飞逝，转眼已到期末，真是想再上一遍您的课呀！虽然现在我的字还不咋样，但我会继续练习。无论今后是否出国，一定不会忘记自己的母语，继续练字，奋斗！

▲ 容貌老去，童心不逝。

▲ 老师，亲爱的老师，我觉得您的课能教给我们许多东西。您的大方外向的性格极具感染力，让我们的课上得非常开心、舒服，不知不觉中您就教给了我们许多知识，以及许多做人的道理。

▲ 感谢老师一学期以来的教诲和对我们的帮助。这学期因为有了老师您的歌声和笑语而变得有趣，让枯燥的学习生活中充满了阳光。总之，谢谢老师！

▲ 夏老师，在这一学期的接触中，您给了我很多感动。看得出您对三尺讲台的热爱，希望您一直开心下去，祝身体健康！

▲ 老师，你真的十分可爱，上课生动活泼，为人随和谦逊。希望您身体健康，桃李遍天下！

▲ 老师，您让我知道练字对一个人性格有很大帮助。通过这次选修，不仅书法水平提高了，而且性格也变得温和开朗了许多，谢谢老师！

▲ 老师，您的讲课非常有特色，您也很可爱，像一个老顽童，可以和我们打成一片。另外，您字写得真的非常非常有水平啊！

▲ 老师，上您的课真是一种享受，也使我的修养有了一定的提高。愿您桃李芬芳满天下。

▲ 上了硬笔书法课，不仅使自己的字得到了提高，也被老师乐观活泼的生活态度感染着，每节课都很开心。希望这门课一直开下去，带给更多同学收获。

▲ 夏老师，您真的是一个好老师，我们都很喜欢您，又负责又认真，还幽默，很潮，打破了我对大学教授的印象，和我们很有共同语言，一点都不刻板，谢谢您。

▲ 夏老师，您非常可爱，也很负责任，能成为您的学生是我的荣幸。希望以后有机会还可以成为您的学生。祝您身体健康，每天开心。PS：我会在微博上关注您的！

▲ 夏老师，我觉得您过得特有诗意，活得特精彩！我也要向您学习！

▲ 感谢老师这一学期的教学。夏老师是我见过的最幽默的老师。祝您一直健康快乐。

▲ 谢谢老师。老师性格很好，生活美满，感觉与练字有很大关系。练字可以让人心情舒畅，心灵得到净化，忘却烦恼。老师是我在大学遇到的最可爱、最有爱、工作也非常用心的老师。祝老师生活美满，健康长寿。

▲ 老师，真的超级喜欢您啊，为人随和幽默，工作认真尽责，乐观豁达。从您的课上，我第一次发现书法的魅力；从您的身上，我看到一个优秀、健康、美好的人格。您是我未来工作生活的榜样啊！祝老师身体健康，永远快乐！

▲ 从此爱上了中华文化。

▲ 夏老师是一位出色的老师，以德艺服人，不光教授知识，更授以道理，让我这一学期感悟很深，感谢老师！

▲ 你存在我深深脑海里。

▲ 老师你最帅，唱歌最好听。讲课很好，幽默时尚的“潮男”一枚！加油！

▲ 老师，我们爱上您的课，也爱您！

▲ 很喜欢老师的上课方式，很有趣，令人愉悦。

▲ 上硬笔书法课对我而言是一件非常快乐的事，我非常欣赏夏老师积极乐观的人生态度，这是除了书法以外最值得我们学习的。

▲ 年龄大了，却依然青春无限、乐观向上的人生态度值得赞赏！

祝身体健康，开心依旧！

▲ 感谢夏老师的硬笔书法课，让我明白阅字如人，让我的心在练字中得以平静。

▲ 敬爱的夏老师，在您的课上，我学习到了许多关于书法艺术的知识，并且在学习中，提高了写字的速度与美感。感谢您！

▲ 老师，你的歌声深深打动了我。

▲ 老师上课很棒，不仅教学认真，并且内容丰富，气氛好，很享受学习的过程！

▲ 很欣赏老师的字、讲课风格和性格，希望老师能继续年轻下去。

▲ 感谢夏老师一学期以来的辛苦教学，您年轻的心态让我印象深刻，您的歌声也很优美。通过硬笔书法课的学习，我收获很大。祝夏老师身体健康，永葆青春。

▲ 老师讲课风趣幽默，但是临写对字的帮助不太大。

▲ 希望老师继续将书法的精髓、益处宣传给更多的同学，在印刷/电子时代，同样也应当发扬光大传统书法艺术。

▲ 硬笔书法课应该是本学期最不枯燥的课了，挺有意思的。老师身体健康，新年快乐！

▲ 老师的字很好看，教得也很好，虽然我现在写得还不好看，但已经有进步了。上完课后我还会继续练习。

▲ 我想，老师最想听到的是“想要成为老师这样的人”吧，或许做不到这么多才多艺，但是我想要掌握的技能我会努力学习，或许这和硬笔书法并没有太大的关系，但我一直认为老师教的不仅是知识，还有对人生的态度。

▲ 春哥，加油！保持你年轻的心，继续为大家传播快乐。

▲ 老师您太帅了。尽管我字写得不太好，但是特认真用心地上您的课，超级喜欢您，我都恨不得重修了，不管您信不信，反正我信了。

▲ 老师讲课很赞，上老师的课不仅是学知识，还能体验各种乐趣，学到很多生活、做人的道理。

▲ 感谢夏老师课堂上的悉心教导，上您的课非常愉悦。

▲ 老师我爱你，就像老鼠爱大米。庆幸选上了这门课。

▲ 从没见过在课间给同学唱歌的老师，所以你是我见过最可爱的老师。另外，以我的性格，没意义的课程我从来不去，可硬笔书法却只有一次事假，真的很喜欢这课堂的气氛。谢谢老师!

▲ 很感谢夏老师这一学期的教导，写字能够让人的心灵升华，而夏老师就是灵魂的导师。夏老师不仅是教导我们的老师，更是我们的朋友，您能够让我们开心地学习，诚挚地交谈。最后一句：非常感谢!

▲ 好！真好！喜欢！喜欢！非常喜欢!

▲ 希望老师注意身体，能多教学生，我们需要您这样的好老师。

▲ 上课不要唱歌，下课不要放歌，课就是课，课间就是课间，不要做与课程无关和与提高书写水平无关的事。

▲ 上这课时我第一次能临摹完一本字帖，给老师点赞!

▲ 很开心跟您度过美好的一学期。

▲ 希望能有篇章练习，行书笔顺基本记住，但结构很难掌握。

▲ 感谢老师的帮助和付出，老师的字写得好，课讲得好，人也特别好！上过老师课的人都很喜欢老师!

▲ 考试多给点分!

▲ 夏老师非常负责，是一位好老师。虽然只有半学期的课程，但已经对老师印象深刻，希望以后会与老师有机会交流。谢谢老师!

▲ 考试考字就行，其余的知识点对非专业人士无用。

▲ 老师很棒，比其他老师的教学方式强多了。

▲ 老师好帅，我老了时，变成您这样的话就太棒了!

▲ 老师讲的课很好，课堂气氛活跃，考核方式、标准清晰、严格、明了、公正、公开，很喜欢夏老师的课，收获很大。希望老师的课越开越好!

▲ 我觉得老师是一个非常有内涵的人，虽然是书法老师，但却不那么死板，特别“潮”！非常喜欢您。

▲ 老师一直活力十足，有很强的正能量，绝对值得学习，点赞点赞！

▲ 感谢老师每次认真负责的讲课。

▲ 老师真的是太棒了，课堂气氛很活跃，真的是一门值得选的课。

▲ 老师您的课生动又深刻，希望有机会能开“硬笔书法·二”，因为有好多东西我们还没有学够啊！谢谢夏老师！

▲ 老师上课幽默轻松，没有中学老师的压迫感，像一位亲切的长者。背景音乐很好听，求老师在微博上列出上课时常播放的轻音乐名称，谢谢您。

▲ 老师，好喜欢您呀！写字的时候帅呆了，酷毙了！哈哈！唱歌也很好听，觉得您的生活状态特别好。在学了这门课之后打算寒假学起书法！谢谢您每次都那么认真备课，有很大收获。最后祝您身体健康，家人也健康幸福安康！

▲ 谢谢老师！硬笔书法课真的非常有意思，老师人也很可爱，最重要的是我在快乐中收获了知识，字也有很大提高！辛苦啦！

▲ 真的很喜欢硬笔书法课。本身就喜欢练字，而且老师上课很幽默风趣，偶尔高歌一曲，很欢乐。希望老师能一直开心教学！

▲ 您的课寓教于乐，每次上课都十分享受。

▲ 老师啊，写字基础不好的人练一学期楷书都很难写得很好。楷书还没练好又开始练行书了。我觉得是不是可以分层次练习呢，写字基础差的人就专注于楷书，写字好的人再练行书。

▲ 感谢！您所具有的古风气质让我重燃对中国古文化的热情！

▲ 老师，您真的是一位幽默风趣又可爱的老师。上了您的课感觉收获到了很多啊，满满正能量！祝您身体健康，心态也一直一直这么好哦！学生敬上。

▲ 在上课前并没有对书法课抱有很大的热情，仅仅是为了学分才选上的。后来随着课程的推进，发现自己的字真的有进步，谢谢您老师！

▲ 上了夏老师的课，最大的感受就是“如沐春风”。感谢夏老师，期待与您再相遇。

▲ 虽然老师教学较严，但还是非常喜欢，非常不舍，有机会还选您这门课，继续提高。

▲ 夏老师的字写得真棒，可以转换不同的字体风格，上课内容丰富多彩，使我收获颇多！

▲ 夏老师，我真的觉得来北工商不选硬笔书法课会是一大缺憾。上您的课感觉很舒服，不仅在轻松的状态下练字，学知识，还能陶冶情操。和您这位潮哥一起畅游在书法艺术中很幸福。课下您给我们唱歌，有感动，也很想说声感谢，谢谢您老师！

▲ 老师，您好！通过本学期课程的学习，我感觉我的字有了较大的提高，尤其是行书。但在篇章上感觉还是不太好。课程虽然结束了，我觉得今后还要多加练习。感谢老师在课堂上带给我们那么多的乐趣和知识！

▲ 真的很喜欢您的课，讲得很棒！觉得课堂气氛很轻松，真是享受。可惜只能修一次，要不一定每学期都选！

我对学生说

看了同学们的留言，我很欣慰，很有成就感。一是看到了同学们的真情实感，对我教学的肯定；二是看到了同学们上我的课后的各种收获与成长；三是看到了同学们字体的明显进步。教学相长，我想对同学们说的是，我也要感谢同学们。在教学的过程中，我和同学们一起感受着中国传统文化的博大精深，享受着中国书法的线条造型之美，我的字也有进步，我的歌也有进步。同学们的热情鼓励也不断地给我正能量。因为充实，我们觉得时间过得很快；因为和谐，我们师生都感到了上课的愉快。课程结束了，大家还意犹未尽，那就让我们在课下网上继续我们的师生情谊吧。

临近新年，最后祝同学们新年快乐，万事如意！

【评论】

Littlesix 662013 - 12 - 18 20：23 真好看！本来我也想要的。

随遇而安的贝 2013 - 12 - 19 10：45 老师，我想问一下考试时候的填空题也必须要用行书写吗？

夏京春老师 2013 - 12 - 19 10：54 回复 @随遇而安的贝：随意，但行书应该是比较好的选择，又清楚又快捷。祝你考试顺利，取得好成绩！

随遇而安的贝 2013 - 12 - 19 12：47 回复 @夏京春老师：好的，谢谢老师！

小春的姐姐大怪兽 2013 - 12 - 19 16：44 真遗憾，大学四年都在阜成路校区……

夏京春老师 2013 - 12 - 19 17：17 回复 @小春的姐姐大怪兽：为了不让你师弟师妹们遗憾，下学期将在阜成路这边开一个班，周三下午 7，8 节和晚上 9，10 节。

小春的姐姐大怪兽 2013 - 12 - 19 17：18 回复 @夏京春老师：啊！老师，大四的也可以选吧？

夏京春老师 2013 - 12 - 19 18：11 回复 @小春的姐姐大怪兽：应该可以选吧，是面向全校的，1 ~ 13 周，周 4 课时，共 51 课时，3 个学分。网上报名，200 个名额。如果人多，就抽签。中签后，进入个人课表。祝你心想事成！

小春的姐姐大怪兽 2013 - 12 - 19 21：21 回复 @夏京春老师：谢谢老师！

6 姐。9 2013 - 12 - 20 23：10 哎呀，看到我对老师说的话了！哈哈哈，满心欢喜啊！顶！

夏京春老师 2013 - 12 - 21 07：38 谢谢你的留言，祝你新年快乐，天天欢喜！

罗南基汀 2013 - 12 - 22 20：53 好开心啊，我写的也在其中。

夏京春老师 2013 - 12 - 22 20：58 回复 @罗南基汀：谢谢你的留言，祝你考试取得好成绩，新年快乐，天天快乐！

罗南基汀 2013－12－22 21：01 回复 @夏京春老师：也祝夏老师新年快乐！工作顺利！

橙色瞳孔 2013－12－23 01：25 没有我写给老师的话，不开心。

寂寞辉 2013－12－23 06：45 夏老师好早！

夏京春老师 2013－12－23 06：47 回复 @寂寞辉：也该起了，你也早。紧张的一周就要开始了，走起……

寂寞辉 2013－12－23 06：48 回复 @夏京春老师：不好意思老师，我的生活节奏有些紊乱，我还没睡着呢！

夏京春老师 2013－12－23 06：52 回复 @寂寞辉：这是什么节奏？你在国外吗？

寂寞辉 2013－12－23 06：54 回复 @夏京春老师：我在北京啊！我还是努力睡吧！

夏京春老师 2013－12－23 06：56 回复 @寂寞辉：不上课吗？

寂寞辉 2013－12－23 06：59 回复 @夏京春老师：大四……

2013 年度个人总结

（2013－12－26　18：16：31）

2013 年度，在教学方面，主讲应用写作和硬笔书法（全校公选课）两门课，共教授本科生 1 509 人（春季学期 718 人＋秋季学期 791 人），完成总标时数 632.05（春季学期 325.2＋秋季学期 306.85）。作为教学型老师，在教学岗位上尽职尽责，受到学生们的欢迎和好评。在 2013 年度学校教学优秀奖评选活动中，荣获二等奖。

应用写作课以培养学生应用写作能力为基本理念，加强读写教学，课上课下安排了大量的写作练习，同时又注重用写作知识指导学生的写作实践，将知识教学和能力培养有机地结合了起来，学生反映收获很大。硬笔书法课将祖国优秀的人文精神寓于教学之中，弘扬传统文化的精髓，注重“教字育人”和“快乐教学”，调动了学生的学习兴趣和积极性。硬笔书法课，学生人数多，作业次数多，判作业，登成绩，工作量很大，但我无悔无怨，学生的进步和成长让我感到欣慰。除课堂教学外，还利用网络（博客、微博、电子邮件等）与学生进行交流互动，答疑解惑。该课被学生认为是北工商“最火的公选课”“公选课中的必修课”。有的同学说，“来北工商不上硬笔书法课将是一个遗憾”。

在科研方面，本年度修订了 1 本教材，《新编应用写作教程》（第 4 版），共 38 万字，首都经济贸易大学出版社 7 月出版。该书知识新，例文新，练习多，突出了“新编、实用、好教”的特点。为方便任课老师教学，还配套制作了 PPT。

在校内社会工作方面，主要做了以下几件事：平时的教研室活动、学院的会议全勤；在网上为学生答疑解惑，不仅是教学上的问题，还有一些是思想上、情感上的问题，相当于做了一些辅导员的工作；4 月 19 日和 20 日在全国高校教师网络培训中心参加大学教学法骨干教师高级研修班；5 月 10 日至 12 日在常州工学院参加全国高校秘书学专业建设及教材研讨会；5 月底去扬州大学参加大学语文调研；6 月参加党委宣传部组织的“最美中国　美丽校园”主题摄影展，我提交的摄影作品“希望之光”获二等奖；为 8 月在大连举办的全国财经院校语文研究会第 30 届年会提交了论文，获三等奖；8 月 20 日到 24 日在陕西理工学院参加全国大学语文骨干教师高级研修班；12 月和马飞老师一起为艺传学院教师艺术作品展创作了一幅书法与剪纸相结合的作品；参加校工会组织的第一届教工游泳比赛，获 50 米蛙泳第三名；为学院艺术周展览筹备硬笔书法展板等。

小结一年来的工作，成绩是主要的，但也有不符合学校要求之处。比如，科研方面比较薄弱，没有积极主动地申报课题，没有在期刊上发表论文，进修学习的时间也不够。

在 2014 年，我希望能够发扬成绩，再接再厉，不断地学习进修，不断地提高教学质量和科研水平，做一名问心无愧的学生欢迎的好老师。

【评论】

nico - chang 2013 - 12 - 26 19：57 加油，老师！

夏京春老师 2013 - 12 - 26 20：20 回复 @ nico - chang：谢谢！

尹聚达 2013 - 12 - 26 20：47 赞一个！

杨小月儿 2013 - 12 - 27 08：42 下学期也选了您的课，希望能选上！期待中……

在儿子夏鹏婚礼上的讲话

（2014 年 1 月 11 日）

各位长辈、各位亲戚和朋友：

大家好！

今天是夏鹏和陈婷婷结婚的大喜日子。我们新事新办，举行一个小范围的家庭婚礼。作为新郎的家长，首先，对大家的到来表示衷心的感谢！

夏鹏和婷婷曾在一个单位工作，他们是自由恋爱的。夏鹏是 2008 年参加工作的。工作后经常出差，不具备谈恋爱的条件。两年后，回北京做项目，和婷婷接触多了，产生了感情。两人都钟情于对方，专一专情，走到了今天。这是爱情的力量，我又相信爱情了。

作为夏鹏的父亲，我想说，夏鹏是个不幸的孩子，因为他的亲生母亲没有担负起养育的责任，我相信这在夏鹏的心里是有阴影的。但是我更想说，夏鹏又是一个幸福的孩子，因为有许多的亲人关心、爱护着他。在今天这个场合，我要特别感谢几个人。第一，要感谢夏鹏的爷爷和奶奶。夏鹏一直和爷爷、奶奶生活，是爷爷、奶奶无微不至地关怀和照顾，使得夏鹏健康茁壮地成长。奶奶在生活方面对夏鹏照顾得很周到，很细致；爷爷为人老实、正直，工作认真、踏实，在为人处世方面对夏鹏有潜移默化的影响。第二，要感谢夏鹏的姑姑和姑父。一直以来，他们把夏鹏当作自己的孩子一样给予关照和亲情。第三，要感谢夏鹏的继母，我的夫人。我们是组合家庭，夫人通情达理，不论大事小情，对夏鹏的事总是给予大力支持。第四，要感谢夏鹏的小伙伴，杨爽和崔瞰。人说“一山不容二虎”，我们家这三只小老虎，都是属虎的，却和谐相处，一同长大。第五，要感谢夏鹏以前的女朋友现在的妻子陈婷婷，是婷婷给了夏鹏无比的温暖和爱情，使夏鹏完成了从男孩到男人的转变。第六，要感谢我们的亲家，感谢你们培养出了这么好的一个女儿，聪明贤惠，用《诗经》的话说就是“窈窕淑女，君子好逑”。

结婚是人生的大事。今天，夏鹏和婷婷在双方亲人的见证下牵手步入婚姻的殿堂，我想送给新人三个关键词：爱情、包容和责任。第一个词是爱情。爱情是伟大的，是温暖的。夫妻之间最重要的就是互敬互爱。第二个词是包容。每个人都是独立的个体，因为爱走到了一起，要尊重对方的个性，包容对方的不足。要知道，唯有爱情和包容，才能使婚姻天长地久。第三个词是责任。成家了，结婚了，就要担当起为人夫、为人妻的责任。要努力工作，同舟共济，为家庭的幸福生活多做贡献。

最后，请新人接受来自家长的祝福，祝福你们相亲相爱，白头偕老，生活美满幸福。同时，也衷心祝福在座的各位长辈、各位亲戚和朋友身体健康、万事如意！

谢谢大家！

【评论】

往未来飞的客机（1月14日 11：28）：恭喜夏老师！

孟里说文史（1月15日 17：07）：祝贺祝贺！

Kuazhoucrow（1月15日 17：07）：老师照片比较小，看不清楚，发一个大一点的呗。

温暖_ 心田 candy（1月15日 17：08）：夏老师，大喜啊！恭喜！

安宁的心的安宁的宇（1月15日 17：10）：太感人了，恭喜夏老师！

-DUMA-（1月15日 17：12）：夏老师在儿子婚礼上的致辞，从中能看出一位父亲对孩子的真情实感，以及对他们未来的期望和鼓励，同时又不失幽默，堪称婚礼致辞模板！祝夏老师阖家幸福！各位抓紧收藏点赞啊！

Miss 抽抽要杀 G（1月15日 17：13）：祝福夏老师一家。

不会在一起咖啡馆（1月15日 17：14）：人逢喜事精神爽，家有贤妻万事兴。横批：马上成家。祝福夏老师！

从心开始 cococa（1月15日 17：14）：祝福夏老师一家。

猪头森（1月15日 17：20）：恭喜夏老师一家！

小钰微博（1月15日 17：22）：恭喜夏老师，也祝福全家人新一年更加幸福啊！

大桃子TS_ （1月15日 17：26）：恭喜夏老师！

李小飞_ （1月15日 17：26）：恭喜恭喜！从这几句话也能看出夏老师是个好父亲。

逗猫眼（1月15日 17：40）：恭喜夏老师！

萝想家－冰橙 lonevee_ le2011（1月15日 17：54）：恭喜！

tiffinyzhao（1月15日 18：04）：恭喜夏老师！

豆豆豆豆豆豆豆姐（1月15日 18：08）：恭喜老师一家子！新春快乐，永远幸福！

倩倩 Effywantmore（1月15日 18：16）：恭喜老师！

b_ y－（1月15日 18：35）：恭喜夏老师！

Hahaha－King（1月15日 18：44）：恭喜恭喜！

易楚晓_ 寻找罗麦（1月15日 18：52）：恭喜！

水云逐风杨淑雯（1月15日 19：03）：好感人，恭喜夏老师！

牛奶与猫咪爱拜仁（1月15日 20：47）：恭喜老师！

魏璇 weekinchina（1月15日 22：53）：恭喜恭喜！

因為幺妹儿是狮子座（1月15日 23：57）：祝贺夏老师！

圆不 lengdeng 肥不 laji（1月15日 23：58）：祝贺祝贺！

矮小秋160（1月16日 00：30）：祝福祝福！可老师说“我又相信爱情了”，这是什么节奏？哈哈！

百里涟在_ Yolanda（1月16日 07：10）：恭喜老师！祝家里早日再添新成员哦。

路单不二 er（1月16日 07：54）：文章是夏老师的风格！“爱情、包容和责任”。

位位0509（1月16日 11：01）：恭喜老师哦！

青鈕鈕（1月16日 14：16）：恭喜！

梦想家陈丽君（1月19日 18：39）：夏老师，恭喜恭喜！

2013 年下半学期硬笔书法课“学评教”

（2014－02－26　10：34：14）

课程编号：13028207BK　课程名称：硬笔书法　课程得分：4.85
评价人数：657　各子项均分（5 分制）

序号	评价内容	子项平均分
1	教学认真、投入	4.87
2	知识内容讲解清楚、准确	4.86
3	难度、进度适中，内容安排有条理	4.85
4	合理运用事例和例证，注重学习方法指导	4.85
5	鼓励学生提问、质疑、参与课堂讨论	4.84
6	关注学生的反应，及时调整教学内容和节奏	4.84
7	推荐的书目、学习资料等对学习帮助很大	4.84
8	课后经常进行学习指导，对作业和其他课业问题及时反馈	4.84
9	考核标准公开、清楚，方法公正、合理	4.85
10	这门课激发了我的学习兴趣和自主学习的动力	4.85

开放式问题汇总

1. 课程或教师讲课的主要特色。

认真，负责。

对学生一视同仁，讲课风趣幽默，我很喜欢这位老师。

非常好。

非常幽默。

风趣。

风趣幽默。

风趣幽默，内容多样。

风趣幽默，内容丰富。

风趣幽默，认真负责。

风趣幽默，学到很多。

风趣幽默的好老师，大家都喜欢。

风趣幽默，负责。

风趣幽默，有哲理。

负责。

搞笑，幽默。

给我们唱歌，活跃气氛。

给 200 多人上课，能够让学生在课堂上保持兴趣真的很不容易。

鼓励学生，对学生极有耐心，和同学交流很多。

好。

很不错。

很好。

很好，老师很幽默，老师的人生观深深影响了我。

很好，老师幽默。

很好，很有趣，有用。

很活跃。

很善良、很温柔的老爷爷，字写得真不错，向你学习哦。

很吸引人。

很幽默。

很有趣的课。

加入了很多练字外的知识，还唱歌，考试时认真负责。

讲得很有特色。

讲课很风趣。

讲课清楚，注重能力培养。

讲课认真负责。

讲课认真负责，内容全面。

教学内容丰富。

教学认真、投入。

教学认真、投入，知识内容讲解清楚、准确，合理运用事例和例证，注重学习方法指导；关注学生的反应，及时调整教学内容和节奏，推荐的书目、学习资料等对学习帮助很大；课后经常进行学习指导，对作业和其他课业问题及时反馈；考核标准公开、清楚，方法公正、合理，教学效果好。

精彩。

可以学到真正的技能。

课程安排得很合理，上课很有意思。

课程内容实用，对我们的字体字形改进很有帮助。老师备课充分，内容丰富。

课程生动精彩。

课堂教学气氛非常好，风趣幽默。

课堂气氛很活跃，很好。

课堂气氛活跃。

老师和蔼可亲，课堂气氛融洽，不仅教我写了一手好字，还修养了身性。

老师很可爱，很潮，在老师指导下写字有进步。

老师很棒，在您的课上不仅学到硬笔书法，还有好多人生道理。

老师很亲和，注重课外知识的延伸。

老师很认真，上课很有趣。

老师很认真负责。

老师很认真负责，经常勉励我们。

老师很投入，乐在其中，让我们有个很轻松的学习氛围，学起来很开心。

老师讲得很细致。

老师讲得很好，生动、幽默。

老师讲得特别有意思，对书法提高有很大帮助。课间还会给我们放歌，有时候也会自己唱歌。

老师讲课非常风趣，字写得也很好。

老师讲课认真负责，动手实践活动丰富多彩。

老师讲课生动有趣，能够调动起学生的积极性，从夏老师的课上真的能够学到很多东西。

老师认真负责，讲课很投入，很喜欢。

老师认真负责，作业布置合理，对待同学提问认真、有耐心。

老师上课生动活泼，老师很亲民。

老师太优秀了，课堂气氛很好，学到了真本事。

老师为人正直。

老师心态特别特别好，我在课上不仅仅学到了硬笔书法知识，更是被老师的乐观心态所感染，让我打心里喜欢上了书法，享受写字的过程。特别想跟老师说声“谢谢”。

老师幽默。

老师幽默风趣，字写得也超棒，上课轻松，课堂内容充实。

每节课都气氛活跃，不知不觉地就会认真起来。

内容丰富。

能够激发同学的学习兴趣，培养学生的情操。

亲切，活泼。

亲切和蔼。

亲身演示。

清楚地讲解了书法的写法与一些书法历史。

热爱生活的老师。

认真负责。

认真负责，有乐趣。

认真投入，生动、幽默。

上课很轻松，气氛好。

上课气氛活跃，亲切和蔼。

生动。

生动有趣，气氛活跃。

生动风趣，言简意赅。

生动有趣。

生动有趣，学生们都很爱上这门课。

生动有趣，很好。

授课清晰，注重课堂气氛。

特别喜欢夏老师，很可爱、很幽默，讲课风格很有特色，还会给我们唱几首歌，在我们练字时还会给我们放音乐。

听音乐练写字，比较喜欢上。

挺好。

挺好的。

投入，用心，很有文化底蕴又与时俱进的幽默老师。

夏老师不仅帮助我们美化自己的字体，还会在课上教给我们一些做人的道理，使我受益匪浅。

夏老师的课真的很值得上，老师风趣幽默，真的超喜欢哦!

夏老师风趣幽默的讲授不仅使课堂气氛轻松愉悦，其间穿插的名人名言也使我受益良多。

夏老师讲课非常有趣而且认真，形式多样，教学安排很合理，授课内容对我们的帮助很大。

幽默。

幽默，负责。

幽默，大方，乐观。

幽默，细致。

幽默，生动。

幽默的教学风格。

幽默风趣。

幽默风趣，对汉字的结构讲解得很细致。

幽默风趣，课堂气氛和谐融洽。

幽默感十足，讲解耐心，教会了我如何行云流水般书写。

幽默生动。

风趣，课堂不枯燥，很容易就调动起了课堂气氛。

有课堂互动。

有趣。

有趣，实用。

有特色，课堂活跃。

用自己的博客和学生交流，学生可以在上面提问，老师解答。

有自己的特色。

寓教于乐。

寓教于乐，注重学生能力的培养，能学到很多东西。

寓教于乐，最喜欢的老师。

准备得特别认真，很贴近生活，很时尚。

字写得真的比之前有进步，非常感谢老师。

2. 希望和建议。

KEEP IT AND GOING ON!

保持下去。

保持现状就很好啦，希望下学期教材能够印出来。

表演一次当场毛笔书法!

对个别有基础的同学予以照顾和因材施教。

多激发学生的学习乐趣和调动学生自主学习的动力。

多些材料展示。

多增加一些课堂的互动。

给学生更多的空间。

好。

很好。

很好，无须改进。

很好，希望继续保持。

很喜欢，很好。

记考勤的方法有待提高，有很多人代笔写作业不能被发现。

继续保持。

希望分层次教学，因为自己本身写字基础不是很好，练好楷书就很困难了，现在楷书还没练好又开始练行书，就更困难了……

小测试要求太严了。

看测试卷认真点。

很喜欢老师，完美。

两本字帖着实有点多。

能帮助写字差的同学多一点。

能手把手教学。

上课老师多展示。

实质内容并不多。

我的行书能写得更好点，希望期末考试能取得好成绩。

无，非常好。

希望更多教我们怎么写好字，最主要的还是练好字。比如，一些其他的艺术形式适当延伸就好了，不然就和这个课程有些相悖了。不过整体是很好的，老师辛苦了！

希望继续保持。

希望老师对课堂纪律多加要求。

希望老师多带同学们练习基本架构。

希望老师继续保持。

希望老师可以继续风趣下去。

希望老师能够单独指导学生。

希望老师能增加一些师生互动的环节。

希望能够多些行书草书的写法讲解。

希望夏老师能给大家统一的一本教材，谢谢。

已经很好了。

再接再厉。

增加行书课时。

这样挺好的。

（引自北京工商大学教务处网）

夏京春老师2014年春季学期期中教学小结

（2014-05-08　19：56：26）

本学期上硬笔书法公选课，三个班（临班133，201人；临班173，198人；临班150，199人），共598人。临班133（1班）和临班173（2班）周一和周二晚上9，10，11节上课，第17周结课。临班150（3班）周三下午7，8节，晚上9，10节上课，第13周结课。每个班都是51课时，3个学分，不加学生系数，共153课时。该课是大班上课，学生考勤很好，大教室坐满了学生，不仅有注册的学生，而且还有旁听生。伴随着优美的轻音乐，我在投影仪上书写演示，学生们认真临摹，教室里充满了浓厚的学习与艺术氛围。

该课平时测试共3次，试题由单字书写和整篇书写两个部分组成，每次10分，记入平时成绩。到目前为止已进行了两次平时测试，3班进行了三次，大部分同学都取得了不同程度的进步。虽然判测试卷的工作量很大，已判4 000多份，但能促进学生书写水平的提高，我也无怨无悔。

为丰富教学内容，本学期还播放了两次视频——8集大型人文纪录片《汉字五千年》第1集《人类奇葩》和第6集《行云流水》。该片用讲故事的方式，生动描绘了一幅中华文明五千年的历史长卷，具有很强的史料性、权威性和鉴赏性。看完视频后，我与学生互动，通过问答题、填空题、判断题等形式检查学生是否掌握了有关书法方面的知识点，学生反映收获很大。与往年不同，本学期在授课中增加了太极拳的演示。我一边打太极拳，一边讲解太极拳与行书的关联，动作圆转，柔中有刚，如行云流水。学生深受启发，课堂效果很好。

该课的延续教学就是要求学生每天摹帖半小时。推荐字帖是田英章老师的《楷书7 000常用字》和《行书7 000常用字》。学生在学习过程中有什么问题，可以随时通过微博私信、手机短信与我互动。我将部分“答学生问”发到微博上，与更多同学分享，将课上网上的教学有机地结合在一起。这门课激发了学生学习的热情，有的同学跟我讲每周他最期待的就是上硬笔书法课。作为老师，我感到很欣慰。

老师与学生的那点儿事

（2014－08－14　11：09：30）

某学生不知从何渠道，找到我的电话。我看是陌生号，但还是接了。一听就知道是刚刚考完试向我求及格的同学。这个同学总共9次的课一次也没有来过，4次平时作业1次也没有交过，但考试来了。因为平时成绩占总评成绩的50%，他平时成绩0分，所以我跟他说肯定不及格，但他还坚持要考试。考完试就请求我给他及格，我当时就表态，要按照规定执行。下一场考试就要开始了，他不得不离开考场。没想到他又给我打电话来了。在电话中，我说："天上不会掉馅饼，不来上课不交作业就想及格，这肯定是不行的。我现在很忙，要判卷子登成绩，你这事儿就这样吧。"挂电话后，他的短信又接踵而来：

学生：老师，就差2分我就毕业了，您的确很尽职，我如果被您这课挂了科我就拿不到毕业证了，能不能给个方便啊？

我：抱歉，我很忙。请稍候来电。

学生：老师，我把平时作业补上能不能给我打个及格？

学生：一个及格对您不算什么，对我来说就是毕业不毕业的事，老师我求求您了。

我在办公室登成绩，一个老师找到我说："到走廊说个事。"我猜肯定是那个学生的事，果不其然，他说："这是个毕业生，工作都找好了，就差2分，看能不能给个及格。"我把考勤和作业登记表给他看，说："哪怕他来一两次，作业交一两次，有个平时成绩，他都能及格，现在平时成绩0分，我想给他及格都没法儿给他及格。"这个老师明白了，回去后可能给那个同学说了。一会儿，短信又来了：

学生：老师，谢谢您，让我得到这个深刻的教训，我准备重修学分，我不恨您，只是很不甘心。

我：知错就改好同学，加油！

学生：谢谢您，老师，我会的。

学生：老师，要不是家里出了事情，我绝对挂不了，因为4年我没挂过一门课！

我：我相信你，卷面还可以，只是平时成绩0分，太遗憾！

学生：那我把平时作业补上还不行吗？

学生：好多我们这届的同学也跟我一样一节课都没上，然后考个试，就过了。不过他们有实习证明，我没有，我2个月在家照顾我妈跟我姐。

我：成绩已提交，有问题找教务处。

学生：找他们有用吗，像我这个情况？

我：估计没用。

学生：主要我这情况太恶劣了，但是没办法啊，老爸挣钱，姐跟我妈医院躺着没人照顾。

这个学生还是很通情达理的。通过沟通，情绪稳定了，知道了问题所在。虽然没有上过我一节课，但这课外的一节课，相信他会终生难忘的。对他的境遇，我也很同情，但既然当学生，就不能“混”学分。当尽孝与学业矛盾的时候，应该把尽孝放首位。在家是好孩子，在校也应该是好学生。好学生从来都是靠自己的努力赢得学分的。与其向老师求及格、求高分，不如以自己的出色表现赢得老师的刮目相看与赞赏。

【评论】

玉京居士 8月14日 11：24 那学生真不老实。有时间找工作没时间来上课，撒谎也撒得有点水平好不好。

黄金的长乐未央宫 8月14日 11：42 学生们都是成年人了，每个人都必须为自己的行为付出代价。

王婷婷是个女孩 8 月 14 日 12：12 如果我是老师，我应该会让他毕业。

夏京春老师 8 月 14 日 12：19 回复 @黄金的长乐未央宫：说得对。

夏京春老师 8 月 14 日 12：25 回复 @王婷婷是个女孩：老师做老师应该做的事，学生做学生应该做的事。学生学有所得，老师问心无愧。不能把学生的错归咎于老师，不能让老师做让其他学生感到不公平的事。严师出高徒。严格要求学生是对学生的真正爱护。

我在河山在 8 月 14 日 13：05 一次都没来过，还有脸给老师打电话要及格，做人的道德底线和良知都没有，给了及格反而害了他，以后走向社会怎么与他人相处。不能强化这种错误的价值观，支持给他不及格，这是对他和对社会最负责任的态度。

我在河山在 8 月 14 日 13：19 回复 @王婷婷是个女孩：这不涉及对错，更谈不上原则，按照你的逻辑，根据他的表现，所有在校生都不用上课了，老师也应该通融一下给个及格，不然都不及格了，多死板啊！

我在河山在 8 月 14 日 13：23 回复 @王婷婷是个女孩：你所谓的通情达理首先得有“情”，一次都不来，毫无情可言，给不及格是最应有的“理”。

王婷婷是个女孩 8 月 14 日 13：35 回复 @我在河山在：这东西就应该放大看。比如，你爸爸犯罪了你要不要举报，错是确实错了，你要不要大义灭亲呢。没说学生对，也没说老师错，我只是觉得我不会那样做而已，我也没说那样做就错了。

我在河山在 8 月 14 日 14：40 回复 @王婷婷是个女孩：那我可以明确地告诉你，如果你不那样做就是错误行为，因为这是最基本的、最明确的是非曲直。如果连这个都不分，还谈什么生活原则和生活不能太刻板，我看这种思想最没有原则。

王婷婷是个女孩 8 月 14 日 14：54 回复 @我在河山在：生活本

来就应该存在这种错误的行为，你所谓的是非曲直是对你而言，我不需要你告诉我如何去生活！

我在河山在 8月14日 15：24 回复 @王婷婷是个女孩：错误行为和如何生活是两个概念，我没有说如何生活，也没有说错误行为和生活之间的联系，我只是讨论了这种错误行为需要被制止和纠正而不是纵容和放任。错误行为一旦被纵容，产生这种错误行为的意识会得到强化，随后会产生更大的错误行为，这种反复的强化最终会让人走向毁灭。

王婷婷是个女孩 8月14日 19：58 回复 @我在河山在：代价是会有的，至于毁灭说得太过。好像说你一生的所有事情都做得无可挑剔似的，又或者仅仅只是你自己认为的你做得多符合所谓的“正确”。

我在河山在 8月14日 21：59 回复 @王婷婷是个女孩：这是哲学上的思辨，是确定的、绝对的、不变的，这是问题的根本价值所在，不是什么空泛的“似的”“所谓的”一类假定和预设。结论已经得出，无须再讨论了，完全不在一个层次上。

张海宇 wallace 8月14日 23：51 回复 @我在河山在：对一件事情怎么看，每个人有每个人的看法，你干吗非让别人跟你想的一样。不跟你一样就是错吗？我还真觉得，小孩子才分对错。

张海宇 wallace 8月14日 23：52 回复 @王婷婷是个女孩：如果是我，也会给他过的。

王婷婷是个女孩 8月14日 23：55 回复 @张海宇 wallace：感动！

张海宇 wallace 8月15日 00：01 回复 @王婷婷是个女孩：我也于心不忍，那人又多念一年书。我只是觉得如果是我，我肯定不会卡他不毕业的。反正不管我们怎么想，事实已经那样了，我们只不过发表一下自己的看法，不明白有的人狂轰滥炸什么呢……祝好心情，晚安。

王婷婷是个女孩 8月15日 00：02 回复 @张海宇 wallace：嗯，晚安。

不能迷恋乡巴佬鸡蛋 8 月 17 日 05：29 回复 @王婷婷是个女孩：两个字，公平吧。虽然夏老师看似给了他一个坎，但这是他自己行为的代价。如果夏老师按你说的“通情达理”，没有通过这样的方式告诫他，或许在今后的人生路上，他还会不接受教训，犯下别的错误。给过是老师的良苦用心，给不过又何尝不是呢？